W0396060

Sudden Impact

J'AI LU

JOSEPH C. STINSON

RÉCIT DE
EARL E. SMITH et CHARLES B. PIERCE

Sudden Impact

traduit de l'américain par Michel Deutsch

Éditions J'ai Lu

Ce roman a paru sous le titre original :

SUDDEN IMPACT

1

La ville.
San Francisco.
Entourée d'eau de trois côtés. L'océan et la baie.
Qui se rejoignent.
Pour le moment, elle se repose, elle dort, bercée par le flux et le reflux, la caresse de la mer qui lèche le littoral. Doucement. Tranquillement. Eternellement.
Emmaillotée de ténèbres, dans l'apaisement de la nuit, elle recharge ses batteries.
Quand, à l'aube, le soleil se lèvera, elle sortira de son sommeil. Comme chaque matin. Ainsi qu'il en est allé de tout temps. Elle s'éveillera pour croître. Prospérer. Récompenser. Punir. Dispenser la joie. Infliger la douleur. Attaquer. Etre attaquée. Exister davantage. Faire un pas de plus vers sa mort.
Mais, cette nuit – comme toutes les autres nuits qui ont tissé son histoire –, la ville se régénère. Ses plaies se cicatrisent, ses ambitions se fortifient, ses passions fermentent.
Elle se reconstitue.
Venu du large, le brouillard darde, vague par vague, de délicates arabesques masquant les fiers

monuments derrière son humide et glaçante grisaille, engloutissant ponts, tours et gratte-ciel, caressant leur géométrie dressée comme un défi, les ensevelissant d'un vaporeux et miroitant linceul.

C'est à l'ouest de la ville que le brouillard est le plus épais, le plus compact. Il cerne l'Esplanade et le périphérique. Il oblitère les Seal Rocks qu'ont déserté les corps qui, dans la journée, se gorgent de soleil – pelés, racornis. Il envahit Ocean Beach où, seul, l'incessant bruissement des vagues qui viennent mourir sur le sable brise le silence. Il encercle Cliff House, juchée de façon précaire entre ciel et mer, qui attend le jour, qui attend l'entrain, l'énergie, le soleil et ce qui en découle, les clients et le profit.

Les volutes serpentines de la brume s'enroulent autour de l'unique voiture garée sur le parking du restaurant. Une Cadillac noire qui n'est plus de la première jeunesse.

La buée s'est déposée sur les tôles, se condensant en gouttelettes qui ruissellent le long de la carrosserie cabossée, éraflée, encroûtée de boue.

La plaque d'immatriculation personnalisée selon la mode californienne porte les lettres SILKY. Les glaces sont rendues presque opaques par l'humidité et c'est à peine si l'on peut distinguer deux silhouettes à travers le pare-brise.

L'une d'elles est celle d'un homme.

Corpulent, pas tellement vieux, c'est évident, mais avec sa figure poupine et flasque, il est impossible de lui donner un âge. Il pourrait aussi bien avoir vingt-cinq ans que la trentaine ou la quarantaine. Habillé de façon criarde. Une vraie palette : de l'écossais, des rayures dans tous les sens, des couleurs voyantes qui se battent en duel. Son crâne est surmonté d'un rat mort qui ressemble à un toupet. Ou d'un toupet qui ressemble à un rat mort. Un sourire minaudier lui retrousse un coin de la bouche.

Un joli cœur en polyester, un plein de soupe tape-à-l'œil.

Soulevant son ample fessier et manœuvrant pour dégager sa brioche coincée par la colonne de direction, il fait mouvement vers la droite. Vers l'autre silhouette.

Celle-là, c'est celle d'une femme.

Une femme qui regarde droit devant elle, les yeux fixés sur les tourbillons de brouillard qui virevoltent derrière le pare-brise embué.

Son trench-coat gris dont une ceinture souligne la taille met son corps svelte en valeur. L'un des pans du vêtement replié révèle le triangle bleu du bas de sa jupe. On voit ses genoux. Ses pieds menus sont chaussés de sandales de cuir bleu marine à bout ouvert. Les ongles de ses orteils ne sont pas vernis.

Un violent parfum d'eau de Cologne bon marché monte à ses narines sans parvenir, cependant, à camoufler l'aigre odeur de sueur qui lui fait plisser le nez.

Elle tourne la tête vers son compagnon qui se glisse insensiblement vers elle. Maintenant il respire à grand bruit.

L'effort? se demande-t-elle. Ou l'anticipation?

Ses fins cheveux soyeux encadrent son visage de leur blondeur. Un visage petit. Sa peau est lisse, très claire. Des traits un peu anguleux, le menton bien marqué. Elle a les yeux bleus et ses cils sont presque blancs. Ses lèvres charnues sont roses bien qu'elle ne soit pas maquillée.

Elle serre sous son coude le sac bleu foncé à bandoulière pendu à son épaule.

L'homme se rapproche d'elle et elle se crispe davantage.

Le sac est entre elle et lui.

Elle a un mouvement de recul quand il lui enlace le coude de son bras charnu.

Son sourire minaudier s'efface, il avance les lèvres et roucoule :

– Laisse-toi aller, ma jolie. Cool, cool, ma poulette. T'es en de bonnes mains, t'en fais pas.

De ses doigts boudinés aux phalanges saillantes, il caresse la joue de la femme.

Elle a les poings noués. Elle porte de fins gants de chevreau bleu foncé.

Ses yeux se fixent sur la figure poupine de l'homme, congestionnée, marbrée de taches rougeâtres, luisante de transpiration.

Il lance son bras gauche en exploration et elle serre les genoux. Si fort que ses rotules en blanchissent.

Remarquant sa réaction, il se fait rassurant :

– Mais sois pas tendue comme ça, mon chou. Tu vas prendre un pied terrible, ce soir, c'est moi qui te le dis. (Comme elle ne bronche pas, il enchaîne :) Tu veux un joint? C'est du chouette de chouette, tu sais. Qualité extra. Ça te mettra dans l'ambiance aussi sec.

Elle a un signe de dénégation.

– Alors, un petit gorgeon? J'ai une bouteille de gnôle sous le siège. Y a pas de verres, faudra boire au goulot mais qu'est-ce que ça fout?

Nouveau hochement de tête. Non.

– Ah! J'ai compris! T'es une organique, toi, pas vrai? T'aime ça *au naturel* (1). (Il se met à pouffer.) Moi aussi. Mais je ne suis pas sectaire, j'aime ça de toutes les façons.

Il glousse encore un coup. Chaque fois qu'il reprend sa respiration, sa bedaine se soulève.

Elle regarde sa lèvre supérieure. Elle est emperlée de sueur. De grosses gouttes, de petites gouttes, des gouttes de toutes les tailles.

– Si on mettait de la musique? Ça aussi, c'est organique, merde! J'ai un truc qui va te brancher. Super, tu m'en diras des nouvelles. Avec ça, c'est le fade garanti.

Il allonge le bras devant elle.

Le mouvement ne la fait pas tressaillir. Elle est hypnotisée par les gouttelettes de sueur qui perlent au-dessus de la lèvre de l'homme.

Il sort une cassette de la boîte à gants, referme le couvercle et la glisse dans le logement de l'autoradio stéréo.

– Attends un peu d'esgourder ce bidule. T'en mouilleras ta culotte. Ouais, t'aimeras, je te dis.

Il allume la stéréo, règle la tonalité.

A la première note, le regard de la femme se pose sur le cassettophone.

Elle a immédiatement reconnu l'air.

Le morceau a pour titre *I've Got a Feeling.*

Première plage. Seconde face. Les Beatles.

L'album s'appelle *Let It Be.*

L'album qui contient la chanson.

La chanson.

Du bout de son index taché de nicotine, il appuie sur la touche d'accélération.

(1) En français dans le texte.

Elle le regarde à nouveau.

Mon Dieu, pense-t-elle, il ne cherche quand même pas la chanson? Il ne va pas passer la chanson? La même chanson?

L'index relâche sa pression sur la touche.

Pas un son.

– Je le retrouve sec à tous les coups, annonce-t-il fièrement.

Il se carre contre le dossier de son siège.

– Maintenant, la môme, tu t'installes confortable et t'écoutes.

Sa voix est sifflante.

Le morceau démarre.

Une voix. McCartney. Un arpège au piano.

The long and winding road...

La chanson.

L'orchestration.

That leads to your door
Will never disappear...

Il la passe, songe-t-elle. C'est insensé mais il la passe. Eh bien, ainsi soit-il, conclut-elle, plagiant le titre de l'album.

Elle se perd dans la contemplation du brouillard.

Le bras droit de l'homme, jusque-là négligemment passé autour de son cou, commence à glisser le long de son épaule, puis descend, descend de plus en plus bas, s'insère sous son bras à elle.

Elle sent les doigts du type s'activer sur son flanc à la recherche d'une échancrure livrant accès à sa poitrine.

Bonne chose que le tissu de son trench-coat soit résistant.

La main gauche de l'homme se pose sur son genou, l'étreint puis, lentement, remonte le long de la face intérieure de la cuisse.

Elle se félicite de ce que le mince nylon de son collant s'interpose entre sa peau nue et cette paume.

The wild and windy night
That the rain washed away
Has left me full of tears
Crying for the day...

La main poursuit l'ascension de sa cuisse. Elle ouvre la sienne, jusque-là nouée, et l'allonge vers lui.

Sa main atteint le bas-ventre de l'homme.

Alors, sans le toucher et sans que ses yeux quittent son visage, elle tâtonne à la recherche de la fermeture à glissière qu'elle fait coulisser sans hâte.

Instantanément, les mains de l'homme s'immobilisent.

Il se renverse en arrière avec un sourire béat qui découvre des dents jaunies.

A mesure que la braguette s'écarte, sa bedaine libérée se répand.

Many times I've been alone
And many times I've cried...

A présent, son pantalon est grand ouvert et il halète :

– Oh! ma poulette... Oh! ma poulette...

Elle retire sa main, écarte son bras qui maintenait son sac à bandoulière serré contre son flanc et fouille à l'intérieur avec autant de circonspection que de dextérité.

La tête de l'homme dodeline, il ferme les yeux et ses encouragements gémissants se transforment presque en râles inarticulés.

Anyway you'll never know
The many ways I've tried...

Elle sort la main de son sac.

Une main qui étreint un revolver nickelé qui scintille. Un Colt 38.

And they still lead me back
To the long winding road...

Elle fait glisser l'arme vers le bas-ventre de l'homme.

Lentement, précautionneusement, elle en enfonce le canon dans la braguette béante.

A ce contact, il sursaute, puis se détend et exhale de petites plaintes d'approbation.

– Oh! oui, môme... oui.

And still they lead me back
To the long, winding road
You left me standing here
A long, long time ago...

Elle rabat le chien.

Il ouvre les yeux.

Relève brusquement la tête.

Les spirales du brouillard s'enroulent en flammèches grises autour de la Cadillac qu'elles enrobent.

A l'intérieur de la voiture éclate une détonation sourde, suivie d'une seconde. Puis le silence retombe, brisé seulement par le clapotis des vagues.

La portière de droite s'ouvre.

Les écharpes de brume envahissent l'habitacle.

Des sandales à talons hauts se posent au sol.

La femme, s'éloignant de l'auto, se dirige vers le bord de la falaise. Le claquement de ses talons n'est ni trop lent ni trop rapide.

Elle est arrivée au bord de la falaise. Elle regarde la mer. Ses yeux sont limpides. Son expression sereine.

Elle lève le bras gauche. Elle tient une cassette dans la main. Elle la lance dans les flots.

Lève l'autre main. La main qui étreint le revolver.

Un revolver au canon rouge de sang.

Elle considère la tache rouge et humide.

Au bout d'un moment, elle se baisse pour ramasser un bout de journal qui traîne, à l'aide duquel elle essuie le canon du Colt. Le froisse en boule et le lance à son tour dans les flots. La boulette de papier rebondit de rocher en rocher. Elle la suit des yeux tandis qu'elle dérive au loin, s'éloigne, portée par les vagues.

Elle range le revolver dans son sac et tourne la tête vers la Cadillac.

Elle n'a plus les mêmes yeux.

Maintenant, ils flamboient.

Brusquement, elle fait demi-tour et s'éloigne, s'évanouit dans les nappes grises de la brume.

2

Il avait beau n'être que 9 heures moins 5, c'était déjà une sale journée pour Anthony J. D'Ambrosio.

Personne dans le prétoire n'aurait deviné à voir l'adjoint du district attorney – la quarantaine brune et moustachue – qu'il n'avait pas entendu sonner son réveil, qu'il avait par conséquent raté son jogging matinal, qu'il s'était douché et rasé en catastrophe, qu'il avait fait son deuil de son petit déjeuner et oublié de garnir sa serviette d'infusettes. Placidement assis dans le fauteuil du ministère public, il se demandait ce qui était préférable : faire son parcours ce soir ou courir une distance double demain. Il se tâta le menton pour savoir si les trois coupures dues à la conjonction d'une lame de rasoir émoussée et d'une main trop nerveuse avaient cessé de saigner. Il faisait en même temps des vœux fervents pour que son estomac affamé ne se mette pas à gargouiller prématurément tout en luttant de son mieux pour résister à l'envie de s'imbiber de caféine qui le torturait.

Néanmoins, il savait que toutes ces difficultés additionnées ne seraient rien à côté des ennuis qui l'attendaient si Callahan arrivait en retard ou, pis encore, négligeait de se présenter à l'audience.

Il jeta un coup d'œil à son chronomètre digital, spécial jogging. 9 heures moins 3. Callahan, qui avait une sainte horreur de déposer devant la cour, avait pour habitude de ne faire son apparition qu'au tout dernier moment mais c'était déjà plus que le dernier moment. Et avec le juge Lundstrom qui assurait aujourd'hui la présidence...

D'Ambrosio se redressa. Son ventre gargouillait. Merde. Il se leva en toussotant pour couvrir ces protestations abdominales, tira sur son gilet, ajusta son nœud de cravate et fit quelques pas pour se dégourdir les jambes, les yeux fixés sur la pendule au fond de la salle.

La porte à double battant que dominait le large cadran ceinturé de chiffres romains était toujours hermétiquement close.

9 heures moins 2.

Où diable Callahan était-il passé?

Il tourna son regard du côté de la table de la défense. Dave Mahaffey était un avocat compétent et un homme d'une correction au-dessus de tout éloge mais il était clair qu'au plan du choix de ses clients, cela allait de mal en pis. Hawkins était l'illustration moderne du vieux cliché cher aux pénalistes : le criminel incurable. Pour employer la terminologie sociojuridique contemporaine, un récidiviste. Ce qui voulait dire, tout bêtement, que cela ne lui faisait ni chaud ni froid. Sa « tendance à rechuter dans la délinquance » pouvait se traduire par une autre formule : « Il n'a rien à perdre parce qu'il sait qu'il échappera à toute condamnation. » Ce Little Caesar en herbe avait beau n'avoir que vingt-trois ans, ses antécédents judiciaires étaient accablants. Dix-sept arrestations, et toutes pour violences criminelles. Et condamnations : zéro. Les témoins à charge semblaient tous avoir une singulière propension à revenir sur leurs déclarations premières ou à se rétracter et à ne plus le reconnaître après l'avoir originellement identifié. Hawkins avait réussi à échapper à toutes les inculpations, à toutes les poursuites avec l'assistance experte et judicieuse de Sinclair Turner, un vétéran des prétoires au port léonin mais corrompu jusqu'à l'os. Mais Turner avait récemment pris sa retraite, victime d'une vessie dont le fonctionnement laissait à désirer, d'un côlon paresseux, d'une arythmie cardiaque et d'une regrettable autant que minutieuse enquête de la commission déontologique du Conseil de l'Ordre.

Pauvre Hawkins, se dit D'Ambrosio en se rasseyant. Il n'allait pas tarder à s'apercevoir que, Dieu en soit loué, Dave Mahaffey n'était pas Sinclair Turner – et tant mieux pour lui.

Nouveau coup d'œil à la pendule murale.

9 heures moins 1.

Le diable emporte Callahan!

D'Ambrosio débita *mezza voce* à l'adresse de ce dernier une litanie d'épithètes ordurières qui faisaient honneur à son imagination et se carra contre le dossier de son fauteuil. Hawkins n'aurait peut-être besoin de personne pour s'en sortir blanc comme neige. Les présomptions retenues contre lui étaient minces, il fallait bien le reconnaître, et le procureur aurait préféré, et de beaucoup, disposer d'éléments plus solides et plus probants. Mais il n'avait pas le choix. Ce serait maintenant ou jamais. Il ne pouvait pas attendre plus longtemps. C'était à l'évidence une de ces affaires où l'on n'a pas d'autre solution que de toucher du bois, obtenir l'inculpation et se battre comme un diable dans un bénitier jusqu'au moment du procès.

Si Callahan, l'officier de police qui avait appréhendé Hawkins, ne se montrait pas, ils l'auraient tous les deux dans l'os.

D'Ambrosio lança un ultime regard chargé d'une

ultime espérance en direction de la porte aux battants peints en noir.

Rien. Le salaud! Cette espèce d'arrogant enfant de...

La voix sépulcrale de l'huissier interrompit la diatribe qui s'amorçait. D'Ambrosio se mit debout, face au siège du président.

– L'audience du tribunal de Californie sous la présidence de l'honorable juge Lundstrom est ouverte.

D'Ambrosio sentit ses oreilles devenir brûlantes et fit avec ferveur le souhait qu'elles ne virent pas à l'écarlate. Ses cheveux qu'il avait décidé de porter courts ne les camouflaient plus.

Le juge Lundstrom fit son entrée et se dirigea à pas comptés vers l'imposant bureau de bois blond et luisant.

– Veuillez vous asseoir, laissa tomber l'huissier avec componction avant de gagner d'une allure majestueuse la place qui lui était assignée de l'autre côté de la salle.

Nous y voilà, pensa D'Ambrosio en se rasseyant comme tout le monde. Les dés en sont jetés et c'est à moi de jouer. Le juge Lundstrom ouvrit le dossier approprié, l'examina brièvement et posa tour à tour les yeux sur Hawkins et sur lui.

D'Ambrosio fit un effort pour ne pas se tortiller sur son siège.

Le juge ouvrit la bouche pour dire quelque chose mais, contrairement à toute attente, leva la tête avec un étonnement visible et regarda vers le fond de la salle.

D'Ambrosio se retourna. Un homme de haute taille, mince et musclé, avançait dans la travée centrale en ôtant les lunettes de soleil à monture enveloppante qui lui cachaient les yeux. Un homme qui n'était autre que l'inspecteur Harry Callahan de la police de San Francisco. Un beau saligaud débordant de suffisance, culotté comme il n'est pas permis. Insupportable. Mais un sacré bon flic. Peut-être le meilleur flic de San Francisco.

Callahan glissa ses lunettes noires dans la pochette de son veston de sport rouille à chevrons, ajusta sa cravate marron et s'assit derrière D'Ambrosio qui lui adressa un coup de menton empreint de lassitude et fit à nouveau face à la cour.

Mme le juge Lundstrom bouillait de fureur rentrée. Ses cheveux gris qu'elle portait courts étaient tirés en arrière. Elle avait un visage allongé, plutôt étroit, buriné par l'âge et l'expérience mais dont les joues avaient conservé leur velouté. A cela s'ajoutaient des yeux noisette, un nez acéré et une denture éblouissante.

Pas tellement moche, compte tenu de son âge, songeait d'Ambrosio. Mais c'était une vieille fille froide comme la banquise. Et comme groupie de Callahan, difficile de faire mieux!

Il n'avait pas besoin de se retourner pour savoir qu'Harry rendait au juge son regard fulminant. Rien de tel qu'un brin d'humilité et un zeste de doigté pour mettre un peu de liant, pourtant!

Le juge Lundstrom se détourna et articula de sa voix élégamment austère :

– Monsieur D'Ambrosio, ce dossier est une plaisanterie. (Seigneur mon Dieu!) Vous n'avez aucune preuve permettant d'établir le moindre lien entre le prévenu et le meurtre dont il est accusé. Le pistolet découvert dans sa voiture l'a été à la suite d'une perquisition illégale. Aux yeux de la Cour, il n'existe pas.

Merde! D'Ambrosio savait bien qu'il y avait des trous dans l'acte d'accusation mais, quand même, elle y allait un peu fort!

– La perquisition était illégale, poursuivit le juge, parce que l'inspecteur Callahan... (Elle ménagea une pause accompagnée d'un sourire arctique.) ... et c'est une vieille histoire – parce que l'inspecteur Callahan, disais-je, ne possédait pas de motifs suffisants pour écrouer M. Hawkins. Le pistolet n'est pas un élément de conviction admissible et, par conséquent, je prononce la relaxe de l'inculpé.

Le magistrat referma lentement la chemise. D'Ambrosio empoigna un crayon qu'il se mit à tordre entre ses doigts. Mais le juge Lundstrom n'en avait pas encore terminé :

– Vous pouvez compter sur moi, monsieur D'Ambrosio, pour que j'évoque vos méthodes de préparation des dossiers avec le district attorney. Huissier, affaire suivante.

D'Ambrosio ouvrit la bouche toute grande. Le crayon se cassa net. Il en laissa tomber les débris dans sa serviette, ramassa ses papiers qui vinrent rejoindre les vestiges du crayon, la referma rageusement, se leva et, tournant les talons, sortit en trombe du prétoire sans un regard pour Callahan.

Harry s'affaissa dans son fauteuil.

Il était fatigué.

Cette nuit, il avait travaillé trop longtemps sur trop d'affaires merdiques qui débouchaient sur des impasses. Cette nuit ou ce matin? N'importe comment, c'était devenu une question sans grande importance. Les jours se confondaient avec les nuits, les nuits avec les jours, traçant une ligne grise de frustration parfaitement rectiligne.

Et aujourd'hui, c'était le comble. Il avait traversé

l'enfer juste pour se faire donner un coup de règle sur les doigts comme un galopin surpris les mains dans les poches. Et par qui? Par une espèce de chichiteuse qui se prenait pour le modèle de la statue de la dame qui a le bandeau sur les yeux et les balances à la main. Mais cela non plus n'avait pas d'importance. L'important était qu'une petite crevure comme Hawkins s'en soit encore sorti.

Comment se faisait-il que tout se soit détérioré comme ça?

Mais peut-être qu'il se racontait des histoires, que sa mémoire lui jouait des tours en lui faisant croire que les sales moments d'autrefois étaient tellement plus chouquards que les jours pourris d'à présent?

Peut-être que c'était juste un symptôme de... de fatigue?

Harry faillit se mettre à rire de lui mais il se figea net en entendant un autre rire, plus sonore et plus rauque, résonner à l'autre bout de la salle.

C'étaient Hawkins et ses copains qui se congratulaient mutuellement et réciproquement.

Harry les observa. Il savait ce qui allait se produire. Les visages changent mais la gadoue reste toujours la gadoue. Il pouvait se lever et sortir mais pourquoi galvauder les rites? Après tout, il y a des traditions que l'on doit respecter. D'ailleurs, ce serait lui qui jouerait la partie suivante – la sienne –, il savait que ça arriverait inévitablement un jour ou l'autre, là ou ailleurs – et ce serait d'autant meilleur. Aussi ne bougea-t-il pas. Il regardait. Et attendait.

Hawkins et ses deux potes rigolaient, ricanaient, s'envoyaient de grandes claques dans le dos.

Le juge Lundstrom décocha un coup d'œil dans leur direction.

Harry se demanda ce qui se passerait s'ils continuaient. Peut-être que s'ils devenaient réellement insupportables, la mère Lundstrom leur ferait écrire cent fois au tableau : « Je ne dois pas tourner la Justice en dérision ni rire à haute voix dans l'enceinte du tribunal. »

Finalement, Hawkins et ses petits camarades en finirent avec leurs effusions et se préparèrent à vider les lieux. Ils remontèrent la travée centrale et obliquèrent vers le fond de la salle.

Où se tenait Harry.

Pour l'occasion, Hawkins s'était mis sur son trente et un. Il s'était lavé les cheveux et avait fait disparaître sa banane pommadée, il avait effacé au cold cream la croix gammée et les deux éclairs qui agrémentaient ses joues, enlevé l'épingle de nourrice qui lui servait habituellement de boucle d'oreille. Il ressemblait maintenant à n'importe quel jeune Blanc bien-pensant, américain jusqu'au bout des ongles, qui se prépare à faire carrière. En revanche, ses copains qui, eux, n'avaient pas vu la nécessité de se mettre en frais étaient venus dans leur tenue de travail. Droit de l'usine, en quelque sorte. Ils étaient bardés de cuir, de fermetures à glissière, de chaînes, de clous, et autres accessoires indispensables de la panoplie guerrière des zonards. Les visages peuvent changer mais la gadoue demeure toujours la gadoue.

Les trois garçons firent brusquement halte à la vue de Callahan.

Ils le regardèrent en observant une immobilité de pierre, la physionomie totalement dépourvue d'expression.

Harry les dévisagea.

Lentement, un sourire s'épanouit sur la figure de

Hawkins. Les deux autres suivirent son exemple. Aux sourires succédèrent des gloussements d'hilarité et Hawkins tendit les mains, paumes ouvertes, à ses deux acolytes qui les claquèrent à grand bruit. Puis ils quittèrent la salle en roulant des mécaniques et en bombant le torse comme les petites poisses qu'ils étaient.

Harry se leva et sortit à son tour.

Il se souviendrait.

Il enfila le couloir en direction de l'ascenseur. Hawkins et sa bande n'étaient nulle part en vue. Harry savait où ils étaient : dans les toilettes. Et il savait aussi ce qu'ils y faisaient : ils étaient fort occupés à se shooter. S'il le voulait, il n'aurait qu'à y entrer pour les coincer la main dans le sac. Mais il n'en avait rien à foutre. Il n'appartenait pas à la brigade des stups. Oui, il les coincerait mais pas pour avoir sniffé de la blanche. Lui, c'était un flic de la Criminelle. Et un sacré bon flic. Le meilleur de cette putain de ville, si ça se trouvait. Peut-être le meilleur de tout ce putain de pays, de toute cette putain de planète. Il refoula sa colère. Bien sûr qu'il les coincerait, ça ne faisait pas un pli. N'importe comment, il les coffrerait. Et pour ce qu'ils n'avaient fait que trop souvent. Pour le bon motif. Pour meurtre.

Devant l'ascenseur, D'Ambrosio et l'avocat de la défense se serraient la main. Comme ce dernier s'en allait, Harry entendit les deux hommes se donner rendez-vous pour une partie de squash dans l'après-midi. Une partie de squash. Sublime!

D'Ambrosio appuyait sur le bouton d'appel au moment où Callahan le rejoignit devant la porte de l'ascenseur. Le procureur lui jeta un coup d'œil furtif et Harry crut l'entendre grincer des dents.

– Dentisterie préventive, laissa-t-il tomber en regardant droit devant lui.

– Pardon?

D'Ambrosio avait littéralement craché le mot. Il devait être à cran. Mais comment le lui reprocher?

– Ça maintient les dents en bon état et on va moins souvent chez le dentiste. Excellent pour les ratiches mais catastrophique pour les stomatos. Vous connaissez le taux de suicide dans la profession?

– Mais de quoi diable parlez-vous, Callahan?

– De la dentisterie préventive. Vous êtes tellement en boule que ça vous fait grincer les dents.

D'Ambrosio le dévisagea. Et éclata :

– Combien de fois, Callahan? Combien de sacré tonnerre de Dieu de fois? Le sixième sens, ce n'est plus valable. Vous n'arriverez jamais à les épingler sous prétexte que vous pensez que ce sont de petits salopards. Votre don de voyance ne vous mènera nulle part.

D'Ambrosio tourna le dos à Harry. Ses oreilles étaient rouge vif.

Les portes s'ouvrirent. Harry le laissa entrer le premier dans la cabine. Celle-ci était déjà pleine de gens, style porteurs d'attaché-case des deux sexes. Plus quelques citoyens ordinaires. Faciles à repérer, ceux-là: c'étaient ceux qui avaient l'air désemparé.

A l'instant où la porte allait se refermer, on entendit un bruit de cavalcade dans le couloir et, au dernier moment, une main aux épaisses phalanges à laquelle faisait suite une manche de poignet de cuir clouté s'inséra dans l'entrebâillement. La porte se rouvrit toute grande et Hawkins, suivi de son escorte, fit son entrée. Le trio se dirigea vers le fond de la cabine d'une allure chaloupée.

Callahan sentit les attaché-cases et les civils s'agglutiner les uns contre les autres et entendit à nouveau crisser les dents d'Ambrosio.

Instantanément, la gadoue commença à se manifester.

Les visages peuvent changer...

Harry attendit.

Il y eut un crescendo de gloussements, de lazzi, de ricanements.

Et puis, Hawkins...

– Ben quoi, Callahan, faut pas faire une gueule pareille, mec. T'auras plus de chance la prochaine fois, eh con!

Harry ne perdit pas de temps. Faisant prestement volte-face, il empoigna Hawkins par les revers de son veston et le plaqua contre la cloison de la cabine exiguë, pleine comme un œuf.

Les attaché-cases et les civils s'agglomérèrent en une masse compacte pour faire de la place. Une femme cria.

Les copains d'Hawkins firent mine de s'avancer mais ce dernier, s'efforçant de retrouver son sang-froid en débandade, décocha un sourire forcé à Harry et, d'un geste, ordonna à ses sbires de ne pas bouger.

Harry, qui le tenait toujours par les revers de son veston, le souleva sans peine bien que Hawkins fût un gaillard trapu d'un mètre soixante-quinze. Quand ils se trouvèrent nez à nez – Harry frôlait les deux mètres –, le sourire du petit truand avait déserté ses lèvres. Harry le maintint de la sorte plusieurs secondes, vrillant son regard au sien sans même battre des paupières.

Dans l'ascenseur, c'était le silence.

Les pieds de Hawkins se balançaient dans le vide.

Enfin, Harry parla :

– Ecoute-moi bien, petit loube de mes deux. Tu sais à quoi tu ressembles ? A une merde de chien. Et il peut arriver des tas de choses aux merdes de chien. Elles peuvent se dessécher et être emportées par le vent. On peut marcher dessus et les écrabouiller. On peut les virer du trottoir avec une pelle. Alors, un bon conseil : fais gaffe à l'endroit où le clebs chie.

Les portes s'ouvrirent. L'ascenseur était arrivé au rez-de-chaussée.

Les attaché-cases et les civils déguerpirent comme un seul homme.

Harry lâcha les revers du veston.

Hawkins, livide, reprit contact avec le sol, contourna Callahan et, suivi de ses comparses muets, décampa en catastrophe.

Une fois à distance respectueuse, le trio tenta de se donner du courage en poussant des huées gouailleuses. Mais en prenant soin de se retourner fréquemment en quittant les bâtiments du tribunal.

Harry les regardait s'éloigner. Les visages peuvent...

– C'était une très jolie performance, Callahan. De l'excellent spectacle, je vous le dis comme je le pense.

D'Ambrosio s'éloigna à grands pas.

Les portes de la cabine se refermaient et Harry sortit à son tour dans le couloir.

Il était seul.

Desserrant son nœud de cravate et déboutonnant son col de chemise, il regagna sa voiture, s'installa au volant et démarra.

Il avait besoin d'un café, très noir et très fort. De plusieurs, peut-être, même. Et de casser une croûte. C'était le moment de faire un tour au *Acorn Café* sur les destinées duquel veillait Loretta Brendol.

Enfilant Grove Street en direction de Market, il coupa par la Beattery, puis tourna à gauche et prit Broadway. Le bistrot de Loretta était une espèce en voie de disparition, aujourd'hui. Le petit troquet familial du bon vieux temps. On y mangeait pour un prix raisonnable et on pouvait même avoir droit en prime à un sourire venu du fond du cœur. Un sourire qui n'avait rien du sourire commercial.

Harry était seul dans la voiture. Parce qu'il travaillait en solo. Il avait eu des quantités de coéquipiers au cours des années – de quantité d'années. Dont quelques-uns qui lui avaient inspiré des sentiments de sympathie. Mais il y avait entre eux et lui trop de différences. Et des différences trop profondes. De méthode, de morale... va-t'en savoir! Harry avait sa façon à lui d'agir qui, à ses yeux, était la seule valable. Il commandait et il ne restait plus à ses coéquipiers qu'à suivre le mouvement ou à aller chez Plumeau vite fait.

Et puis, bien sûr, il y avait la liste. La liste des coéquipiers décédés. La comptabilité des cadavres. Le bilan était lourd. Beaucoup plus lourd qu'il ne l'aurait voulu. Mais que pouvait-il y faire? Ça vous tombe sur le paletot et voilà. Et, bien sûr, ultime touche d'ironie, c'étaient les meilleurs, les types qui en avaient vraiment dans le ventre, ceux qu'il aimait qui étaient morts. Di Georgio, Kate Moore, Kelton

Perry. Seul Chico s'en était sorti vivant. Harry avait été navré mais, en même temps, soulagé de le voir partir. La dernière fois qu'il avait eu de ses nouvelles, Chico était professeur au collège de Mission District. Dans les premiers temps, il lui téléphonait pour l'inviter à dîner le dimanche ou pendant les vacances. Harry n'avait jamais donné suite. Alors, Chico avait cessé de lui téléphoner. Prof de collège. Par les temps qui couraient, c'était encore plus dangereux que d'être flic et on n'avait même pas le droit d'avoir un calibre. Bonne chance, Chico!

Chassant ces pensées de son esprit, Harry se concentra sur le spectacle de la rue et des gens qu'il croisait. En plein jour, c'était chouette et la ville était belle. Mais il ne savourait ni la beauté du décor ni sa sérénité. Il ne savait que trop de quelles scènes les ruelles et les rues sombres étaient le théâtre. Sans compter ce qui se passait derrière les façades, dans les caves, dans les escaliers, dans les taudis. L'univers de la nuit. C'était son univers à lui. C'était son truc. Son boulot.

Il stoppa une rue après la boîte de Loretta, se gara et rebroussa chemin, ne s'arrêtant que pour glisser une pièce dans le distributeur de journaux qui lui cracha un *Chronicle.*

Comme, somme toute, il n'avait pas réellement faim mais avait, en revanche, des tonnes de rapports merdiques à rédiger, il décida que le mieux serait de prendre seulement une consommation à emporter.

Il entra dans le bistrot tout en jetant un coup d'œil en diagonale sur les titres, fonça droit sur la partie du comptoir réservée aux plats à emporter et, en attendant, ouvrit le journal à la page de la rubrique des spectacles.

Sans qu'il eût eu besoin de dire un mot ou de faire un geste, une femme proche de la maturité, grande et mince, quitta sa place à la caisse et s'approcha du gros percolateur. Elle s'empara d'un grand gobelet de carton, y fit prestement tomber deux grosses cuillerées de sucre, puis la remplit à ras bord d'un café noir et fumant. Elle posa le couvercle sur le récipient et le plaça devant Harry. Sans lever la tête – il était maintenant plongé dans l'éditorial et s'efforçait de se rappeler ce qu'il savait de la dentisterie préventive –, le policier posa un billet d'un dollar sur le comptoir, se saisit du gobelet et prit la direction de la porte.

Avant de sortir, il jeta un coup d'œil dans la salle.

Elle était pleine de clients et il y régnait le plus grand calme. Tout le monde était occupé à siroter qui son café, qui son jus de fruits, qui un verre d'eau ou à jouer du couteau, de la fourchette et des mandibules. Il remarqua trois jeunes Noirs solitaires assis séparément.

Harry referma la porte derrière lui.

Il monta dans la voiture banalisée, s'inséra dans le flot de la circulation et arracha le couvercle de plastique du gobelet qu'il porta à ses lèvres.

Il fit une grimace et recracha la gorgée de café par la fenêtre.

Arrêté à un feu rouge, il reprit une gorgée qu'il recracha avec une nouvelle grimace.

Il ôta ses lunettes de soleil.

Le feu passa au vert.

Harry replaça le couvercle sur le gobelet qu'il posa sur le siège du passager et fit un demi-tour sur les chapeaux de roues, au milieu du carrefour, ignorant superbement les clameurs indignées des avertisseurs et les vociférations furibondes des autres conducteurs.

Il reprit le chemin de chez Loretta.

Mais, cette fois, il passa devant l'établissement sans s'arrêter.

La pancarte FERMÉ était accrochée derrière la porte.

Ben voyons! Fermé à l'heure du petit déjeuner, l'un des moments du coup de feu de la journée. Quoi de plus naturel, voulez-vous me dire?

Arrivé au coin, il tourna dans la petite rue et continua jusqu'à la porte de service du bistrot.

Il fit halte et décrocha son micro.

– Inspecteur 71. Je vous signale un possible 211 en cours, adresse 306 Broadway. Je vais voir ça de plus près. Terminé.

Il mit pied à terre, fit un pas, s'immobilisa, prit le gobelet de café posé sur le siège et se remit en marche.

La porte de derrière donnait sur la cuisine. Qui était vide. Pas de cuistots. Pas de plongeurs.

Puis des voix lui parvinrent. Des voix d'hommes. Rauques. Brutales.

– Z'avez eu raison de nous dire qu'il était de la poulaille.

– Oui, ma petite dame, c'était du beau boulot que vous avez fait avec le poulet. Maintenant, z'allez continuer à être gentille et vider la caisse dans le sac ici présent. Vous autres, restez tranquilles si vous tenez à la vie. On va faire la quête avec le sac dans une minute, alors préparez-vous. Faudra pas lambiner. Je veux vos portefeuilles, vos bagouses, vos montres, votre jonquaille, tout, quoi. Tout dans le sac. Et allons-y! En vitesse. Grouillez-vous, hein!

– Et toi, la mousmé, tu vas venir avec moi.

Trois voix différentes.

Harry sortit le revolver bien au chaud dans l'étui qu'il portait sous l'aisselle gauche. Un Magnum A. 44 à canon long. Une arme dévastatrice.

Baissant le bras pour le camoufler derrière sa jambe, il entra d'un pas désinvolte dans la salle.

Tout le monde se figea sur place.

Des dizaines d'yeux écarquillés se tournèrent vers lui. Mais il n'y en avait que trois paires qui intéressaient Harry.

Il repéra l'homme posté entre la porte de la rue et la vitrine. Le guetteur. Ces gars-là en avaient dans le chou. Ils couvraient la porte d'entrée. Et celle du fond ? C'est par là qu'on va se casser, eh, Ducon ! Un fusil de chasse à deux coups aux canons sciés était posé en équilibre sur les cuisses du guetteur.

Harry tourna son attention vers l'homme au sac. Visiblement, c'était le chef. Il était dans le coin de la salle, occupé à faire sa razzia. Il étreignait ce que le policier jugea être un 38 dans la griffe droite mais tenait néanmoins son sac avec les deux mains. Un brillant tacticien, ce garçon.

Le troisième – celui-là, c'était le joyeux drille de la bande – avait, lui aussi, un calibre mais c'était avant tout la jeune et jolie fille qu'il s'efforçait d'entraîner dans la cuisine qui occupait ses pensées et ses mains.

Une fine équipe. Des vrais pros. Je te jure !

Harry vint négligemment se camper devant le comptoir.

Le chef sortit enfin de l'état d'hypnose où l'avait plongé son apparition et recouvra l'usage de la parole :

– Mais, bordel, qu'est-ce que tu branles ici, conard?

En plus, il a de la conversation, songea Harry.

Il brandit son gobelet.

– Ça fait près de dix ans maintenant que je viens tous les jours chez Loretta ici présente (il adressa un aimable signe de tête à Loretta qui ne bougeait pas, ne cillait pas, ne respirait pas) et, tous les jours, elle me sert un grand noir nature. Aujourd'hui, elle m'a donné un grand noir avec du sucre. Beaucoup de sucre. Alors, je suis venu le lui rapporter avec l'intention de me plaindre auprès du chef.

– Mais de quoi c'est qu'il cause, cet enfoiré? brailla le joyeux drille.

– Eh bien, mes enfants, il faut vous faire une raison. (Très calme, Harry posa le café archisucré sur le comptoir.) Nous n'allons quand même pas vous laisser filer comme ça, tranquillos.

– Nous? C'est qui, nous, eh, jobard?

Même le guetteur avait l'air de s'intéresser à la conversation, à présent.

Harry ménagea une pause, le temps d'évaluer ses distances.

– Smith... Wesson... (il leva brusquement son Magnum)... et moi.

La réaction des trois truands fut immédiate.

Celle de leurs quasi-victimes aussi.

Le guetteur releva son arquebuse, tourna le dos à la porte d'entrée et fit feu sur Harry.

Et la panique s'empara des consommateurs et du personnel. D'un seul coup, leur contrôle de soi, leur patience, leurs nerfs les lâchèrent. Collectivement. Un peu plus tôt, quand les braqueurs avaient clairement manifesté leurs intentions, chacune des personnes qui se trouvait là s'était rendu compte qu'elle était en présence de la mort. Mais la mort était encore une éventualité lointaine. Plus proche, sans doute, mais ils se refusaient les uns et les autres à l'envisager autrement que comme une simple possibilité. C'était toujours une simple possibilité. Mais d'une façon différente. La mort était maintenant là, à portée de la main. Violente, imprévue, immonde. La mort. Elle avait fait intrusion parmi eux. Il fallait bien se rendre à l'évidence et c'était plus qu'ils n'en pouvaient supporter. Alors, ils craquaient. En tant que groupe. Certains, hommes et femmes confondus, hurlaient. La plupart se levèrent d'un bond de leur siège et prirent leurs jambes à leur cou à l'aveuglette sans trop savoir où ils allaient. D'autres se jetèrent à terre. Quelques-uns demeurèrent assis, rigides, et braillèrent plus fort. L'affolement était général.

C'étaient le chaos, le pandémonium et, surtout, la terreur.

La décharge du fusil fit voler toute une partie du comptoir en éclats, un peu à droite de l'endroit où se tenait Harry.

L'inspecteur n'appuya pas sur la détente. Il fallait y aller prudemment. Le tohu-bohu et la bousculade réduisaient son potentiel de feu. Le guetteur allait recharger son arme aussitôt, ce qui laissait une petite marge à Harry. Au moins deux secondes. Aussi jugea-t-il que le mieux était de ne pas s'occuper de lui. Il s'accota au comptoir fracassé.

Au même instant, un tir croisé fit voler en pièces un présentoir à pâtisserie et le miroir auquel il tournait le dos. Des fragments de verre et des morceaux d'assiettes fusèrent dans toutes les directions.

Entendant la victime sur laquelle le joyeux drille

avait jeté son dévolu redoubler de cris, il comprit qu'elle cherchait à échapper à son ravisseur. C'était le moment. Elle n'aurait probablement pas une autre chance. Et sa tentative de fuite laisserait son agresseur vulnérable.

Elle s'arracha à son étreinte et Harry ne perdit pas de temps pour tirer. Il toucha l'homme mais ne fit que le blesser.

Callahan pivota alors sur lui-même, s'accroupit, le corps ramassé, et fit feu sur le chef de la bande. Sous le choc, l'aspirant braqueur, atteint à la partie supérieure de la poitrine, tournoya et s'écroula en travers d'une table.

Le fusil à deux coups éventra le comptoir de l'autre côté de Harry. Trop près pour son goût. Salement trop près.

Il riposta. L'impact projeta le guetteur contre le mur et il glissa lentement, très lentement, à terre, la vie s'échappant en bouillonnant à gros grumeaux rouges de sa gorge béante.

Le hurlement des innocents s'amplifia pour se transformer en gémissement.

Le joyeux drille étendu sur le sol, tenant toujours son revolver, luttait corps à corps avec la jeune femme, maintenant en pleine crise d'hystérie.

Harry se préparait à faire mouche quand une détonation retentit en même temps qu'un souffle d'air brûlant lui frôlait la tête.

Il fit demi-tour. Le chef, ensanglanté et vacillant sur ses jambes, le tenait dans sa ligne de mire, s'apprêtant à réitérer.

Harry actionna la détente à deux reprises.

La première balle fit décoller le gangster du plancher, la seconde le propulsa à travers la vitrine.

Brusquement, après la double explosion du Magnum et le fracas cristallin des débris de verre qui l'accompagna, ce fut le silence.

La panique avait dépassé le seuil de l'expression vocale.

L'odeur âcre de la cordite et de la peur imprégnait l'atmosphère.

Harry se tourna à nouveau vers le dernier membre du trio qui, debout, titubant, s'efforçait farouchement de garder le contrôle de la jeune femme qui se débattait. Il lui fallait un otage à tout prix. C'était son seul espoir.

Il la tenait à bras-le-corps, le canon de son revolver dirigé vers la hanche de la malheureuse.

Harry leva le bras et pointa le Magnum sur le couple qui virevoltait, soudé dans l'étreinte de cette danse forcée.

Le joyeux drille commençait à tirer la femme vers la porte principale.

– *Non*, cria Harry.

L'autre s'arrêta net, contemplant, bouche bée, Callahan et le Magnum. Dans un suprême effort, animée par un ultime espoir, la femme se domina, cessa de se débattre, et s'affala mollement sur le truand, ce qui eut pour effet immédiat de le déséquilibrer. Soudain, et alors qu'il s'y attendait le moins, son bouclier s'était métamorphosé en un dangereux poids mort qui le faisait se pencher en avant, l'exposant sans défense au tir du Magnum. Il était le lapin, la nuit, au milieu de la route, cloué sur place par les phares de la voiture qui avait subitement surgi. Son arme n'était plus braquée ni sur la femme ni sur Harry. Elle visait le vide.

Resserrant son étreinte, il se redressa, faisant de son mieux pour s'abriter sous le corps de la femme.

Elle pesait un âne mort mais il gardait une immobilité totale. Il était couvert de sueur. Il saignait. Il réfléchissait.

Les seuls sons que l'on entendait étaient le tintement argentin de minuscules bris de verre qui se détachaient de la façade et la respiration haletante du joyeux drille.

Harry ne bougeait pas plus qu'une statue. Il ne cillait même pas.

Au loin mugirent trois sirènes. Leur ululement se rapprochait, de plus en plus strident, de plus en plus assourdissant. Miaulement de pneus. Claquement de portières. Bruits de galopade.

Harry savait qu'il y avait maintenant des flics partout.

Et la petite frappe le savait aussi.

Quelle attitude adopterait-elle? Raisonnable? Ou suicidaire?

Harry leva son Magnum.

Joyeux Drille se contorsionna et sa main se crispa sur son arme.

– Vas-y, lui dit Harry d'une voix calme sans hausser le ton. Vas-y, fais-moi plaisir.

Joyeux Drille laissa tomber son revolver.

Les policiers se jetèrent sur lui et entraînèrent la jeune femme qui avait commencé à pleurer doucement.

Harry abaissa son Magnum et exhala un long, un interminable soupir. Il regarda son flanc. Sa veste était en lambeaux.

Retournant au comptoir transformé en allumettes, il reprit le gobelet de café qui avait survécu au carnage et fit signe à un agent qui passait devant lui :

– Enveloppez ça et apportez-le à D'Ambrosio.

Vous lui demanderez de ma part si le café a des vertus parapsychologiques.

La nuit était claire et froide. Des étoiles scintillantes piquetaient le ciel sombre, entièrement dégagé. Une forte brise soufflait, venue de la baie. Il y avait même un croissant de lune.

C'était une de ces nuits typiques de San Francisco que font mousser les dépliants et les brochures touristiques. On aurait presque dit que l'air crépitait d'électricité. La ville trépidait. L'aventure, le romanesque, le vécu étaient au coin de la rue. C'était une de ces nuits où tout était soudain possible. Une nuit sortie du rêve d'un rêveur. Une nuit où n'importe quoi pouvait arriver.

Mais, de tout cela, les deux hommes assis dans la minable Chevrolet noire à l'arrêt en face du Mark Hopkins Hotel dans le quartier chic de Nob Hill s'en moquaient comme d'une guigne. Ils étaient fatigués. Ils se barbaient comme des rats morts. Ils étaient sur un turbin. L'un d'eux, Ernie Jacobs, était tout en angles – les genoux, les coudes, le nez. Avachi sur le siège du chauffeur, il était recroquevillé sous le volant. Son compagnon, Cletus Barnes, un Noir plus jeune et plus enveloppé, ne quittait pas l'hôtel des yeux. Il avait pour mission d'en surveiller l'entrée mais, pour le moment, il essayait une cure de méditation pour pallier ses aigreurs d'estomac. Une thérapeutique qui ne donnait d'ailleurs pas de résultats évidents. Jacobs rota.

– Ernie?

Pas de réponse.

– Ernie? Tu dors?

Jacobs se retourna et décocha à Barnes un regard noir.

– Comment veux-tu que je dorme quand tu viens me casser les pieds tous les quarts d'heure?

– Tu as faim?

– Faim? Après avoir bouffé cette espèce de bouillie grasse que tu as barbotée au restau de ton chinetoque de beau-frère? Elle me reprochera pendant des jours entiers si elle ne me fout pas la colique, sa ragougnasse.

Barnes sourit.

– C'était gratuit.

– Tu t'es fait escroquer. (Jacobs rota à nouveau et se remit en chien de fusil pour reprendre son somme interrompu.) Il aurait dû te payer pour becqueter ça.

– Si tu veux dormir, Ernie, laisse au moins ta fenêtre ouverte. Tu ne te contrôles pas. J'ai besoin d'un courant d'air. Je ne veux pas mourir asphyxié par tes pets en service commandé. Ça la foutrait mal dans mon éloge funèbre.

– Va te faire voir, gronda Jacobs, assortissant ce commentaire définitif d'un rot supplémentaire.

Barnes éclata d'un grand rire et se remit à sa tâche. Jacobs et lui faisaient partie d'une brigade spéciale chargée d'enquêter sur les activités du syndicat du crime. Quelques années auparavant, elle avait fait un travail sérieux et fructueux mais, maintenant, en raison des récentes réductions de crédits et des mutations de personnel, elle n'avait plus qu'un rôle symbolique. Jacobs et Barnes faisaient presque uniquement de la surveillance. Surveillance de tas de gens et de tas d'endroits différents. C'était assommant mais pas dangereux. Ce soir, ils avaient mission d'observer les allées et venues d'un gros bonnet de l'organisation criminelle particulièrement vicelard et dont la réussite professionnelle était singulièrement marquante.

Barnes se redressa brusquement et plissa les paupières.

Une Plymouth marron sans signe distinctif s'était arrêtée devant l'entrée de l'hôtel. Un homme grand et maigre, athlétique, en descendit et dit quelques mots au voiturier qui se précipitait à sa rencontre.

Barnes expédia une claque sur la cuisse de son coéquipier qui, en guise de protestation, commença à débiter une litanie de jurons obscènes mais il l'arrêta net dans son élan :

– Ernie... (Son ton était sérieux.) Regarde. L'entrée. Est-ce que ce type est bien celui que je crois ?

Jacobs tordit le cou pour mieux voir.

– Oh ! Merde !

L'homme maigre disparut à l'intérieur de l'hôtel.

Harry traversa le hall somptueux meublé avec raffinement et se dirigea vers la grande salle de bal.

Le baratin, la paperasserie, la bureaucratie, toutes ces foutaises qui lui liaient les mains, il en avait sa claque. Il était grand temps d'intervenir sur le terrain pour faire bouger un peu les choses.

Quand il atteignit le seuil du luxueux salon, de la musique lui parvint aux oreilles. Une valse. Interprétée avec le plus grand talent par un orchestre assez nombreux animant une noce. Dame ! Il n'y a rien de trop beau pour le dessus du panier, marmonna Harry dans son for intérieur.

Une hôtesse japonaise se matérialisa soudain à ses côtés.

– Puis-je voir votre carton d'invitation, monsieur?

Harry jeta un coup d'œil dans le salon d'apparat où la valse allait bon train. Les invités – les femmes en robe du soir, les hommes en smoking – formaient un large cercle au centre duquel un homme frêle et plutôt petit, les cheveux blancs et le teint hâlé, dansait avec une jeune femme brune. Lentement mais avec une élégance et un brio indiscutables. Sa cavalière portait une robe de dentelle blanche. C'était la mariée.

– Puis-je voir votre carton d'invitation, monsieur?

La Japonaise était jeune, polie et bien roulée. Salement bien roulée!

Harry glissa la main dans la poche de sa veste sport pour en sortir sa carte et son insigne qu'il agita sous le nez de l'hôtesse.

– Je ne... comprends pas... inspecteur Callahan, déchiffra-t-elle.

Deux impressionnants costauds, complet sombre avec gilet, la boutonnière agrémentée d'un large œillet rose, les mains croisées sur le ventre, apparurent, venant du salon, dont ils bloquèrent l'entrée. Callahan les jaugea. Le cou massif, la tête cylindroconique.

– Connaissez-vous le numéro du service des urgences de l'hôpital général? demanda-t-il à l'hôtesse sans la regarder.

– Euh... oui... je le connais.

Harry rempocha son insigne et sa carte.

– Téléphonez-leur donc pour qu'ils envoient une ambulance. Vous leur direz qu'ils prévoient d'embarquer deux gros bras à sale gueule souffrant de contusions multiples, de plaies diverses et variées et d'une tripotée de fractures.

Les deux sportifs s'avancèrent en chaloupant.

– Inspecteur Callahan...

Ils s'immobilisèrent et se tournèrent vers l'homme aux traits aquilins et à la noire chevelure bouclée qui avait parlé. Au revers de son smoking noir bon chic bon genre, avait éclos une petite rose rouge. Sa cravate était dans les tons cerise agressifs et ses mocassins étaient signés Gucci.

– Monsieur Loomis, on était...

D'un geste aristocratique de la main, ledit M. Loomis fit taire le videur.

– En quoi pouvons-nous vous être utiles, inspecteur?

– Je suis venu dire deux mots à Threlkiss.

Les yeux de Loomis s'arrondirent.

– Le jour du mariage de sa petite-fille? Et ce serait à quel sujet?

– Je serais heureux de l'aider à enlever la jarretière de la mariée.

– Même vous, inspecteur, vous devez savoir qu'il existe des lois contre les tracasseries policières.

Le ton de Loomis s'était fait moins avenant.

– Si vous voulez bien m'excuser...

Sans se soucier du trio, Harry entra dans la salle de bal. Les deux malabars firent mine de se lancer à ses trousses mais Loomis les en empêcha. Ce fut lui qui suivit en personne le policier.

Dehors, dans leur voiture anonyme, Jacobs et Barnes se demandaient quelle ligne de conduite il convenait d'adopter.

– Quelle chiasse! soupira le premier qui était d'humeur philosophique. Pourquoi faut-il que ça tombe sur moi? Pour une simple planque de routine, un con de boulot de voyeur!

– Qu'est-ce qu'on fait, Ernie?

– On va appeler Briggs. C'est lui qui décidera.

L'orchestre s'était tu. Threlkiss était en train de regagner sa table pour rejoindre sa femme, ses petits-enfants, ses nièces, ses neveux, ses cousins et ses cousines, ses arrière-cousins et ses arrière-cousines, ses arrière-neveux et une cohorte de musclés de tous les gabarits et de toutes les tailles.

Loomis rattrapa Callahan juste avant que le policier soit arrivé à la table du caïd.

– C'est un homme qui n'est pas en bonne santé, Callahan. Venez à un autre moment... un autre jour. Il ne s'est déjà que trop excité aujourd'hui.

Ignorant cette mise en garde, Harry se planta en face d'un grand homme.

D'un signe de tête, Loomis ramena le calme dans le bataillon des enflés du biceps.

Threlkiss s'assit avec l'aide d'un de ses gardes du corps et planta son regard dans celui de l'inspecteur.

– Mais, Dieu me pardonne, c'est Harry Callahan! Prenez un siège, je vous en prie. (Il tendit la main vers une flûte qu'un valet remplit incontinent.) Un peu de champagne, Harry? Il est d'importation.

Harry le dévisagea. Threlkiss but une gorgée.

– Vous voulez que je vous dise, Harry? Les hommes devraient être comme le vin. Ils devraient se bonifier en vieillissant. Devenir plus civilisés. Prendre du moelleux. De la patine.

Harry continuait de le vriller du regard. Threlkiss toussota.

– Mais, hélas! ce n'est pas votre cas, Harry. Vous

restez égal à vous-même dans un monde qui ne cesse de changer.

Il sortit de sa poche un cigare noirâtre qu'il tendit à Callahan.

Lequel fit comme si de rien n'était.

Threlkiss sourit en secouant la tête. Instantanément, la flamme d'une allumette apparut. Thkrelkiss tira sur son cigare pour bien l'embraser. Disparition de la flamme et de l'allumette.

– Alors, Harry...

– Linda Doker.

Threlkiss cessa de tirer sur son cigare et son sourire s'évanouit.

– Ce nom est-il censé me dire quelque chose?

– Elle a été repêchée le mois dernier dans la Baie. Les seins tailladés, les pieds brûlés et la figure en bouillie.

Threlkiss aspira une bouffée de fumée.

– Oui, en effet, j'ai lu ça dans les journaux. C'était une prostituée, si je me souviens bien?

– Oui. Et ses services n'étaient pas à la portée de toutes les bourses, si j'ose dire. Sa spécialité était de donner du moelleux et de la patine aux vieillards libidineux.

Threlkiss pâlit sous son hâle. Il toussa et un peu de cendre tomba sur un plastron empesé aux boutons en diamant. Il agita son cigare. Une main le happa et chassa la cendre qui maculait sa chemise.

Harry sourit.

– Si je suis bien informé, elle avait un client spécial qui lui avait confié diverses petites choses.

– Vous êtes ridicule, Harry.

– Je crois bien qu'elle n'était pas idiote et que ces

petites choses, elle les avait transcrites noir sur blanc.

Les traits de Threlkiss se crispèrent.

Harry sortit de sa poche intérieure une épaisse enveloppe blanche toute froissée qu'il brandit bien haut pour que tout le monde la voie.

– Peut-être qu'elle a fait faire une copie de ses notes. Peut-être aussi qu'elle n'a pas dit qu'il en existait une copie quand on lui a enfoncé un cintre entre les cuisses. (Threlkiss vira au cramoisi et ses yeux s'exorbitèrent.) Qu'est-ce que vous croyez que les patrons du vieillard libidineux feront quand ils l'apprendront? Peut-être qu'il a une famille. Peut-être qu'il est bon pour le recyclage.

Threlkiss s'était mis à trembler. Il fit mine de se lever. Des mains secourables se tendirent pour l'assister mais il les repoussa.

– Fumier! (Ses tremblements gagnaient rapidement en violence, sa respiration était courte et hachée.) Espèce d'ordure!

A peine eut-il proféré cette dernière injure que Threlkiss, vacillant sur ses jambes, porta la main à sa poitrine.

Harry tourna les talons et s'éloigna.

Des gens se précipitèrent. Une femme cria. La jeune mariée arriva en courant de l'autre bout du salon.

Harry ne se retourna même pas.

Comme il gagnait le hall d'entrée, il vit deux hommes, un Noir et un Blanc qui galopaient, pousser la porte. Ils le reconnurent et lui montrèrent leurs papiers.

– Faut nous excuser, inspecteur, lui dit le Blanc, mais le capitaine Briggs nous a donné pour directives...

– *Ernie!*

Le Noir fonçait déjà vers le salon de réception, alerté par le tumulte. Le Blanc s'excusa et se lança au pas de course sur les traces de son coéquipier.

– Mais que se passe-t-il, inspecteur?

L'hôtesse japonaise s'était à nouveau matérialisée. Elle avait l'air d'être dans tous ses états.

– Il y a un monsieur qui a brusquement porté la main à sa poitrine...

– Quoi? Vous voulez dire que quelqu'un a eu une crise cardiaque? Mais expliquez-vous!

– Je crois qu'il a reçu la facture pour sa petite sauterie.

Harry tendit à l'hôtesse l'enveloppe froissée et sortit tandis que la jeune femme la regardait avec stupéfaction. Elle finit par se résoudre à l'ouvrir d'une main hésitante. Quand elle vit ce que contenait l'enveloppe, elle parut encore plus ébahie et jeta un coup d'œil autour d'elle. Mais Harry n'était plus là. Plissant le front, elle sortit la liasse de feuillets de l'enveloppe et la déplia.

Ils étaient vierges.

3

Moins de dix heures après ces événements, Harry se garait sur le parking de Cliff House. Il faisait soleil et l'air vif était revigorant mais il n'était pas à l'unisson des promesses de l'aube. Il n'avait pas fermé l'œil. Il avait besoin de se raser et de se changer. Il avait passé la nuit dans les bureaux de la Criminelle à remplir des rapports en triple exemplaire en se rinçant la luette avec des cafés fleurant l'ammoniaque. Il se demandait parfois quels pouvaient être les effets de cette bibine sur son estomac puisqu'elle était si corrosive qu'il fallait régulièrement renouveler les cafetières au bout de quelques mois. Bon, et puis après? Du moment que ça vous aidait à tenir le coup toute une nuit... Il passerait peut-être chez Loretta si Briggs ne le convoquait pas au Q.G. de la police toutes affaires cessantes. Il ne s'illusionnait pas : il allait se faire passer un savon maison mais il espérait que le capitaine lui concéderait quand même un petit répit.

Le souvenir de sa dernière visite à Loretta lui revint brusquement à la mémoire. C'était râpé. Il ne la reverrait pas avant un bon moment. Fermeture pour réfection. Il allait falloir trouver un autre point de chute en attendant.

Il descendit de la voiture et plongea dans la horde des reporters, photographes, techniciens, assistants du coroner, brancardiers, chauffeurs et curieux.

Et il était 8 heures. Une sacrée cohue pour une heure aussi matinale.

Le centre de l'attention générale était une Cadillac noire qui avait connu des jours meilleurs. Un détective trapu et court sur pattes, au costume fripé, l'intercepta. Il s'appelait Ed Sebastian.

– Eh, Harry! Attends seulement de voir ce qui nous tombe sur le paletot. Un macchab qui s'est fait une vasectomie avec un calibre 38.

Harry poussa un grognement inarticulé à la vue du hot dog de trente centimètres de long, dégoulinant de ketchup, que Sebastian était en train de mastiquer et, hochant la tête, poursuivit son chemin en direction de la Cadillac noire.

Au même moment, une jeune femme blonde et mince portant un anorak marron sur son jean, des baskets aux pieds, se détacha de la petite foule. Elle avait les traits légèrement anguleux, de grands yeux bleus, une peau lisse et très blanche. Elle s'éloigna de la scène du crime d'un pas vif.

Sebastian rattrapa Callahan à la hauteur de la Cadillac.

– Dis donc, t'as pas l'air de tenir la forme olympique, vieux. T'as fait la faridon, cette nuit, hein? T'as baisé à couilles rabattues, je parie.

Sans répondre, Harry regarda à l'intérieur de la voiture. Le cadavre raidi d'un homme obèse était recroquevillé sous le tableau de bord. La partie inférieure du corps, et notamment le bas-ventre, était couverte de sang coagulé. L'expression figée du quidam était celle de la surprise, de la souffrance et de la mort. La perruque qu'il portait avait glissé sur son front que perforait curieusement un trou rouge.

Posant les mains à plat sur le toit de l'auto, Harry poussa un soupir. Tourna le cou à droite, puis à gauche. Fit le même exercice avec ses hanches.

– Alors, Harry, qu'est-ce que tu en penses? lui demanda Sebastian tout en continuant de mâchonner son sandwich. Il a été agressé par une bande de voyous? Refroidi par des toxicos en pleine défonce? C'est un miché qui n'a pas eu de chance? Ou il s'agit d'une affaire d'amour entre pédés qui a mal tourné?

Harry enveloppa d'un regard franchement dépourvu d'aménité son collègue qui s'expliquait toujours avec son hot dog, et s'éloigna, mais Sebastian le suivit jusqu'au bord de la falaise.

– Non, ne me dis pas que ça te donne envie de gerber! Pas toi! Pas Harry Callahan, la reine des peaux de vache!

Harry regardait l'océan.

– Non, rassure-toi. Les fusillades, les coups de surin, les viols, les vieilles dames dont on réduit la cervelle en bouillie pour piquer leurs allocations de la sécu, les profs qui se font balancer du quatrième étage parce qu'ils ne donnent pas la note maxi à tout le monde, les bébés que leurs mères font griller dans le four à micro-ondes parce qu'elles ont peur qu'on leur en retire la garde, ça ne me fait ni chaud ni froid.

La voix de Harry était de plus en plus tendue, de plus en plus forte.

– Oh! Harry! Calme-toi. T'emballe pas comme ça.

– Et ce boulot non plus. Patauger jusqu'au cul chaque jour que le bon Dieu fait dans le cloaque de cette ville, ça ne me fait rien, ça glisse sur moi comme l'eau sur les plumes d'un canard. Et le plus beau – les vagues de corruption toujours plus grosses qui te ballottent, et l'apathie, et la bureaucratie – non, je m'en fous royalement. Mais tu veux que je te dise ce qui me rend malade? Ce qui me donne envie de gerber?

Sebastian en demeurait bouche bée. Jamais il n'avait entendu Harry s'exprimer de la sorte. Ni lui ni personne. Et voilà que Harry allait lui faire une confidence! Eh bien, mon cochon! La tête des collègues de la Criminelle quand ils sauraient ça!

– Non, Harry. Quoi donc?

– Eh bien, c'est de te voir tous les matins te

bourrer la gueule avec des hot dogs au ketchup. Personne ne mange des hot dogs au ketchup.

– Mais de quoi tu parles?

– De quoi je parle? De cette sacrée bon Dieu de digue qui est en train de céder et, nous on se sert de nos doigts pour boucher les trous!

Harry se tut.

Sebastian imita son silence. Il se prépara à mordre dans son hot dog mais, changeant d'avis, il le lança dans l'eau.

Quelques instants plus tard, un agent s'approcha des deux hommes.

– Inspecteur Callahan? Le capitaine Briggs vous demande de vous présenter au bureau du commissaire. Tout de suite.

Harry acquiesça. Le bureau du grand chef.

– La pêche!

C'était l'heure de pointe. L'Oldsmobile Firenza gris métallisé s'engagea dans la circulation de plus en plus dense de Gough Street, puis tourna à gauche dans Union. La jeune femme blonde qui était au volant commença à chercher une place pour se garer. La chance était avec elle : elle en trouva une presque immédiatement. Elle descendit, enfourna le nombre requis de pièces dans la fente du parcmètre et se dirigea vers le bloc suivant.

Ce tronçon de Union Street avait depuis peu de temps subi une complète métamorphose. Les anciennes granges, remises et résidences victoriennes d'un goût douteux de Cow Hall avaient fait place à un véritable paradis pour promeneurs : rien que d'élégants magasins de spécialités, des librairies qui piquaient la curiosité, des restaurants à l'atmosphère feutrée, des boutiques de cadeaux raffinées.

Il y avait aussi une galerie d'art, la galerie Materson. C'était précisément là où se rendait la jeune femme blonde.

Bien qu'il fût encore tôt, l'imposant local victorien recyclé, vert et violine, bourdonnait d'activité. Toute une troupe de garçons et de filles un peu marginaux sur les bords s'affairaient à balayer et à épousseter, à disposer et accrocher toiles et objets d'art, bref à faire tout ce qui s'impose pour préparer une nouvelle exposition.

La jeune femme blonde s'arrêta devant la vitrine derrière laquelle deux garçons vérifiaient l'équilibre d'un grand tableau posé sur un chevalet massif.

Un tableau frappant, vibrant tourbillon de couleurs d'une violence explosive et de mouvements. C'était une peinture abstraite apparemment dépourvue de contours précis mais sa texture même, l'intensité passionnée de sa facture donnaient au spectateur l'impression de voir se former et s'évanouir des objets, des images. Des yeux, des cœurs, des crânes. Des visages dont l'expression paraissait changer. Elle bougeait, se modifiait, se muait en jaillissements avant de retrouver son inertie première. Les tons – des noirs, des violets, des gris, des rouges – palpitaient, s'arc-boutant, eût-on dit, pour résister à la force de l'œuvre elle-même comme pour maintenir captive la puissance de ses éléments purement matériels – les pigments, le support.

Il émanait de cette toile une sensation de déchirement, une désespérance insondable d'une éloquence incomparable.

La seule réaction de la jeune femme fut un sourire à peine ébauché, nuancé de fierté et de satisfaction, qui s'élargit insensiblement quand son regard se posa sur la quasi imperceptible signature

– un J et un S – apposée dans le coin gauche du tableau.

Elle entra dans la galerie et fit halte en face de la grande affiche triangulaire, fixée à l'intérieur de la porte, annonçant en grosses lettres gothiques le vernissage pour le soir même de l'exposition VISIONS OBSCURES.

La visiteuse repéra au milieu de la bousculade une femme plus âgée qu'elle, petite et grassouillette, qui surveillait cette débauche d'activité. Comme elle se dirigeait vers un bureau pour consulter une liasse de papiers, la blonde la rejoignit.

– Est-ce que je pourrais vous dire un mot, Leah?

Leah, surprise, leva la tête.

– Mais c'est Jenny! s'exclama-t-elle d'une voix joyeuse. Vous arrivez vraiment au bon moment. Regardez! On installe justement TRAITS DE MÉMOIRE dans la vitrine. Mais, bien sûr, je l'accrocherai ce soir à la place d'honneur, sur le mur ouest.

– C'est très gentil à vous, fit la jeune femme blonde, mais je crains que vous ne sacrifiiez ainsi un endroit privilégié du point de vue de la vente.

Leah fit le tour du bureau et posa une main potelée sur l'épaule de son interlocutrice.

– Ne dites pas de sottises, mon petit. Cette toile est le joyau de l'exposition. Ne vous découragez pas si elle ne trouve pas tout de suite un acquéreur. Elle est d'une telle violence... Il faudra du temps aux gens pour s'y habituer. Je vais vous dire la vérité toute crue : c'est à peine si je commence à m'y habituer moi-même. Si vous saviez combien de fois je me suis demandé comment une fille aussi douce et calme que vous peut avoir poussé un pareil cri d'angoisse!

La jeune femme inclina la tête, un peu gênée de tous ces compliments, mais ne répondit pas à la question.

– Je dois quitter San Francisco, Leah.

– Non! Quand?

– Aujourd'hui. Tout de suite.

– Mais ce n'est pas possible! Vous allez rater le vernissage.

– Peindre convient beaucoup plus à mon tempérament que faire de la figuration mondaine. Puis-je vous laisser une adresse où vous m'expédierez les toiles après l'exposition?

– Naturellement. (Leah prit le visage de la jeune femme entre ses mains.) Mais soyez réaliste, ma chère enfant. Ce sera de l'argent que je vous enverrai. Le produit des ventes.

Elle tapota les joues pâles de la visiteuse et pêcha dans le fouillis qui encombrait le bureau une fiche et un crayon qu'elle tendit à Jenny.

– Et où allez-vous?

Jenny lui rendit le carton après avoir tracé quelques lignes.

– Dans le Nord. Il faut que je rende visite à quelqu'un.

Jenny était arrêtée à un feu rouge. Elle réfléchissait. Elle avait beaucoup de choses à faire.

Et, aussi, elle se remémorait quelqu'un. Quelqu'un de tout à fait spécial.

Quatre jeunes gens à l'allure de matamores qui traversaient surgirent dans son champ de vision, reluquant toutes les jolies filles qu'ils croisaient à grand renfort de coups de sifflet et de plaisanteries salaces.

Jenny les observa.

Ils s'en aperçurent et entourèrent la voiture.

Celui qui était apparemment le chef de la bande était un grand échalas aux cheveux gras et aux grosses lèvres humides, accoutré d'un pantalon moulant qui mettait en valeur ses protubérances naturelles.

Il s'accouda à la portière, lorgnant la conductrice d'un regard lubrique, et leva le pouce dans le geste classique de l'auto-stoppeur.

Jenny lui adressa un sourire ingénu et engageant. Elle baissa la glace.

– Vous avez besoin qu'on vous dépose quelque part?

Le joli cœur lança en se pavanant un coup d'œil complice à ses copains rigolards.

– Et comment, ma poulette!

Il se pencha jusqu'à ce que sa figure fût au niveau de celle de la jeune femme.

Le feu passa au vert.

– Eh bien, tu n'as qu'à te prendre par la peau des fesses et te déposer où tu veux.

Jenny fit un démarrage fulgurant tandis que le rouleur de mécaniques, déséquilibré, titubait en s'efforçant d'éviter les autos sous les quolibets du reste de la bande.

Harry était assis dans un fauteuil recouvert de chevreau devant le bureau de Briggs, un bureau monumental en chêne foncé sans la moindre imperfection, si poli qu'on eût dit un miroir. Le reflet qu'il lui renvoyait n'était pas à l'avantage de Harry. Vraiment la sale tête! Il aurait eu besoin d'un bon coup de rasoir, de casser une croûte et de dormir. Mais ce ne serait pas encore pour tout de suite.

Briggs était sous pression, et ce n'était qu'un début.

De l'autre côté du bureau se tenait le commissaire, un quinquagénaire bien soigné de sa personne. Un commissaire, cela représente par nécessité des tas de choses pour des tas de gens. Des choses parfois contradictoires mais, en l'occurrence, l'intéressé s'arrangeait pour les faire coexister. C'était un politique mais franc et ouvert. Coriace mais pas encore cynique. Qui croyait dur comme fer à des notions telles que l'image de marque et les relations publiques mais qui croyait aussi aux flics.

Pour le moment, les mains serrées entre les cuisses, Harry écoutait Briggs laïusser. Et, question laïus, le capitaine en connaissait un rayon.

Même le lieutenant Donelly, le supérieur immédiat de l'inspecteur Callahan, qui était tantôt un ami et tantôt un ennemi, avait l'air de prêter attention au monologue de Briggs. Et pourtant, il connaissait le numéro de celui-ci avec toutes ses variantes sur le bout du doigt.

Mais, aujourd'hui, ce n'était pas comme d'habitude. Aujourd'hui, Briggs en avait gros sur la patate.

Détournant les yeux de Donelly qui prenait ses aises sur le divan devant le mur, Harry les posa sur Briggs qui, écumant, marchait de long en large dans la pièce.

C'était un homme en excellente forme physique pour ses quarante-huit ans. Il avait les cheveux et le teint des Irlandais bruns mais, ce matin, il était écarlate. Même dans le meilleur des cas, Harry ne comptait pas parmi ceux de ses subordonnés qu'il portait dans son cœur.

– Depuis plus de vingt-cinq ans que je fais ce métier, c'est l'abus d'autorité le plus flagrant que j'aie encore jamais eu à connaître. (Briggs cessa d'arpenter la pièce et, se campant à côté du bureau, toisa Harry.) Pourriez-vous me dire ce qui vous a pris?

Harry regarda ailleurs.

– L'idée de faire mon métier.

– Et votre métier, c'est de harceler un vieux monsieur au point de le faire claquer d'une coronarite?

Harry commençait à sentir, lui aussi, la moutarde lui monter au nez.

– Mon métier, c'est d'enquêter sur les homicides. Ce vieux monsieur, comme vous l'appelez, était l'un des cerveaux du crime de la côte Ouest. Et je ne pouvais pas deviner qu'il aurait une attaque qui lui serait fatale.

– Mais c'était ce que vous espériez?

Harry lança au capitaine Briggs un coup d'œil dépourvu d'aménité.

– Je n'espérais rien. J'étais chargé d'élucider l'affaire Doker. Elle était au point mort. J'ai essayé de faire un peu bouger les choses.

– En usant de la menace et de l'intimidation.

Harry se demanda si Briggs était capable de brailler encore plus fort.

– En usant de tous les moyens à ma disposition.

– Est-ce que vous vous rendez compte que vous avez réduit à néant des mois de surveillance et d'infiltration? Gâché des milliers de dollars? Gaspillé des centaines d'heures de travail? (Briggs se remit à tourner comme un ours en cage.) La section des enquêtes spéciales s'était cassé le cul pour mettre au point un piège à l'intention de Threlkiss.

La rage qui grondait en Callahan gagnait en violence.

– Un piège dont il se serait tiré. Je vous ai peut-être rendu un fier service. Et, en tout cas, je sais que j'ai fait faire un sérieux paquet d'économies aux contribuables.

Briggs s'arrêta net et explosa :

– Bon Dieu! J'aurais toutes les raisons de vous expédier faire la circulation ou, mieux encore, de vous virer de la police. Vous êtes un dinosaure, Callahan. Vos principes n'ont plus cours au jour d'aujourd'hui.

– Quels principes, capitaine? Que le meurtre est contraire aux lois et qu'il doit être puni?

– Ce n'est pas à vous de me faire la leçon, petit paltoquet que vous êtes. Savez-vous à qui vous parlez? Connaissez-vous mon passé?

Harry détourna la tête.

– Oui, vous êtes une légende ambulante. A vos propres yeux, tout au moins.

Briggs se précipita vers lui. Harry ne bougea pas de son fauteuil mais ses réflexes jouèrent : tout son corps se tendit.

– Allez vous faire foutre, Callahan!

Le commissaire jugea alors bon d'intervenir.

– Messieurs, s'il vous plaît! Cela suffit.

Briggs se domina au prix d'un violent effort et se planta devant la baie vitrée, contemplant sombrement le panorama de la ville, et Harry se détendit.

Le commissaire attendit quelques instants avant de reprendre la parole.

– Inspecteur, vos méthodes sont peu orthodoxes, c'est le moins qu'on puisse en dire. Vous obtenez des résultats mais vos succès sont fréquemment plus coûteux aussi bien pour notre réputation et notre sécurité que la plupart des échecs de vos collègues.

Le lieutenant Donelly s'agita sur le divan.

– Monsieur le commissaire, l'inspecteur Callahan...

– S'il vous plaît, lieutenant... La presse va faire ses choux gras de ce dernier épisode, épisode qui intervient si peu de temps après le massacre du restaurant. Il se pourrait même qu'il ait des suites au plan juridique et au plan civil. Et, évidemment, il n'est pas exclu que des tentatives de représailles aient lieu. (Penchant le buste en avant, le commissaire posa les mains à plat sur le bureau et dévisagea Harry d'un air lugubre.) Je pense qu'il serait judicieux que l'inspecteur prenne un congé.

– C'est une mesure de suspension?

– Non. Je suggère simplement que vous partiez en vacances le temps que les choses se tassent.

Des vacances? Harry n'en croyait pas ses oreilles. Qu'est-ce que c'était que cette foutaise?

– Il n'est pas question pour moi de partir en vacances.

– Je n'ai pas l'intention d'entamer un débat avec vous, inspecteur Callahan. Vous allez prendre quelques jours, un point c'est tout.

Harry regarda tour à tour chacun des trois hommes. Il sautait aux yeux que rien ne ferait changer d'avis le commissaire. Donelly évitait son regard.

Quant à Briggs, il s'était retourné et ricanait ouvertement.

Conneries!

– Deux jours, Harry.

Donelly avait déjà retourné sa veste.

A quoi bon discuter? Cela n'aurait servi à rien. Harry se leva et se dirigea vers la porte. Comme il l'ouvrait, la voix de Briggs s'éleva à nouveau :

– Réfléchissez, Callahan. Et faites-vous une raison. Les règles du jeu ne sont plus du tout les mêmes, aujourd'hui.

Harry fit halte et tourna la tête.

– Ce n'est pas un jeu, capitaine Briggs. C'est une guerre.

Au moment où il franchissait le seuil du bureau, il murmura mais à voix suffisamment haute pour que le capitaine ne perdît rien de ses paroles :

– Espèce d'enfoiré.

Le hurlement de rage de Briggs lui parvint derrière la porte refermée.

4

Une dernière fois, Jenny balaya longuement l'océan d'un regard nostalgique, s'efforçant de s'imprégner de sa force et de sa sérénité. Elle aimait son bleu infini et l'infini de son immensité, elle aimait le flux et le reflux hypnotiques de ses vagues. Si seulement il était en son pouvoir d'en absorber l'implacable et profonde résolution, l'inébranlable détermination! Elle aurait grand besoin de ces vertus dans les prochains jours.

Quittant la route littorale, elle s'enfonça dans les bois. Pour la plupart des gens, leur ombre et leur silence étaient un havre de repos et de tranquillité. Mais pas pour Jenny. Cette ombre, cette obscurité, elle les avait en horreur. Le silence et le calme sylvestres l'épouvantaient. Combien de fois n'était-elle pas venue, pourtant! Mais cet endroit provoquait toujours le même malaise en elle.

Après avoir contourné plusieurs collinettes, la petite route sinueuse débouchait sur des bâtiments bas aux murs de granit pelotonnés les uns sur les autres. Leur implantation et leur architecture étaient discrètes, presque agréables à l'œil, mais il était cependant évident que ces pavillons étaient ceux d'une clinique.

Jenny se gara sur le parking réservé aux visiteurs mais elle ne descendit pas immédiatement de voiture. Elle resta encore quelques instants immobile, serrant convulsivement le volant dans ses mains et retenant sa respiration. C'était chaque fois pareil. La peur, le chagrin. L'envie quasiment irrésistible de ne pas entrer. De faire demi-tour. De prendre la fuite.

Mais, chaque fois, elle maîtrisait son angoisse, dominait son effroi. Chaque fois, elle finissait par entrer.

Elle poussa un profond soupir, lâcha le volant et mit pied à terre.

Elle suivit un interminable couloir aseptisé. On s'était délibérément efforcé de l'égayer, de camoufler sa véritable nature mais sans y réussir complètement en dépit des couleurs vives et des dessins d'enfants qui en ornaient les murs.

Jenny passa devant plusieurs portes ouvertes sans regarder à l'intérieur. Elle ne savait que trop bien ce qu'elle découvrirait dans ces pièces. Les détails, les visages, l'identité des gens pouvaient changer : la réalité était toujours tragiquement la même.

Toutes ces chambres étaient occupées par des patients que l'on baptisait « clients » par euphémisme. A différents stades de leur maladie. Il y avait souvent des infirmières ou des filles de salle qui s'occupaient d'eux ou étaient simplement là pour leur tenir compagnie. Ces chambres étaient habitées par le désespoir. La solitude. Parfois, en guise de consolation, Jenny faisait mine de croire que les patients n'avaient pas conscience de souffrir, que les drogues avaient raison de la douleur. Ils n'étaient pas atteints dans leur corps. Mais, quand on n'en a pas eu l'expérience directe, qui pouvait connaître la véritable nature d'un désordre mental profond ?

Elle essayait toujours de ne pas y penser mais, toujours, en vain.

Un homme de petite taille, sec et nerveux, cheveux blancs et barbe blanche, l'escortait.

– L'état de votre sœur reste stationnaire, lui expliquait-il à mi-voix. Physiquement, elle se porte aussi bien qu'on est en droit de l'escompter mais elle continue de vivre dans un état de prostration végétatif. Elizabeth est totalement coupée du monde extérieur. Mais comprenez-le bien, Jenny : nous gardons toujours espoir.

Ils étaient arrivés au bout du couloir. En face d'eux, une porte close percée d'une petite fenêtre d'observation.

– Je vous laisse, maintenant, mais faites-moi l'amitié de passer me voir avant de repartir. D'accord ? J'ai votre promesse ?

Jenny fit un signe affirmatif.

– Oui, je vous le promets. Merci, docteur Barton.

Quand le médecin se fut éloigné, elle s'approcha du guichet et regarda à l'intérieur de la pièce.

Une chambre d'une blancheur immaculée. Au centre, un lit fait au carré. D'un côté, une grande fenêtre par où s'engouffrait l'éclat doré du soleil. Et devant la fenêtre, baignée de lumière, assise dans un fauteuil à haut dossier muni de longs accoudoirs, très pâle, très frêle – Elizabeth.

Elle portait une robe de chambre au col de dentelle blanche et avait aux pieds des mules, blanches également. Sur ses genoux était posé un jouet en peluche gris. Un koala.

Jenny entra.

Elle se dirigea sans hésiter vers sa sœur devant laquelle elle s'agenouilla. Approchant son visage de celui d'Elizabeth, elle riva longuement ses yeux aux siens.

Deux visages lisses et pâles aux traits fins telles des variations sur un même thème.

Enfin, elle parla :

– Bonjour, Beth. C'est moi, Jenny. Comment vas-tu, ma chérie?

La question demeura sans réponse. Jenny ne s'attendait pas qu'il y en eût une.

– Tu es ravissante. Comme tu m'as manqué!

Elle caressa doucement la joue d'Elizabeth. Celle-ci regardait fixement devant elle.

Jenny se releva et, contournant le fauteuil, s'immobilisa derrière elle, contemplant le même lointain horizon que sa sœur contemplait derrière la fenêtre inondée de soleil.

– Beth, j'en ai vu un. Il est brusquement apparu devant moi. J'ai cru que j'avais une affreuse, une horrible hallucination. Mais non. C'était bien lui.

Plus âgé. Plus laid. Je l'ai suivi. Je l'ai surveillé pendant des jours et des jours. (Jenny ménagea une pause.) Et j'ai acheté un revolver. (Elle se pencha au-dessus du fauteuil. Au-dessus de la tête d'Elizabeth.) Je l'ai vu entrer dans un bar. J'y suis entrée à mon tour. Il m'a draguée. Je me suis laissé faire. Il m'a emmenée en voiture dans un endroit sombre. Nous étions seuls. Je l'ai laissé croire... (Jenny ferma les yeux.) C'était comme si j'étais dédoublée, Beth. J'étais spectatrice de moi-même. Il a mis de la musique. C'était la même chanson. Et puis, il m'a touchée. Je l'ai tué.

Jenny se plaça devant sa sœur, s'agenouilla à nouveau et prit ses deux mains dans la sienne.

– Je sais ce que je vais faire, maintenant, Beth. Pour la première fois depuis bien longtemps, je le sais. (Elle posa un baiser léger sur la joue d'Elizabeth.) A présent, il faut que je parte. Je t'aime, Beth.

Ce fut presque en courant que Jenny sortit de la chambre.

Elizabeth était toujours assise dans la lumière. Elle ne faisait pas un geste, ne proférait pas un son. Mais une larme, une seule, coulait le long de sa joue.

Sa première journée d'inactivité forcée approchait de son terme et Harry n'était pas à prendre avec des pincettes. Des vacances! Je vous demande un peu! Une belle connerie, oui! Mais il n'avait pas le choix, il le savait, et cela ne faisait qu'accroître sa mauvaise humeur. Quand même, il y a des limites! Ils pouvaient l'obliger à prendre ses deux jours de repos de la semaine précédente et les rajouter à ceux de cette semaine. Mais ça n'irait pas plus loin. Quatre journées de merde!

En sortant du *Ferry Plaza Restaurant*, il se dirigea vers le premier niveau du terminal du ferry de la Porte d'Or. Il n'avait pas fait grand-chose de la journée, sinon récupérer un peu de sommeil en retard, ce dont il avait rudement besoin. Il avait d'abord eu l'intention d'aller dîner au restaurant mais, une fois entré, il avait changé d'avis. Se retrouver au milieu d'une foule de gens qui prenaient du bon temps, franchement non, il ne s'en sentait pas capable. En rentrant, peut-être qu'il s'arrêterait chez Procopio pour prendre un peu de prosciuto et de mozarella. Plus deux de leurs petits pains italiens croustillants. Ça irait très bien avec quelques bières bien fraîches.

Réflexion faite, ce ne serait peut-être pas une mauvaise idée de faire quelques provisions. Il allait rarement au marché puisqu'il mangeait la plupart du temps dehors. En service commandé le plus souvent parce qu'il était sur une piste. Au fond, mieux valait ne pas s'éloigner de chez lui pendant son « congé ». S'il réussissait à ne pas devenir dingo. Comme ça, il éviterait les habitués qui le connaissaient et fréquentaient les mêmes bistrots et les mêmes restaurants. Les rumeurs se répandent à la vitesse grand V et on devait déjà se répéter de bouche à oreille que l'inspecteur Callahan s'était fait taper sur les doigts. Il serait submergé sous une avalanche de questions. Voilà le bon moyen de se soustraire à la curiosité de tous les cons qui l'interrogeraient sur la situation de con dans laquelle il se trouvait. Et puis, son « congé » terminé, il retournerait au turbin. Que le commissaire, Briggs et Donelly aillent se faire voir! C'était son boulot. Sa vérité. Et il continuerait. Si les bureaucrates assis sur leur gros cul et qui avaient des cals aux doigts à force de gratter du papier ne voulaient pas qu'il le fasse, son boulot, eh bien, ils n'avaient qu'à le virer et qu'on n'en parle plus.

L'air du soir était frais et humide. Une petite brise naissante, soufflant de la baie, venait juste de se lever. Harry se dirigeait vers le parking de Transit District en songeant aux champignons à la grecque de chez Procopio quand il éprouva à la base de la nuque une sensation de picotement qu'il connaissait bien.

Qu'est-ce que ça voulait dire? Le loisir? Les vacances? Ne raconte pas de conneries!

Il regarda autour de lui mais sans rien remarquer de particulier. Les habituels admirateurs de la nature et les non moins habituels noctambules. Des couples formant toutes les combinaisons possibles et imaginables qui contemplaient l'eau, qui contemplaient le ciel, qui contemplaient la baie, qui contemplaient les quais, qui contemplaient Oakland, qui se contemplaient mutuellement et réciproquement. Pas forcément dans cet ordre, d'ailleurs. La circulation se traînait. La situation normale, quoi.

Bah! Ce devait être cette interminable journée d'oisiveté qui lui mettait les nerfs en pelote. Harry allait traverser la rue qui s'incurvait autour du terminal. Comme il atteignait la ligne blanche qui séparait la chaussée en deux, il entendit le grondement rageur d'un moteur de forte puissance poussé à la limite de ses capacités. Il fit volte-face. Une conduite intérieure noire fonçait sur lui.

Il ne pouvait rien faire pour éviter la collision sinon un bond et un roulé-boulé. Il eut l'impression d'une brûlure à la jambe gauche. Il s'en était tiré d'extrême justesse. Le pare-chocs avant lui avait éraflé la cuisse.

Etendu sur le dos au milieu de la chaussée, Harry se retourna vers la voiture. Celle-ci s'arrêta brutalement dans un crissement de pneus, fit une marche arrière, effectua un demi-tour et repartit à l'attaque. Harry comprit l'intention du conducteur une fraction de seconde avant le choc. Il roula sur lui-même pour ne pas se faire écraser. A plat ventre, il entrevit un enjoliveur bleu passer à une allure vertigineuse devant ses yeux. Quelques mètres plus loin, la conduite intérieure fit à nouveau un demi-tour en dérapage contrôlé, laissant de la gomme sur l'asphalte.

Harry se dressa sur un genou et porta la main à son aisselle mais avant qu'il ait eu le temps de sortir son Magnum, le bolide revenait à la charge. Le pilote avait des réactions si rapides et connaissait si bien son affaire qu'il pouvait manœuvrer dans un mouchoir de poche. Cette fois encore, Harry n'eut pas d'autre choix que de s'écarter de sa trajectoire meurtrière.

Roulant sur lui-même, il trouva refuge sous un coupé de ville en stationnement illégal devant l'entrée du ferry.

Hurlement de pneus, demi-tour et la voiture noire emboutit la Cadillac.

Cette fois, Harry parvint à extraire le Magnum de son holster. Quittant son refuge en rampant, il émergea du côté opposé et, tout en se relevant, tira trois balles à bout portant dans le pare-brise de la conduite intérieure.

Qui ne s'étoila même pas.

Il entendit seulement le heurt assourdi des projectiles s'écrasant sur la glace teintée contre laquelle ils ricochèrent.

Puis la portière avant gauche s'ouvrit brutalement et un costaud portant un blouson de survêtement bleu marine sauta à terre. Se campant derrière la portière qui lui servait de rempart, il lâcha une rafale de pistolet mitrailleur en direction de l'inspecteur.

Une giclée de balles alignées au cordeau perforèrent la carrosserie du coupé de ville.

Des mitraillettes. La pêche! Harry nota que c'était un P.M. Uzi.

Il se baissa, contourna l'auto et fit feu sur le tireur. La balle du Magnum rebondit sur la portière.

Le chauffeur émergea à son tour, armé lui aussi d'un Uzi, qu'il déchargea au grand dam de la malheureuse Cadillac, la transformant définitivement en écumoire.

Au même moment, les portes arrière s'ouvrirent à leur tour, vomissant les deux autres occupants de la voiture noire. Ceux-là étaient équipés de fusils à pompe qui arrachèrent encore quelques morceaux de tôle à l'épave qu'était à présent devenue la Cadillac.

Harry se retourna et vida son Magnum sur les tueurs planqués derrière les portes. Résultat : néant.

Mettant un genou en terre, il rechargea son arme – il était champion de vitesse dans ce sport. Les portières claquèrent, le moteur rugit.

Prenant son élan, Callahan se rua à l'intérieur du terminal, traversa le premier niveau et s'élança dans l'escalier menant au deuxième.

A l'exception de quelques grandes poubelles en

aluminium à couvercle et, plus loin, d'un gros conteneur en bois, l'étroite chaussée de ciment qui s'étirait devant lui était totalement vide.

Il entendit le miaulement des pneus de la voiture noire, le vrombissement furieux de son moteur. Il se pencha au-dessus de la rambarde. La conduite intérieure freinait en bordure du terminal. Trois des tueurs bondirent et se précipitèrent vers l'escalier.

Harry se retourna et balaya du regard le ruban de ciment désert qui s'allongeait sous ses yeux.

Les assassins gravirent l'escalier au pas de course. Ils atteignirent le second niveau.

Personne.

L'homme du milieu lança un coup de coude à ses deux séides, désigna d'un geste du menton le gros conteneur en bois et, le sourire aux lèvres, le trio s'en approcha.

Au signal du chef du commando, ils ouvrirent le feu, pulvérisant le réceptacle.

Le tir ne cessa que lorsque l'Uzi et les fusils à pompe furent vides.

L'homme du centre se dirigea alors sur le conteneur massacré et en souleva lentement le couvercle avec le canon de son arme.

Dans le dos du groupe, Harry surgit de la poubelle métallique qui lui avait servi de cachette et abattit le tueur.

Les deux autres se retournèrent précipitamment. Avant que le deuxième ait eu le temps de pointer son fusil, Callahan tira et le type s'effondra au milieu des débris du conteneur.

Le troisième assassin s'efforçait frénétiquement de recharger son Uzi. Mais il n'y parvint pas. La dernière balle de Harry lui déchira la poitrine d'où jaillit aussitôt un geyser de sang.

La conduite intérieure démarra.

Harry s'extirpa de sa poubelle et dégringola l'escalier mais quand il arriva en bas, il était trop tard. L'homme au blouson bleu filait en direction du centre et le policier, impuissant, vit ses feux rouges disparaître, se perdre au milieu des lumières brasillantes de la ville.

Il avait de la chance, ce guss. Il s'en sortait vivant. Pour une fois.

Harry savait que ce n'était que partie remise et qu'il l'aurait finalement, ce fumier, parce qu'il y aurait une nouvelle tentative. Après tout, ce type n'avait probablement rien d'autre à faire maintenant qu'il n'y avait plus de Threlkiss. Et plus de cigares à allumer.

Harry rengaina son Magnum. Pourvu que Procopio soit encore ouvert!

Le lendemain matin, Harry était assis face au bureau du lieutenant Donelly. Etre assis devant un bureau commençait à devenir une habitude. Une sale habitude.

Donelly était un homme mince, de taille moyenne. Ses cheveux roux s'éclaircissaient depuis quelques années. Bientôt, ils ne seraient plus qu'un souvenir. En vingt ans de carrière (il avait commencé plus tard que Briggs), il avait fait suffisamment de bon travail (ou de mauvais, cela dépendait du point de vue auquel on se plaçait) pour décrocher ses galons de lieutenant mais il savait (et les collègues le savaient aussi) que c'était son bâton de maréchal. Un type pas mal, Donelly. Et un bon flic. Du moins, il essayait encore d'en être un.

Il regardait fixement la tasse de café à laquelle il n'avait pas touché. Il n'en avait pas offert à Harry qui en avait déduit qu'il allait sans doute se faire incendier.

– Drôle de façon de passer la soirée, Harry.

– Vous aussi, vous allez me voler dans les plumes?

– Mais non, sacré bon Dieu! Lâchez-moi un peu les baskets, mon vieux. Je me fais de la bile pour vous. Vous risquez d'avoir des bricoles. Et peut-être vous faire vider.

– Ce n'est pas une nouveauté.

– Mais, merde, un peu de sérieux, que diable! Ces salauds ne sont pas des camés débiles. Pour eux, vous avez tué Threlkiss. Vous l'avez tué exactement comme si vous aviez appuyé sur la détente. Ils ne renonceront pas. Ils veulent votre peau.

– Bien. Comme ça, nous savons où nous en sommes.

Callahan secoua la tête.

– Vous êtes incroyable, Callahan. (Il fit mine de ranger quelques papiers sur son bureau.) Et vous êtes également en congé. A partir de cette minute.

– Je n'ai pas envie de me mettre en congé.

– Vous y êtes, nom d'une pipe! Je viens de vous y mettre. Alors, maintenant, prenez un peu de bon temps, et, pour l'amour du ciel, tenez-vous à l'écart des embrouilles.

Harry le regarda.

C'était révoltant.

Et inacceptable.

Mais ils l'avaient coincé.

Peut-être pas forcément, au fond. Il allait falloir réfléchir à ça. Réfléchir sérieusement.

Il se leva pour sortir. Au moment où il poussait la porte, Donelly lui lança :

– Vous m'avez compris, Harry? Calme et tranquillité.

Harry referma violemment la porte derrière lui.

5

Harry avait besoin de prendre un peu l'air. Pas pour des questions de sécurité. Pas pour chercher le calme et la tranquillité. Pour aucune des bonnes raisons à la gomme que ces imbéciles de gradés lui avaient balancées dans la poire rien que pour l'empêcher de faire son boulot.

Il avait besoin de prendre l'air parce qu'il avait un truc à faire. Et besoin de gamberger.

Il prit donc la route de Santa Rosa puis vira vers l'est en direction du Jack London State Historical Park. Quelques kilomètres avant d'en atteindre l'entrée, il contourna une colline et pénétra dans un bois au pied d'une colline modérément escarpée.

Il s'arrêta, alla chercher son fourbi dans le coffre de la voiture et s'enfonça dans le sous-bois.

Il était encore tôt et le ciel était lumineux mais les arbres étaient hauts, au feuillage fourni. Aussi l'ombre était-elle épaisse. Harry n'eut cependant aucune difficulté. Il connaissait bien l'endroit pour s'y être souvent rendu afin de faire le truc qu'il avait à faire et de gamberger. Il trouva le sentier presque tout de suite.

Quelques minutes plus tard, il parvenait à une

clairière inondée de soleil. Il posa son attirail par terre et commença ses préparatifs.

S'emparant d'un long rouleau de papier blanc, d'un marteau et d'une boîte de clous, il traversa la clairière dans toute sa longueur. S'immobilisant devant un gros arbre, il développa son rouleau de papier qu'il cloua au tronc.

Il recommença encore deux fois la même opération avec deux autres rouleaux qu'il fixa de la même manière à deux autres arbres puis revint à son point de départ.

Là, il examina le résultat de son travail.

Trois silhouettes humaines peintes en noir lui faisaient face. Des cibles.

Il se baissa et fit coulisser la glissière du sac de grosse toile qu'il avait apporté. Il en sortit une boîte rectangulaire en acajou verni.

Il l'ouvrit.

Elle renfermait un Magnum 44 automatique dont l'acier miroitait.

Une arme dont il n'existait pas d'autre exemplaire.

C'était un cadeau que lui avait offert en témoignage de gratitude l'époux d'une femme qui avait été prise comme otage par un assassin en puissance. L'homme était un maître armurier. Quelques mois après qu'Harry eut délivré la femme prisonnière des pilleurs de banque, il lui avait envoyé le pistolet dans son coffret accompagné d'un mot : « Vous avez sauvé la vie de ma femme. Puisse ceci sauver un jour la vôtre. »

Jamais Harry n'avait accepté quoi que ce fût dans l'exercice de ses fonctions, pas même un café. Mais, ce présent, il l'avait accepté.

C'était une arme effrayante, plus rapide et plus

meurtrière que le modèle 29 qu'il utilisait pour le quotidien. Qui tirait neuf balles au lieu de six. En fait, c'était l'arme de poing la plus puissante qui eût jamais été fabriquée.

Harry saisit l'instrument, le soupesa et fit mine de viser. Au moment où il allait introduire le chargeur dans le magasin, il entendit une voiture.

Une Datsun rouge 28 O ZX stoppa sur la petite route à l'orée du bois. Un Noir en descendit. Grand, une musculature impressionnante. Il jeta un coup d'œil autour de lui, puis, se penchant, prit sur le siège arrière un énorme fusil à pompe. Il sortit d'une poche de sa canadienne brune quatre cartouches qu'il engagea dans le magasin et en fit passer une dans la culasse. L'idée lui vint d'adapter un prolongateur au bout du gigantesque canon de l'arme mais il y renonça et, son fusil sous le bras, il s'enfonça d'un pas tranquille dans le petit bois.

Il avançait sans hâte, scrutant les pans d'ombre, attentif au moindre son. Il cherchait le sentier.

Quand il eut ainsi parcouru quelques mètres, il entendit craquer une branche à sa gauche et fit halte, l'oreille tendue, l'œil vigilant.

Rien.

Il fit encore quelques pas. Il y eut un nouveau craquement, suivi d'un froissement de feuilles. A droite, cette fois. Il s'arrêta. Regarda.

Toujours rien.

Puis ce fut derrière lui qu'il entendit du bruit et il fit volte-face. Que dalle.

Cela recommença mais, cette fois, quand il pivota sur lui-même, il trébucha et se retrouva les fesses dans le terreau humide.

Un ombre passa. Il leva la tête.

L'automatique était pointé sur lui.

– Salut, Horace, dit Harry.

Un sourire fendit le visage effaré du Noir.

– Sainte merde! Où est-ce que tu as dégoté cette arquebuse?

Harry abaissa le Magnum et aida Horace à se remettre sur ses pieds.

– Ben, je l'avais chez moi et j'ai pensé comme ça que le moment était venu de la dépoussiérer un peu.

– Sacré Harry! (Horace épousseta son fond de pantalon.) J'ai vu la tire. Quand cette pourriture fonce sur toi avec des tanks, ça devient vraiment fabuleux.

– Les voitures blindées, on en fabrique de plus en plus. Pour les rois, les émirs, les P.-D.G. des grosses boîtes et les gangsters. Il ne faut rien de moins qu'une batterie d'artillerie pour les démolir.

Horace éclata d'un rire sonore.

– Eh bien, mon petit père, maintenant, tu es paré, fit-il en désignant l'automatique du doigt.

Harry sourit et tendit le menton vers le fusil de son copain.

– On va voir de quoi ces outils sont capables.

Les deux hommes se rendirent dans la clairière où Horace fit une démonstration de la puissance et de la précision de sa grosse Bertha. C'était assez effrayant. Il coupa une cible en deux et déchiqueta le tronc de l'arbre auquel elle était fixée.

– Pas mal, le complimenta Harry.

Horace s'insurgea :

– Pas mal? Ça ne va pas bien dans la tête, mon con! Si je travaillais en grandeur réelle, ce ne serait plus que de la bouillie qu'il faudrait ramasser à la petite cuiller pour trouver des empreintes digitales.

Harry inséra un chargeur dans la crosse de l'automatique, tendit le bras, cherchant la bonne position, et Horace qui le regardait faire enchaîna :

– J'ai entendu dire comme ça que tu t'offrais des petites vacances. Je connais un bled tout ce qu'il y a de chouette où tu pourrais te faire du lard, tranquille et peinard.

– Tu as mal entendu.

– Tu n'as pas le choix.

– C'est à voir.

Horace fronça les sourcils.

– Tu ne vas pas me dire que tu as l'intention de démissionner?

– Qui sait?

Harry fit feu quatre fois de suite, logeant ses quatre balles en plein dans le cœur de la silhouette humaine.

Horace sourit.

– Foutre! Avec toi, ce n'est pas de la rigolade.

– Attends un peu.

Harry vida le reste de son chargeur sur une autre cible. Tout groupé dans la tête.

– Ecoute, Harry, si tu te tires, ce sera la débandade. Qui les huiles lourdes rendront alors responsable de leurs ulcères, veux-tu me dire?

Harry rechargea son arme et tira alternativement sur les cibles de gauche et de droite.

– Et les mecs des relations publiques, Harry? Tu as pensé aux mecs des relations publiques? Ça leur manquera salement de ne plus avoir à lisser les plumes que tu leur ébouriffes. Non, mais tu te rends compte? Ils n'auraient plus à lécher leurs culs pleins de poils meurtris par tes coups de lattes!

Harry rechargea à nouveau son Magnum, le posa dans son coffret et empoigna le dernier élément de sa panoplie, une lourde plaque de tôle qu'il traîna jusqu'à la cible centrale. Horace lui avait emboîté le pas.

– Et tu as pensé aux internes de garde aux urgences? Les clients au crâne en compote, fini! Et les fabricants de pansements, hein? Tu ne sais peut-être pas qu'on est en pleine période de récession, eh, tête de nœud?

Harry plaça la plaque de métal debout devant l'arbre du milieu de façon qu'elle cache la silhouette et regagna son poste de tir, toujours suivi par Horace.

– Allez! Maintenant, arrête tes conneries, Harry. Tu es un flic. Tu n'as jamais été qu'un flic et c'est le seul truc que tu as envie d'être.

Harry regarda son ami. Horace ne plaisantait plus. Il était sérieux comme un pape.

– Merci, docteur.

Il reprit son Magnum.

– Merde! Ils te feront pisser le sang, Callahan!

– N'y compte pas trop.

Harry se mit en position, jeta un bref coup d'œil à la cible que cachait la feuille de tôle et aux deux autres, abaissa le bras le long du corps, remplit ses poumons et vida son chargeur.

Les têtes et les cœurs des cibles latérales étaient lacérées.

Horace poussa un sifflement et se précipita vers la plaque de métal. Les balles l'avaient transpercée. Il la repoussa pour examiner la cible qu'elle cachait.

Tous les coups avaient fait mouche.

Il poussa un hurlement de joie accompagné d'un petit pas de danse.

Harry considéra l'automatique qui pendait au bout de son bras.

– C'est presque ça, fit-il d'une voix douce.

Elle aurait pu prendre d'autres itinéraires. La 101 pendant un boût de temps ou la 17 qui était directe. Mais Jenny n'était pas pressée. Elle avait attendu longtemps. Sans même savoir au juste ce qu'elle attendait. Le temps, elle en avait à présent conscience, s'était transformé en une sorte de drogue. Un puissant narcotique qui gommait le passé, émoussait la souffrance lancinante qu'il transformait en une douleur sourde. Feutrée. Le temps, beaucoup de temps – treize ans –, l'avait aidée à surmonter l'horreur et la souffrance. A les enterrer. Mais elle savait maintenant qu'elles ne s'étaient pas évaporées, qu'elles n'étaient pas mortes. Elles étaient toujours là, elles vivaient au plus profond d'elle-même. Et elles avaient mûri. Elles s'étaient enkystées, étaient devenues supportables. Et patientes. Très patientes.

Jenny roulait donc sur la route n° 1. Avec ses pensées, ses projets et ses souvenirs. Mais elle n'avait d'autre souvenir que celui d'Elizabeth. Des années qui avaient suivi. Les années qui suivraient. Aujourd'hui. Des années toutes semblables. Silencieuses. Pétrifiées. Sans lien entre elles. Quelles pensées, quels sentiments sa sœur pouvait-elle avoir – à supposer qu'elle en eût? Se rappelait-elle? Souffrait-elle? Eprouvait-elle encore des émotions?

Jenny secoua la tête pour chasser ces interrogations. Elles étaient vaines, désormais. Elle s'était fixé un plan d'action et elle le suivrait jusqu'au bout. Le chagrin, les doutes n'étaient plus de saison. Elle avait une tâche à accomplir qu'elle devait accomplir. L'heure avait sonné. Après toutes ces années, l'heure avait enfin sonné.

Elle tourna son regard vers l'océan. Le soleil se couchait. Le bleu ardent du ciel virait à l'orangé, au rouge, au violet. C'était la raison pour laquelle elle avait choisi d'emprunter la route n° 1. Pour être le plus près possible du ciel et de la mer. A ce moment précis, le soleil sombra dans l'immensité sans limites de l'océan. A cette vue, Jenny sentit se durcir sa résolution, s'affermir sa détermination. Elle respira à pleins poumons.

Son attention revint à la route. Un peu plus loin, il y avait un panneau indicateur.

San Paulo.

Sa destination.

San Paulo.

Elle entra dans l'agglomération.

San Paulo. Treize années.

Elle suivit la voie express qui s'enfonçait à travers un véritable patchwork d'habitations où se succédaient pêle-mêle des baraques de bardeaux lépreuses, des pavillons de bois entretenus avec amour, de vastes résidences en pierre, d'autres, toutes petites, aux parois de verre – très futuristes.

Elle tourna à droite dans Bay Street, puis, passé l'hôpital, s'engagea dans Beach Street, une artère flanquée de motels et d'hôtels étrangement accouplés. Certains à la façade polychrome, qui se prolongeaient par des terrasses de stuc et comportaient au rez-de-chaussée des restaurants trois étoiles faisant dans la cuisine française ou les fruits de mer, cohabitaient avec de sinistres bouis-bouis grisâtres et décrépits sans même un bar ou un snack.

Elle ralentit en arrivant à la hauteur d'une rangée de constructions perpendiculaires à la rue. Là commençait la plage.

Elle apercevait l'océan. Elle entendait le bruit du surf.

Devant elle s'alignaient une galerie de jeux, une salle de bal et un parc d'attractions que surmontait un monumental scenic railway plein de méandres.

Jenny s'arrêta à l'entrée du complexe. Elle savait ce qu'il y avait de l'autre côté de l'allée : des étals de gaufres, des buvettes, des stands de tir, des boutiques de T-shirts, des baraques foraines style « Essayez Votre Adresse ».

Elle savait aussi que, plus loin, juste entre la plage et la mer, il y avait des planches. Le caillebotis.

Et, sous ce caillebotis, un espace obscur et désert tapissé de varech, parsemé de débris de bois flotté, hérissé de fragments de coquillages.

Elle regardait les vagues qui déferlaient.

Et elle avait l'impression de sentir physiquement les arêtes tranchantes des coquillages, le sable humide qui l'égratignaient. De bien petites douleurs comparées aux autres. Elle humait les effluves nauséabonds de la pourriture aux relents de poisson et de sel. Des odeurs agréables comparées aux autres. Elle voyait au-dessus d'elle les planches noirâtres imbibées d'eau, mal rabotées. Une vision de rêve comparée à...

Elle entendait un grognement. Lointain. A treize années de distance. D'autres grognements. Des bruits bestiaux. Un râle de satisfaction écœurant. Et d'autres grognements, d'autres râles, des ricanements.

La radio jouait.

Les Beatles. *Long and Winding Road.*

Un cri s'éleva.

Brutalement interrompu par...

Jenny frissonna. Secoua la tête. Elle était couverte de sueur. Chaque pli, chaque repli de son épiderme était moite. Son visage était gluant de transpiration. Elle étreignait si violemment son volant que ses phalanges blanchissaient.

Elle respira profondément et garda l'air un moment dans ses poumons avant de l'expirer. Ses mains crispées se dénouèrent et elle se laissa aller contre le dossier de son siège.

Elle regarda la mer.

La mer était toujours là. Comme ce jour-là.

Elle redémarra.

La femme aida Jenny à transporter ses affaires à l'intérieur. La demeure était petite. Plus petite, même, que certains logements que Jenny avait connus. Une cuisine-salle d'eau minuscule, une chambre exiguë et un séjour relativement spacieux. Mais la maison était plantée juste au bord de la falaise. Rien en dessous hormis les rochers et les vagues. A marée basse, il ne devait y avoir, en fait de plage, que quelques étroits rubans de sable mais c'était là un détail sans aucune importance. Ce qui comptait aux yeux de Jenny, c'était l'isolement de la maison et sa situation du côté de la route donnant sur la mer. Il y en avait d'autres mais plus haut, au delà du coude que faisait la route et hors de vue.

Et, naturellement, Jenny était séduite par la baie vitrée occupant toute la façade. De la chambre et du séjour, on ne voyait que l'océan. En outre, la lumière naturelle qui s'engouffrait dans les pièces était idéale pour peindre. Ce nouveau travail, certes, allait accaparer la majeure partie de son temps mais la jeune femme n'en nourrissait pas moins quelques projets plus personnels.

Cette fois, son séjour à San Paulo serait profitable. Sous bien des aspects.

La propriétaire posa la dernière valise.

– Je ne saurais vous dire combien la Société historique est heureuse de vous accueillir, mademoiselle Spenser. Votre lettre n'aurait pu mieux tomber et nous nous félicitons que vous ayez justement été disponible. Votre œuvre est tellement impressionnante, d'une si parfaite authenticité...

– Je vous remercie. C'est le fruit d'une longue recherche.

La logeuse croisa les mains sur sa poitrine et, se dressant sur la pointe des pieds, inclina le buste en avant.

– Eh bien, j'espère que la maison vous conviendra. C'est un peu désert du côté de West Cliff mais vous disiez dans votre lettre que vous aimiez la solitude. Comme je le comprends! Après tout, vous chercherez l'inspiration et...

– C'est une maison ravissante.

La femme écarta les bras.

– Le frigo et le placard sont remplis. Il y a du bois pour le feu. (Elle fouilla dans son sac.) Et, puisque vous connaissez le chemin, voici la clé du carrousel. (Elle la tendit à Jenny.) En principe, vous devrez y trouver tout ce qui vous sera nécessaire mais si jamais vous avez besoin de quoi que ce soit, nous avons un crédit ouvert aux établissements Dustan. Je vous promets de ne pas vous déranger mais n'hésitez pas à passer me voir chaque fois que vous le désirez. Tenez-moi au courant des progrès de votre travail. Et, bien entendu, si je puis vous être de quelque utilité, appelez-moi. Je crois vous avoir tout dit. (Elle tendit la main à Jenny.) Bienvenue à San Paulo et tous mes vœux pour la réussite de votre projet.

– Merci, fit Jenny en lui serrant la main.

Son interlocutrice exhala un soupir théâtral.

– Redonner vie et beauté à ce qui est vieux et laid doit apporter bien de la satisfaction.

Jenny la regarda droit dans les yeux.

– Oui, parfois.

La propriétaire lui lâcha enfin la main et s'éclipsa.

Quand le bruit du moteur poussif de sa voiture se fut estompé au loin, Jenny s'approcha de l'antique bergère tournée vers la baie vitrée.

Elle tenait à la main une petite boîte entourée d'une ficelle.

Elle s'assit dans la bergère, la boîte sur les genoux, détacha la ficelle et ôta le couvercle.

La boîte contenait un objet enveloppé dans un chiffon blanc.

Elle le déballa. C'était un Colt 38.

Elle considéra fixement l'arme aux reflets argentés.

Elle entendait une chanson.

Elle voyait des corps qui se bousculaient, se pressaient les uns contre les autres. Dans un endroit sombre.

Elle entendait des grognements, des ricanements, des râles.

Un froissement d'étoffes lacérées.

Elle sentait l'air humide et froid sur sa peau. Le picotement des grains de sable qui l'écorchaient. Le contact gluant des algues. Les coquillages acérés.

Elle voyait se détacher la boucle d'une ceinture. Gestes précipités. Avides.
La bretelle d'un soutien-gorge arrachée.
Un sein menu exposé.
Une main enfantine qui, aussitôt, le recouvre.
Et que repoussent d'autres mains brutales, mains de mâles.
Une jupe qu'on déchire.
Un slip qu'on arrache.
Des mains enfantines qui essaient de le remonter.
Des mains de mâles qui tâtonnent. Rudoient. Fouillent. Mains de violence.
Des visages. Visages de garçons. Indistincts. Mais d'où émane une jubilation sauvage.
Jenny voit son propre visage. Plus jeune. Epouvanté.
Un poing qui frappe.
Douleur.
Et elle voit un autre visage. Plus juvénile encore que le sien. Et tout aussi épouvanté.
Elizabeth.
De la bouche de laquelle monte un hurlement.
Le hurlement est étouffé par des mains épaisses, des mains immondes qui bâillonnent.
Le hurlement.
C'était plus qu'un hurlement.
C'était un mot, un appel, une supplication, un cri, une prière.
C'était un nom.
Jenny.

6

Harry roulait. Tournait en rond. Il s'assommait. Et il était d'une humeur de dogue. Il ne se supportait plus dans l'appartement. D'ailleurs, en général, il n'était jamais chez lui. Il travaillait. Il faisait le boulot pour lequel les contribuables le payaient. Et, maintenant, il ne le faisait plus, son boulot.

S'il s'enquiquinait à perpète avec toutes ces histoires de paperasserie à la noix, c'était finalement parce que ça faisait partie du travail qu'il avait à faire. De son boulot.

Et maintenant, ils le mettaient sur la touche.

Le moment était peut-être venu de laisser tomber.

Ouais. Et qu'est-ce qu'il ferait?

Il tourna à droite en haut de Colombus Avenue pour rejoindre Jefferson via Leavenworth. Arrivé à l'Embarcadero, il décida de continuer.

Il avait déjà dépassé Fisherman's Wharf mais ça lui était égal. Les lumières éclatantes, non, il n'était pas d'humeur à ça. C'étaient la nudité, la limpidité du vieux port qui l'attiraient. Les entrepôts déserts, les quais abandonnés, toute cette partie du front de mer qui n'avait aucun rapport avec les cartes postales touristiques.

La Plymouth cahotait et tressautait sur les nids-de-poule de la chaussée en mal de réfection et, tout à sa conduite, Harry ne remarqua pas la Chevrolet décapotable rangée à l'angle de Bay Street et de l'Embarcadero.

Et, ne l'ayant pas vue, il ne vit pas non plus les

trois occupants qui tétaient un mauvais bourbon au goulot de la bouteille. Hawkins et sa bande.

Harry ne les vit pas mais, eux, ils le virent.

La Chevrolet démarra et le prit en chasse.

Harry commença par les entendre. Il jeta un coup d'œil dans le rétroviseur et, cette fois, il les vit.

Un vague sourire lui retroussa les lèvres. Eh bien, d'accord, petits tarés. L'heure d'apurer les comptes avait peut-être sonné. Et c'était peut-être aussi de cela que Callahan avait besoin, ce soir. Un peu de mouvement, c'était parfois un bon tonique.

La Chevrolet eut tôt fait de rattraper sa Plymouth. Un loube rabougri et maigrichon était au volant, un autre, grand et mastoc, celui-là, à côté de lui. Hawkins était à genoux sur la banquette arrière.

Harry mit toute la sauce.

Les autres le remontèrent et restèrent pendant un moment à sa hauteur en poussant des beuglements assortis de gesticulations frénétiques. Puis le conducteur braqua et enfonça le flanc de la Plymouth. La force de l'impact déséquilibra la décapotable mais le loubard qui la pilotait reprit rapidement le contrôle de son véhicule.

Et réitéra.

Il se laissa ensuite distancer mais ce fut pour télescoper par l'arrière la voiture banalisée qui, sous la violence du choc, fit un bond en avant. Harry parvint à éviter l'embardée.

Maintenant, les deux voitures filaient comme des fusées.

La Chevrolet tamponna une seconde fois la Plymouth et Harry fut projeté en avant. Le volant s'enfonça dans sa poitrine.

Coup d'œil au rétroviseur. Plus personne derrière

lui. Les punks revenaient à sa hauteur. A présent, le malabar était sur la banquette arrière, tenant fermement par la taille Hawkins qui, penché à l'extérieur, brandissait une longue barre de fer.

Il s'en donna à cœur joie, tapant comme un sourd sur la carrosserie, le flanc, le toit de la Plymouth dont la glace avant gauche fut pulvérisée.

Harry leva le bras pour protéger son visage des éclats de verre qui volaient dans tous les sens et, braquant à gauche, percuta la voiture adverse. Mais le conducteur de celle-ci redressa vivement et accéléra. Les punks, braillant et glapissant à qui mieux mieux, avaient maintenant une demi-longueur d'avance sur Harry.

Hawkins continuait de faire des moulinets avec sa barre de fer. Soudain, le pilote amorça une queue de poisson. En douceur. Et en direction de la mer.

L'objectif des loubards était clair : ils allaient serrer la Plymouth. Lentement, centimètre par centimètre. Et l'éjecter.

Callahan écrasa la pédale et catapulta la Chevrolet qui fit un tête-à-queue et revint aussitôt à la charge.

Mais quelle était donc l'auto-école qui formait des pilotes de ce calibre, bordel de Dieu? D'abord celui de la veille qui lui avait donné la chasse. Et maintenant, cet enfant de pute!

Les deux voitures étaient à nouveau flanc contre flanc et la Chevrolet se préparait à dépasser la Plymouth. La barre de fer que brandissait Hawkins s'abattit sur le pare-brise de cette dernière, dont toute la surface s'étoila dans un tintamarre assourdissant.

Harry sortit son Magnum et, d'un coup de crosse,

fit sauter une partie du pare-brise : il ne voyait plus rien.

Il s'apprêtait à faire feu sur la décapotable quand un objet volant, qui traînait dans son sillage un flamme papillotante, entra par la fenêtre à la vitre éclatée et roula sous le tableau de bord. Harry y jeta un coup d'œil. C'était un cocktail Molotov : une bouteille de mauvais bourbon et, en guise de mèche, un morceau de tissu enflammé, vraisemblablement arraché à une chemise.

Callahan le ramassa et le lança à l'extérieur.

La bombinette explosa, dégageant une éblouissante nappe de feu.

Des tambourinements sur la tôle, d'autres fracas de bris de verre. Ils le bombardaient avec des bouteilles vides.

Harry distingua devant lui les massifs piliers de soutènement de la voie express suspendue. Il accéléra et passa entre deux d'entre eux dans l'espoir d'échapper à la queue de poisson suicidaire.

Il approchait du sous-œuvre du pont enjambant la baie. Les loubes le talonnaient. Ils avaient sûrement une idée en tête.

La décapotable fit un bond en avant. Quand elle eut rejoint la Plymouth, Hawkins lança un second cocktail Molotov et elle rétrograda. La bouteille d'alcool enflammé termina sa trajectoire sur le siège arrière.

Harry cambra les reins pour s'en saisir mais n'y parvint pas. Les loubes renouvelèrent la manœuvre et un autre cocktail Molotov tomba sur le siège avant, cette fois. Les piliers se rapprochaient à une allure vertigineuse.

Lâchant d'une main le volant, Harry tendit l'autre bras vers la banquette arrière. Rien à faire. Conduire et s'emparer de la bouteille étaient deux actions qui exigeaient l'une et l'autre une totale concentration. Il ne pouvait pas diviser son effort. Quel que soit le choix, il y passerait, c'était réglé comme papier à musique.

Les piliers de béton l'obligèrent à prendre sa décision. Il freina à mort. La voiture commença à chasser mais il contrôla le dérapage et évita d'extrême justesse d'entrer en collision avec le pilier. Au même moment, il entendit la bouteille exploser derrière lui et la banquette s'embrasa.

La Plymouth finit par s'immobiliser dans un déchirant crissement de pneus. Harry empoigna le cocktail Molotov qui avait roulé à côté de lui et, se ruant hors de l'auto transformée en brasier, il fit face aux loubes qui arrivaient. Le conducteur de la chevrolet fonça droit sur lui tandis que Hawkins allumait un nouveau Molotov.

Harry calcula la distance et son moment. L'incendie atteignit le réservoir de la Plymouth qui se transforma en un geyser de feu. Harry n'y prêta pas attention. Il attendait que les loubes soient à portée, et quand ils le furent, il attendit encore quelques millisecondes de plus pour être sûr de ne pas commettre la moindre erreur.

Alors, il balança le Molotov sur la décapotable qui arrivait sur lui à pleine vitesse.

Les yeux de Hawkins et de ses petits copains s'exorbitèrent.

La bouteille s'écrasa sur leur pare-brise, vomissant son contenu embrasé.

Le chauffeur de la Chevrolet perdit le contrôle de la voiture. Hawkins lâcha le cocktail Molotov qu'il brandissait et Harry fit un saut de côté pour éviter le véhicule fou.

Le conducteur braqua trop sec pour tenter d'éviter une pile du pont et la décapotable, emportée par son élan, enfila un môle désert.

Harry qui avait fait un roulé-boulé se releva juste à temps pour la voir plonger dans la baie.

Pendant une fraction de seconde, elle parut planer dans les airs.

Puis le dernier Molotov de Hawkins explosa.

L'aveuglante et hurlante boule de feu disparut instantanément dans les eaux noires et immobiles.

Harry observait les mouvements de la grue géante qui sortait de la baie la voiture carbonisée et ruisselante. Trois corps étaient déjà alignés au bord du quai.

– Alors, c'est ça l'idée que vous vous faites de la détente et du repos? grinça Donelly. Briggs est fou de rage et le commissaire m'a passé une de ces engueulades!

– Vous m'en voyez navré.

– Mais, bon Dieu de bois, Harry, vous ne pouvez donc pas faire un pas sans soulever des vagues?

– Est-ce que je reprends mes fonctions?

– Eh oui, merde!

– Parfait. J'y vais.

– Attendez un peu. Ce n'est pas ce que vous croyez. Vous vous rappelez l'émasculé de Cliff House?

– Oui.

– Cela faisait quelques années qu'il habitait San Francisco. A peu près rien à signaler sur son compte mais il n'avait pas le nez tellement propre. Un ringard, semble-t-il, mais qui sait? Peut-être qu'il s'était seulement débrouillé pour ne pas se faire prendre.

Donelly commençait à se tortiller.

– Et alors?

– Il est natif de San Paulo. C'est là qu'il a grandi. Je voudrais que vous alliez faire un tour dans le coin, histoire de glaner des tuyaux sur ses antécédents, dans la mesure du possible.

Les traits de Harry se crispèrent.

– Qu'est-ce que ça signifie, lieutenant?

– Ça signifie une enquête sur un meurtre.

– Vous voulez vous débarrasser de moi, c'est ça? J'encombre. J'attire les foules et vous avez peur des retombées.

– Je vous fais une faveur, Harry, vous ne pigez pas? vociféra Donelly. Vous savez ce que vous êtes? Une zone de combat ambulante. Les gens ont la mauvaise habitude de claquer partout où vous mettez les pieds. Et je ne veux pas que des civils ramassent des éclaboussures. Vous voulez travailler? Eh bien, bravo! Au boulot. Vous avez une mission. Alors foutez le camp et occupez-vous de cette enquête.

Harry dévisagea longuement son supérieur en silence. Puis il tourna les talons et s'éloigna.

– Et prenez tout le temps qu'il vous faudra, lui cria Donelly. Ne vous pressez pas de revenir. Peut-être que l'air marin vous fera du bien.

La pêche! grommela Harry dans sa barbe sans s'arrêter.

Jenny se leva tôt. Le soleil qui entrait à flots par la baie chassait le froid de la nuit. A moitié réveillée par son éblouissante clarté, elle avait repoussé la couette et s'accorda un petit supplément de sommeil, jouissant de sa chaleur.

Elle se réveilla reposée et pleine d'ardeur.

Après un bain brûlant où elle s'attarda et une tasse de thé très fort – du Twining Irish Breakfast –, elle enfila un pantalon de treillis kaki, son anorak de ski marron, des baskets et sortit.

La veille au soir, elle avait laissé la voiture dans la petite allée conduisant à l'étroit garage attenant à la maison. Avant de partir, l'idée la prit d'inspecter celui-ci.

Elle s'attendait à devoir se battre avec la porte mais, bonne surprise, le vantail coulissa à la première sollicitation. Elle entra et balaya le garage d'un coup d'œil circulaire. A part une collection d'outils de jardinage et de bricolage qui avaient visiblement beaucoup servi, il était vide.

Elle allait ressortir quand elle aperçut une roue de bicyclette dans un coin obscur. Le reste du vélo était-il au bout? Elle fouilla dans le fatras amoncelé et découvrit tout au fond une antique Schwinn disparaissant sous la poussière. Elle n'avait pas de dérailleur, sa peinture devenue pisseuse était éraflée. Le cadre cabossé avait connu des jours meilleurs mais il n'avait pas un point de rouille.

Quel plaisir ce serait d'aller travailler à bicyclette en longeant la falaise! Elle se rappelait qu'il y avait un sentier. Pour rentrer, ce serait plus difficile parce que cela montait mais un peu d'exercice lui ferait le plus grand bien.

Sa décision prise, elle épousseta la selle, mit son sac en bandoulière et enfourcha la bécane. Son pied trouva une pédale, elle prit appui sur l'autre pied – et en route!

Elle pédalait, giflée par un vent vif et frais qui

l'échevelait. C'était merveilleux. Quand elle eut négocié la falaise et atteint le parc d'attractions de Beach Street, sa peau était toute rose et la picotait.

Elle se sentait débordante d'énergie et de vitalité. Prête à commencer.

Elle mit pied à terre devant le carrousel, vaste édifice circulaire surmonté d'un dôme pointu fait de panneau accolés. A part l'armature, il était entièrement en verre. Du verre transparent pour la paroi, des vitraux multicolores pour le toit.

Jenny posa avec précaution la bicyclette en équilibre contre la porte d'entrée – en verre, elle aussi – et regarda à l'intérieur.

L'ébahissement qu'elle éprouva alors lui fit faire un pas en arrière.

Le manège lui-même n'était pas gigantesque. Elle en avait vu de bien plus grands dans le Midwest. Les montures, assez nombreuses, étaient largement espacées alors que, le plus souvent, il y en avait tant et elles étaient si serrées les unes contre les autres qu'il était impossible de les totaliser sans les compter une par une. Ce n'était ni leur taille ni leur nombre qui étonnait Jenny mais la diversité des animaux et la variété de leurs attitudes. Une véritable ménagerie, une arche de Noé! Il y avait un cheval, un tigre, un lion, une panthère noire, un éléphanteau, un loup, et encore étaient-ce les seuls visibles de l'extérieur. Elle aurait parié qu'il y avait aussi un buffle, un chameau et un rhinocéros. Et les véhicules n'étaient pas, eux non plus, de banals sièges. Il y avait un carrosse. Une minuscule charrette tirée par un poney, un traîneau auquel était attelé un gros chien esquimau. Chaque bête était figée en plein bond, en pleine course ou en pleine galopade et elles étaient toutes différentes. Même dans leur expression. La disposition des yeux, des museaux, des gueules offrait toute une gamme de variations subtiles.

Jenny sortit vivement la clé de son sac et se précipita à l'intérieur, le vélo à la main. Brusquement, elle se rappela qu'il était équipé d'une béquille. Et la béquille fonctionnait. La jeune femme fit alors le tour du plateau. Elle ne s'était pas trompée : elle repéra en effet son chameau, son buffle et son rhinocéros. Elle remarqua également à l'autre extrémité de la plate-forme sur laquelle gambadaient les animaux des camions de peinture, des bâches de protection et des pinceaux, le tout aligné en bon ordre.

Ce carrousel était un chef-d'œuvre.

Elle n'en revenait pas. Elle avait déjà restauré trois manèges avec succès et commençait à avoir une petite notoriété dans la partie mais c'était là pour elle un travail purement alimentaire et une occasion de voyager. Elle avait présenté ses offres de services à la Société historique de San Paulo, sachant que cette dernière désirait restaurer le carrousel à l'occasion des fêtes du centenaire de la ville qui se dérouleraient cet été. Mais ce n'était pas pour effectuer ce travail qu'elle avait fait acte de candidature. Son objectif était d'une tout autre nature.

Il n'en demeurait pas moins que ce carrousel était superbe et que ce serait une tâche à laquelle elle prendrait plaisir. Difficile, d'ailleurs. Les montures étaient sérieusement abîmées. Mais elle en viendrait à bout si elle ne ménageait pas ses efforts, elle était capable de lui rendre son éclat et sa splendeur passés.

Quelque chose attira son regard. Elle grimpa sur la plate-forme et s'approcha de la monture décolorée et défraîchie qui avait retenu son attention. C'était une licorne, plus abîmée que les autres. Sans doute parce qu'elle attirait davantage les amateurs, songea Jenny. Quand elle passa la main sur le flanc rugueux de l'animal, des écailles de peinture desséchée se détachèrent.

Jenny ôta son anorak. Au travail!

7

Harry avait pris la route assez tard et le crépuscule commençait à tomber quand il entra dans San Paulo.

Bien qu'elle fût à moins de deux heures de San Francisco, c'était la première fois qu'il se rendait dans cette petite ville dont il ne connaissait pas grand-chose. Mais il n'y avait sûrement pas grand-chose à en connaître. Comme quantité d'autres bourgades de la côte californienne, elle était coincée entre l'océan et les montagnes. Elle s'ouvrait sur Monterey Bay. Il se rappelait qu'il y avait un important campus, antenne de l'université d'Etat, où quelques émeutes dures avaient éclaté dans les années 60. A cela se bornait toute sa science, plus le fait qu'un certain George Wilburn, récemment décédé à San Francisco, y était né et y avait grandi avec, à cette époque, ses bijoux de famille en état de marche. C'était d'ailleurs pour le moment la seule chose qui l'intéressait. Recueillir quelques renseignements sur le passé de feu Wilburn et regagner le monde réel.

Harry avait décidé d'attendre, pour se poser des questions sur son avenir, d'avoir repris ses fonctions habituelles. Si ces conneries se tassaient et si on lui fichait la paix, il continuerait. Aussi longtemps qu'il le pourrait. Jusqu'à la prochaine fois, peut-être. Jusqu'à ce que Briggs ou une autre patate enfoirée dépasse la limite.

Sa destination première était le commissariat local et il commençait à se faire une idée assez précise de la topographie de la ville. Au volant de la nouvelle voiture banalisée qu'il avait touchée, après une série de tournants tantôt à droite et tantôt à gauche, il fut arrêté par un feu rouge à un carrefour animé. C'était apparemment là le principal terminus des lignes de transport municipales. Des bus arrivaient, d'autres en repartaient. Ou attendaient le retour des chauffeurs qui faisaient la pause café ou la pause pipi. Il y avait beaucoup de monde. Des gens qui, eux aussi, arrivaient, partaient ou attendaient. Ces derniers étaient les plus nombreux. A côté de l'arrêt des bus se trouvait une pizzeria où on se bousculait. Parce que les pizzas étaient bonnes ou parce que c'était la force de l'habitude qui jouait? L'heure du dîner approchait et Harry avait comme un creux. L'idée d'une bonne portion de pizza brûlante avec beaucoup de fromage et de piment lui fit venir l'eau à la bouche.

Comme il était en train de rêver en salivant, deux bruits qu'il ne connaissait que trop et sur la nature desquels aucun doute n'était permis parvinrent à ses oreilles. Des coups de feu. Il tourna la tête du côté opposé du carrefour. Il y avait une banque. Puis l'alarme se mit à glapir. Une voiture était arrêtée devant la banque. Elle était vide mais son moteur tournait.

La pêche! songea Harry.

Un barbu coiffé d'une casquette de joueur de base-ball sortit de la banque en brandissant un gros 45 de l'armée et se rua vers l'auto à l'arrêt.

Au même moment, une voiture de police surgit, stoppa et un agent ridiculement jeune, portant lunettes, bondit à terre pour intercepter le « présumé » pilleur de banque.

Il avait dégainé mais n'eut pas l'occasion de se servir de son arme. Il fit les sommations d'usage. Le barbu tira.

Harry écrasa l'accélérateur. Le suspect de pillage de banque et, maintenant, présumé agresseur, braquait son antique pétoire sur le flic à terre. Dans l'intention manifeste de l'abattre.

Harry, fonçant à toute vitesse, s'interposa entre les deux hommes. Surpris, le gangster dirigea son automatique sur lui, fit feu mais manqua sa cible. Harry continua d'avancer, lui barrant le chemin pour l'empêcher de sauter dans la voiture destinée à assurer sa retraite.

Comprenant la manœuvre, le gangster détala à toutes jambes.

Harry sortit son Magnum et, abandonnant son véhicule, se lança à ses trousses.

Le type était rapide mais l'inspecteur lui collait aux basques. Derrière sa proie, il contournait des immeubles, passait d'un trottoir à l'autre, traversait des magasins en trombe. Le truand zigzaguait avec habileté entre les passants ébahis pour qu'ils fassent écran entre lui et son poursuivant. Harry ne pouvait pas prendre le risque de tirer.

Où diable était passé le reste des effectifs de la

police locale? Pourvu qu'ils ne fussent pas réduits au seul flic gisant devant la banque!

Le barbu qui avait enfilé une rue étroite avisa une contractuelle sur un tricycle motorisé en train de discuter devant un parcmètre avec une dame qui protestait contre la contredanse qu'elle venait d'hériter. Il la bouscula, la fit tomber, s'empara de la machine de la contractuelle sous la menace de son arme, l'enfourcha et démarra.

Harry, haletant, arrivait au même instant à l'angle de la rue. Il regarda autour de lui. De l'autre côté de la chaussée, un minibus beige sur le flanc duquel s'étalait en lettres marron tracées au pochoir l'inscription MAISON DE RETRAITE DE SAN PAULO stationnait, portes grandes ouvertes.

Harry n'hésita pas.

Il grimpa d'un bond à la place du chauffeur, embraya et prit le tricycle en chasse. Alors qu'il négociait un virage sec dans un strident crissement de pneus, il entendit des cris à l'intérieur du minibus. Il jeta un coup d'œil dans le gros rétroviseur rond installé au-dessus du marchepied et vit derrière lui un groupe de personnes âgées.

Une maison de retraite. La pêche!

– Ne vous inquiétez pas, leur cria-t-il. Je suis un officier de police à la poursuite d'un suspect.

L'un des vieux se pencha sur son siège et lui lança en guise de réponse :

– Vas-y, mon gars, colle-lui au cul!

Harry sourit. Voilà un citoyen selon son cœur!

Il gagnait du terrain sur le tricycle. Le braqueur se retourna et tira. La balle fit un trou dans l'épais pare-brise en feuilleté du minibus. Une vieille dame hurla. Une autre s'évanouit. Le petit vieux vociféra :

– Coince-le, ct'enfant de pute, mon gars!

Le minibus s'engagea dans une rue élégante bordée de boutiques et de restaurants chics et Harry se rendit compte qu'il roulait en sens interdit. Le tricycle, plus petit et plus maniable, avait là un net avantage. Le moment était venu d'en finir. Callahan accéléra et le percuta brutalement. L'une des roues arrière de l'engin monta sur le trottoir. Le casseur à la manque tourna instinctivement son guidon vers la droite et accéléra. Il heurta la bordure du trottoir contre laquelle il rebondit et perdit momentanément le contrôle du tricycle qui coupa un carrefour pour aller s'écraser contre un des massifs de fleurs et de plantes vertes qui festonnaient l'artère, lui donnant un faux air d'allée campagnarde.

Chaque massif était ceinturé d'un solide muret de brique de près d'un mètre de haut.

Le braqueur fit un vol plané, passa par-dessus l'obstacle et atterrit au milieu du parterre.

Harry fit halte, dégringola du minibus et sauta à son tour par-dessus le muret tout en dégainant. Il tapota le dos du voyou hébété et lui brandit son Magnum sous le nez.

– Je crois que je devrais maintenant te donner lecture de tes droits constitutionnels, mon gars.

On entendit hurler des sirènes.

Harry sortit de la poche arrière de son pantalon sa carte qu'il agita en l'air. Le suspect exhala un grognement et recracha quelques pétales et quelques bulbes. Il avait la bouche en sang.

La police de San Paulo au grand complet et l'arme au poing entoura Callahan et son prisonnier.

Le petit vieux descendit du minibus en titubant un peu et cria à Harry :

– C'est la plus chouette baladc que j'aie jamais faite depuis qu'ils m'ont foutu dans ce sacré bon Dieu de foyer!

Une jeune femme blonde portant un anorak marron observa un moment la scène, puis, tournant les talons, entra chez Dustan, Fournitures Artistiques en Tous Genres.

Le commissariat de police de San Paulo était situé à peu de distance de l'artère chic où Harry avait épinglé le suspect. Il savait maintenant qu'elle s'appelait Oceana Mall. Et que le nom du chef de la police était Jannings. Lester Jannings.

Il faisait nuit noire lorsqu'on en eut fini avec le voyou et que l'on arriva au commissariat, une modeste bâtisse beige de plain-pied, genre bungalow, surmontée d'un toit pentu à l'espagnole. C'était pour l'essentiel une vaste pièce divisée en deux par un comptoir derrière lequel s'entassaient une demi-douzaine de bureaux et le standard. Au milieu du mur du fond était aménagé un cagibi séparé de la salle principale par une cloison en verre. Un homme, les épaules voûtées, était penché sur la table.

Jannings.

Harry se demanda où étaient les cellules. Et s'il y avait un labo. Peut-être au sous-sol. Ou dans une annexe.

La porte de Jannings étant entrebâillée, il ne se donna pas la peine de frapper.

Le chef de la police de San Paulo leva la tête quand il entra. Dans les cinquante-cinq ans, massif, taillé en force, la tignasse brune. Les paupières lourdes et les coins de la bouche tombants, qui lui donnaient un air las ou mélancolique.

Il planta ses yeux dans ceux de Harry.

– Alors, c'est vous, l'illustre Harry Callahan?

Merde, soupira silencieusement Harry. Ils sont bien tous les mêmes.

Jannings croisa ses mains devant lui.

– Je serai bref, courtois, et je ne vous le répéterai pas deux fois. Ici, ce n'est pas la grande ville et les pedzouilles que nous sommes n'ont pas besoin de terreurs pour nous apprendre à faire notre travail. Vous êtes à San Paulo pour une mission précise. Alors, vous effectuez vos investigations et vous vous occupez de vos oignons. Me suis-je bien fait comprendre?

Harry resta quelques secondes à dévisager Jannings, puis il porta deux doigts à son front en guise de salut.

– A vos ordres, amiral.

Il sortit avant que le chef de la police ait pu réagir. Il sentait son regard fulminant se vriller dans son dos tandis qu'il traversait la salle de la brigade en sens inverse.

Il avait de plus en plus faim. Il n'avait toujours rien mangé mais il décida de déposer ses affaires à l'hôtel avant de se mettre en quête d'un restaurant correct. Sur la suggestion d'Horace, il avait retenu une chambre à l'hôtel Le *Bahia*. Juste en bordure de la plage, avait fièrement spécifié son collègue.

Harry descendit de sa nouvelle voiture et balaya du regard ce qui allait être son domicile provisoire.

– Tu n'es qu'un conard, King, grommela-t-il.

C'était sordide. Moitié hôtel borgne, moitié asile de nuit. Enfoiré d'Horace! Le *Bahia* était gris. Uniformément gris. Les flèches mauresques, ou turques, ou allez savoir quoi qui le hérissaient en avaient peut-être jeté quelques années plus tôt mais, à l'heure actuelle, la bâtisse était dans un état de décrépitude avancé. Et le plus rageant était qu'elle était encadrée par deux autres établissements de belle apparence.

Bon... il allait quand même jeter un coup d'œil sur sa chambre et, si c'était un taudis, il installerait ses pénates à côté. Et zut pour Briggs et ses frais de déplacement! Il n'était là que pour une nuit, deux au maximum.

Il entra avec son barda.

Après s'être inscrit et avoir reçu sa clé des mains d'un employé gris et ensommeillé, il monta l'escalier. La chambre qui lui était attribuée portait le numéro 213. Le corridor était gris, lui aussi. Le tapis élimé montrait sa corde par endroits. La lumière était chiche et les murs badigeonnés d'un enduit populo-brunâtre du plus gracieux effet.

Il avait bonne mine, Horace le serviable!

Au moment où Harry faisait tourner la clé dans la serrure, il entendit un bruit dans la chambre. Posant sa valise et son sac de voyage, il glissa la main à l'intérieur de sa canadienne et poussa lentement la porte.

La chambre n'était pas grise. Elle était noire. Totalement obscure.

Le corps plié en deux, il entra.

Une sorte de grondement lui parvint aux oreilles et il perçut un mouvement fulgurant.

L'air s'échappa de ses poumons quand quelque chose ou quelqu'un entra en collision avec sa poitrine. Déséquilibré, il heurta un objet, vraisemblablement une lampe d'après le bruit que cela fit en tombant.

A son tour, il s'écroula en se cognant violemment

le crâne, écrasé par Dieu sait quoi de lourd. Sous ses doigts, il sentit une peau rêche, des poils rudes.

L'attaque à laquelle il s'attendait ne vint pas. Son adversaire semblait se contenter de le broyer sous sa masse. Harry essaya de rouler sur lui-même, d'abord à droite, ensuite à gauche mais il était dans l'incapacité de bouger, si peu que ce fût.

Il était cloué au sol. Une haleine brûlante et fétide lui caressait la figure tandis qu'il tâtonnait dans les ténèbres à la recherche de ce qui, espérait-il, était bien une lampe.

Il la trouva et c'en était effectivement une. Il alluma et vit alors au-dessus de lui la large tête velue de son agresseur.

C'était le chien le plus mastoc et le plus laid qu'il eût jamais vu. Des yeux rouges, le souffle nauséabond, c'était un genre de rottweiler mâtiné de bouledogue et de grizzly. Il commençait à montrer ses crocs lorsque le policier remarqua le ruban rouge vif noué autour du cou de l'animal. Une carte y était attachée. Harry la retourna avec le plus grand luxe de précautions et lut : « Pour te tenir chaud pendant ces nuits froides et sans étoiles. »

Il reconnut l'écriture.

– Horace! vociféra-t-il. Fumier de mauricaud! Fils de putain! Espèce de...

L'énorme chien gronda, libéra Harry et se dirigea vers un coin sombre au fond de la chambre.

Harry recommença à vouer Horace aux gémonies mais il interrompit brusquement ses imprécations en entendant un bruit d'eau.

Ce ne pouvait pas être l'océan.

Il empoigna la lampe et l'inclina pour en diriger la lumière vers le coin sombre.

Le chien, une patte en l'air, était en train de compisser abondamment le pied d'une chaise.
– Eh bien, c'est la pêche! maugréa sauvagement Harry.

Jenny se regardait dans le miroir qu'elle avait posé sur un chevalet. Un second chevalet était disposé à côté du premier. Celui-ci supportait une grande toile vierge.
La jeune femme étudiait attentivement son visage. Elle portait une chemise de nuit et un peignoir blancs. Elle était pieds nus. Une antique radio jouait. De la musique classique. Du Mozart. Jenny leva la main et commença à tracer sur la toile l'esquisse d'un visage.
Son propre visage.

8

Le chien pigeait vite et Harry en était surpris parce qu'il avait plutôt l'air d'être bas du front. Après avoir encaissé quelques coups de genou, aussi douloureux pour l'homme que pour la bête car, en dépit de sa lourdeur, ce clebs avait les muscles aussi durs que du béton, il le laissa faire son jogging sans plus lui sauter dessus ni être constamment dans ses jambes.
A part quelques autres joggeurs et une poignée de chercheurs de trésors armés de détecteurs de métaux, la plage était déserte à cette heure matinale. Des nuages blancs s'effilochaient dans le ciel et la brise du large était tonifiante.

Harry se dirigeait à petites foulées vers la langue de terre qui s'incurvait au nord de la baie. Un cycliste venant de la direction opposée approchait. Une cycliste, plutôt. Et même une jeune femme. Elancée et en pleine forme physique à en juger par l'allure à laquelle elle roulait. Ses cheveux blonds flottaient au vent. Gentiment roulée, la mignonne.

Le chien, lui aussi, l'avait remarquée : il s'était pétrifié sur place. Quand la pédaleuse arriva à leur hauteur, il se mit à aboyer furieusement et s'élança à sa poursuite. Compte tenu de sa taille, c'était un rapide. Avant que la jeune femme ait eu le temps de réagir ou de l'éviter, le molosse bondit sur elle et avant de s'être rendu compte de ce qui lui arrivait, elle se retrouva par terre.

Harry soupira et la rejoignit coudes au corps. Se penchant, il la prit par le bras pour l'aider à se relever et commença à exposer le fond de sa pensée à l'animal :

– C'est malin, Figure de Pet...

La cycliste se dégagea d'un mouvement vif et bondit sur ses pieds.

– Hein? Comment m'avez-vous appelée?

Ça commence bien, se dit Harry.

Le chien se remit à aboyer. A vous casser les oreilles.

– Le chien... cria Harry pour dominer le vacarme. C'était au chien que je parlais.

La jeune femme s'épousseta et remit en place la courroie du sac qu'elle portait en bandoulière.

– Il est à vous?

– Pourquoi? Vous le voulez?

Elle ouvrit de grands yeux mais cela ne dura qu'un instant.

– Ecoutez, mon vieux, si vous êtes incapable de

vous faire obéir, tenez-le en laisse. Il y a des règlements pour ça. C'est dans son intérêt que je vous dis ça. (L'assourdissant boucan que faisait l'animal lui fit froncer les sourcils.) Toi, tais-toi! lui ordonna-t-elle.

Le chien se tut et s'assit.

Harry n'en revenait pas.

– Vous ne vous êtes pas fait mal?

Elle récupéra sa bicyclette et l'enfourcha.

– Ça va très bien, je vous remercie, mais je vous conseille de tenir votre monstre à l'attache.

Sur ce, elle démarra.

Harry la regarda s'éloigner en souriant.

Callahan reprit le chemin du commissariat. Il voulait examiner le fichier, interroger l'ordinateur – s'il y en avait un – en vue d'établir d'éventuels recoupements avec d'autres affaires similaires et se tirer de San Paulo dans les délais les plus rapides. Cela lui prendrait quelques heures, la journée à la rigueur s'il obtenait des dépositions sérieuses des parents ou des familiers de la victime. N'importe comment, il serait dans le pire des cas de retour à San Francisco le lendemain à midi.

Le commissariat bourdonnait d'activité. Une douzaine d'agents en tenue et quatre fonctionnaires civils s'affairaient à leurs tâches. Un sergent aux sourcils broussailleux mouchetés de gris, nanti d'une moustache raide, trônait derrière le comptoir qui divisait la vaste salle en deux parties inégales.

Harry se dirigea directement vers lui et sortit son insigne.

– Je suis l'inspecteur Harry...

Le sergent leva la tête.

– Callahan, acheva-t-il assez fort pour que toutes les personnes présentes entendent.

Les autres flics et les employés interrompirent leurs activités et se retournèrent.

– On vous attendait, reprit le sergent avec un sourire épanoui. Le chef Jannings nous a mis au courant. (Il se tourna vers un groupe de trois policiers qui se tenaient devant les armoires de classement alignées le long du mur du fond et brailla :) Bennett !

Jannings était dans son bureau, debout devant la table. Attentif.

L'un des trois agents abandonna le fichier qu'il compulsait et se porta précipitamment aux côtés du sergent.

– Bennett, montrez son bureau à l'inspecteur Callahan.

– Ah... (Bennett remonta du bout de l'index ses lunettes rondes qui avaient glissé.) Tout de suite, sergent. (L'agent regarda Harry. Il avait un sparadrap sur le côté gauche du front.) Par ici, inspecteur.

Il maintint ouverte la demi-porte battante et Harry, passant derrière le comptoir, pénétra dans le saint des saints de la poulaille et suivit Bennett. Tous les regards étaient braqués sur les deux hommes. Jannings continuait d'observer la scène.

Ils traversèrent le poste en diagonale. Tout au fond à droite, entre les classeurs et le mur latéral, était ménagé un espace minuscule où l'on avait réussi à coincer une table dactylo métallique de l'armée vert caca d'oie et une chaise de bois au dossier raide. Une mince chemise était posée sur la table.

A la vue du « bureau » qui lui était assigné, Harry

se retourna et fusilla du regard les spectateurs qui s'empressèrent de se remettre à leur travail.

Mal à l'aise, le jeune agent se balançait d'un pied sur l'autre.

– C'est... c'est ça, inspecteur. (Harry le dévisagea ce qui accrut encore la nervosité de Bennett.) La salle de repos est par là. (Il désigna une porte à l'autre extrémité de la pièce.) Vous y trouverez la machine à café. Et les waters sont en bas.

Harry s'assit à son « bureau » et ouvrit la chemise. Elle renfermait en tout et pour tout une feuille de papier.

– Si vous n'avez plus besoin de moi, inspecteur... je vais vous laisser.

Harry considéra fixement le jeune flic dont l'embarras était visible.

Bennett tourna les talons, fit quelques pas, puis s'arrêta et fit à nouveau face à Callahan. Il commençait à être écarlate.

– C'est du bon travail que vous avez fait, hier, inspecteur, balbutia-t-il. C'est moi qui... (Il palpa son pansement.) Vous m'avez sauvé la vie. Je vous remercie.

Callahan le dévisageait toujours.

– Eh bien, voilà. (Le jeune agent s'efforçait de se raidir.) Si vous avez besoin de quoi que ce soit...

Il s'interrompit et s'éloigna en hâte.

Harry prit le feuillet qui constituait à lui seul son dossier, le parcourut des yeux, le plia, le mit dans sa poche et revint sur ses pas. Faisant halte, il se retourna vers Jannings, toujours à son poste d'observation, et d'une voix juste assez forte pour être entendu de ceux qui étaient autour de lui, il laissa tomber un seul mot en détachant les syllabes :

– Enculé !

Les flics et les employés civils le regardèrent et se regardèrent les uns les autres.

Harry sortit du commissariat.

Mme Sara Wilburn habitait une simple maison de bois dans un quartier modeste mais qui s'était détérioré et qui luttait à présent pour survivre. La plupart des voisins avaient réagi en redoublant d'ardeur pour repeindre et astiquer. Beaucoup de ces humbles pavillons luisaient comme des sous neufs. Mais, ici et là, l'argent avait manqué, et l'espoir avait fait défaut. La peinture s'était écaillée. Les planches avaient commencé à se gondoler et à se fissurer. Les détritus s'amoncelaient.

Après avoir vérifié l'adresse sur son papier, Harry se rangea devant une maison qui avait déjà basculé du côté de la déchéance et était sur le point de perdre la bataille. Il mit pied à terre et essaya de pousser la contre-porte de bois mais celle-ci était fermée de l'intérieur.

Il frappa mais il n'y eut pas de réponse.

Il frappa encore, plus fort et plus longtemps.

Finalement, une femme courtaude et corpulente ouvrit et s'encadra derrière l'écran de la contre-porte rongée par les intempéries. Le ciel s'était couvert, il y avait de l'humidité dans l'air et le jour baignait dans la grisaille. Il faisait sombre à l'intérieur et les mailles de l'écran de la contre-porte étaient colmatées de poussière mais Harry distinguait de manière suffisamment nette le pli morose de la bouche et le teint de papier mâché de la femme.

– Madame Sara Wilburn?

– Qui vous êtes?

Il lui montra son insigne.

– Inspecteur Callahan de la police de San Francisco. J'aimerais vous poser quelques questions au sujet de votre fils.

– J'ai plus de fils, répondit la femme sur un ton uni.

– Oui. C'est justement ce qui m'amène. J'enquête sur son...

– Vous ne comprenez pas, l'interrompit-elle en haussant légèrement la voix. J'ai pas de fils. Depuis longtemps, j'ai pas de fils.

– D'après nos renseignements, George Wilburn est né de Sara Wilburn le...

– J'ai donné le jour à un fils mais il m'a été enlevé, ça fait bien des années.

Qu'est-ce que signifiait cette histoire?

– Par qui?

– Par Satan et ses séides, cracha-t-elle. J'ai eu un garçon. (Ses yeux s'écarquillèrent tandis qu'elle s'approchait davantage du grillage encrassé.) J'ai saigné et souffert pour le mettre au monde. C'était un beau bébé. J'avais le cœur en fête. J'ai essayé d'en faire un enfant vertueux et craignant Dieu mais les envoyés de l'enfer étaient trop malins et trop forts pour lui. Ils lui ont tourné la tête. Elle n'était pas assez solide. Ils ont pris possession de lui. Ils ont comploté pour le conduire à la damnation éternelle.

Elle hurlait, à présent, et avec une telle violence que Harry recula. Son émotion était emprisonnée dans une dure coquille d'amertume mais Callahan avait le sentiment que le noyau de tendresse que recelait cette carapace ne s'était pas encore transformé en haine.

– Je l'ai mis en garde, poursuivit-elle. Je l'ai supplié. Mais il ne m'écoutait pas. Il n'avait d'oreilles que pour les démons. (Elle se calma un peu.) Alors, je l'ai chassé. J'ai perdu mon fils.

– Madame Wilburn...

Sans laisser à Harry le temps de formuler sa question, elle lui rabattit la porte au nez.

En regagnant sa voiture, il jeta un coup d'œil en direction de la maison mitoyenne. Celle-là tenait encore le coup, elle ne se déclarait pas encore vaincue. Peut-être que la voisine embusquée derrière l'écran de sa porte n'avait pas abandonné le combat. Il se dirigea vers elle.

La voisine sortit et vint à sa rencontre. Elle avait approximativement le même âge que Mme Wilburn mais était plus grande et plus maigre. Elle serrait étroitement autour de sa poitrine un vieux châle effiloché pour se protéger de la fraîcheur de l'air. Son corps avait perdu ses rondeurs féminines. Elle était devenue anguleuse. Jadis, ses cheveux avaient été noirs.

– Elle vous a parlé des séides du diable? demanda-t-elle à Harry avec un sourire où la résignation se mêlait l'ironie. (L'inspecteur acquiesça.) Il lui arrive souvent d'avoir des crises comme ça, maintenant. Que voulez-vous? A force de rester cloîtrée toute seule dans cette maison... Son mari est mort il y a quelques années. Il lui arrive de hurler. Mais elle n'a pas toujours été ainsi. Autrefois, elle souriait et on aurait pu illuminer un arbre de Noël avec son rire.

– Que lui est-il arrivé?

Le regard de la voisine se posa sur la maison de Mme Wilburn.

– Sa crapule de gamin! Ne soyez pas dupe de la comédie qu'elle joue. Mourir comme il est mort...

Ça pourrait lui faire complètement perdre la raison si elle savait.

– Parlez-moi de lui.

– Un feignant, c'était. Lui et les voyous qu'il fréquentait. Personne n'ignorait...

– Ses amis sont toujours ici?

– Je pense.

– Qui sont-ils?

Elle regarda Harry dans les yeux.

– Je n'en sais rien, dit-elle d'une voix lente, et je n'ai jamais voulu le savoir.

– Comment pourrai-je les trouver?

– Essayez le *Ginley*. C'est le bar où George traînait, à ce qu'elle dit. (Tournant la tête vers la maison moribonde de Mme Wilburn, elle tendit l'oreille. Pas un son n'en sortait. Elle tendit le bras pour refermer sa porte.) Je vais aller voir si tout va bien à côté.

Elle s'éloigna en direction de la baraque de la voisine.

Harry remonta dans sa voiture.

San Paulo était une petite ville étrangement hétéroclite. Les jeunes et les vieux s'y côtoyaient de manière tout à fait frappante. Souvent aux mêmes endroits. Sur le front de mer. Dans les restaurants bon marché et les grands magasins. Les étudiants de l'université de Californie étaient omniprésents et toutes les catégories étaient représentées : les sportifs, les têtes d'œuf, les bizuths, les bûcheurs, les sécheurs de cours. Mais la proportion de cheveux longs, de camisoles de grand-maman, de sandales et autres oripeaux remontant à la lointaine époque de la *flower generation* semblait démesurée.

A se demander s'il n'y avait pas eu une distorsion

dans le continuum et si les hippies ne se mettaient pas à pleuvoir de la quatrième dimension. A l'époque déjà, Harry ne goûtait que fort peu leurs manières et leur philosophie, et il n'avait pas changé depuis.

San Paulo avait aussi, semblait-il, plus que sa part de galetteux et plus que sa part de paumés dans la mouise mais il fallait bien qu'il y eût un juste milieu. Les commerçants, les restaurateurs et les hôteliers étaient bien visibles et ostensibles eux, mais on eût dit que les autres se cachaient.

Même chose pour un grand nombre de magasins et de restaurants : c'étaient soit des établissements de grand luxe aux prix faramineux, soit des boîtes minables et des usines à bouffe. Là encore, le juste milieu n'était pas facile à trouver.

Harry supposait que les bars et les bistrots de la ville, c'était la même chanson. Lorsqu'il entra au *Ginley*, il s'était déjà fait une idée assez précise de ce qu'étaient les gargotes de bas étage du coin.

Après sa visite à Mme Wilburn, il avait mangé un morceau, puis regagné son hôtel avec les journaux de San Francisco qu'il avait achetés à la gare routière. Ne voulant pas recommencer à se crêper le chignon avec Jannings, il avait décidé de n'interroger l'ordinateur du commissariat que le lendemain avant de repartir. Il avait dormi tout l'après-midi, s'était réveillé pour regarder les nouvelles à la télé dans le hall du *Bahia*, puis était sorti faire faire un tour sur la plage à Figure de Pet après lui avoir offert une paire de cheeseburgers.

A 9 heures du soir, il était prêt à se rendre au *Ginley* pour essayer de mettre la main sur les amis de Wilburn.

C'était un bar qui ne différait guère de tous les

rades miteux qu'on trouve un peu partout ailleurs. Remugles de bière renversée, d'aisselles négligées et de rêves pourrissants.

Harry commanda un demi au barman, un athlétique gaillard au teint olivâtre qui mâchonnait un cigare, et examina la salle, étroite et toute en longueur. Ce n'était pas la grande bousculade mais on avait l'impression qu'elle se garnissait petit à petit. La plupart des consommateurs installés au comptoir étaient des taciturnes, le dos voûté, penchés sur leurs verres de bière et de tord-boyaux, l'œil chassieux, râpeux du menton, tirant sur le mégot vissé entre leurs lèvres. Presque tous solitaires, presque tous muets. Quelques duos et un trio s'étaient installés devant la tablette de trente centimètres de large qui faisait face au bar pour siroter, fumailler et marmonner.

La clientèle était en majorité masculine. Les femmes constituaient cinquante pour cent des couples et un tiers des triplettes. Mais le visage aussi fermé que la bouche. Elles ne prononçaient pas un mot.

Tout au fond, deux types gras à lard portant des blousons de l'armée de l'air fatigués et un troisième, court sur pattes et vêtu d'un auto-coat râpé, jouaient aux fléchettes. En descendant des verres d'eau-de-vie à un rythme accéléré. Plus ils s'imbibaient, plus ils devenaient accrocheurs et bruyants. Et leur adresse diminuait.

Le plus petit de la bande faisait de plus en plus de tapage. C'était le meilleur des trois. Il gagnait haut la main. Et chaque fois qu'il remportait un coup, il bourrait ses partenaires de grandes claques dans le dos.

Harry se déplaça et prit position à l'extrémité opposée du comptoir pour mieux voir la partie et les joueurs. Comme il commandait une autre bière, il se rendit brusquement compte que le joueur de fléchettes qui envoyait des bourrades à ses copains était, en réalité, une joueuse. Une casquette de drap bleu dissimulait ses cheveux rouquins mais sa veste de lainage révélait en s'entrouvrant la poitrine qui gonflait sa chemise de grosse toile bleue et les hanches que moulait un jean décoloré. Sa peau laiteuse était parsemée de taches de rousseur. Elle avait peut-être été attirante autrefois, et il était possible qu'elle le fût encore dans ses moments d'inattention, mais, pour l'heure, sa physionomie était dure et revêche. Elle arborait un air de défi et le pli de sa bouche était amer.

C'était au tour des autres de jouer. Le premier visa mais, passant à côté de la cible, sa fléchette se planta dans le mur. Le deuxième, lui, mit dans le mille mais pas par la pointe, par le côté, et le projectile retomba.

– Et voilà, les mecs! ricana la fille en poussant en avant ses adversaires qui n'avaient plus tellement les yeux en face des trous. La prochaine tournée est à votre compte.

Celui dont la fléchette avait tapé dans le mur retourna ses poches pour montrer qu'elles étaient vides.

La fille ne perdit pas de temps. Le vague sourire méprisant qu'elle affichait disparut et elle repoussa l'homme contre la cloison.

– Allez, gueule d'empeigne, fais voir un peu la couleur de ton blé si tu veux pas que je te fasse ressortir les roupettes par les amygdales à coups de lattes.

La délicieuse enfant, se dit Harry. Quel âge pouvait-elle avoir? Dans les trente-cinq ans à vue de nez.

Elle avait empoigné le type par le revers de son blouson et le secouait comme un prunier.

– J'en ai pas, disait-il. Je suis raide. On a tout claqué, Ray. On n'a plus le rond. (Trouvant la consonance amusante, il répéta :) Tout claqué, Ray... plus le rond.

L'autre pouffa et la fille, pivotant sur elle-même, se tourna vers lui.

– Et toi, tête de nœud? Fais voir un peu ce que tu as dans ton froc en dehors de ta mouillette à bout de souffle.

Le type plongea la main dans sa poche.

– J'ai presque plus que dalle, Ray. Ça fait toute la journée qu'on est là. Et Benny accepte plus qu'on lui plante un drapeau.

Elle avança vers lui, la main tendue.

– Aboule ton oseille si tu veux pas que je te réduise la gueule en bouillie.

Il lui remit ce qu'il avait sur lui et, l'air penaud, rejoignit son collègue.

La femme compta les quelques billets et la petite monnaie qu'elle avait récupérés, fit la grimace, et appela :

– Kruger!

Comme il n'y eut pas de réponse, elle se dirigea vers le voisin de Harry, un malabar à la mine lugubre.

– On en fait une petite?

L'interpellé porta son verre qui était encore presque plein à ses lèvres, le liquida d'un seul coup sans se presser, le reposa sur le comptoir et essuya sa bouche ourlée de mousse sur la manche de sa chemise écossaise maculée.

– Non, je me tire. Faut que je me lève tôt, je vais à la pêche.

Il se laissa glisser à bas de son tabouret et se dirigea vers la porte, l'allure chaloupée.

– T'es plus bon à rien, eh conard! lui lança Ray en guise de flèche du Parthe.

Kruger ne l'entendit pas ou fit semblant et sortit.

Ray posa d'un geste brusque la quasi-totalité des fonds dont elle disposait sur le comptoir et fit signe au barman.

– Eh, Benny, un rince-cochon! (Remarquant soudain Harry, elle lui sourit et se rapprocha de lui.) Tu m'offres un verre, mon mignon?

Harry fit signe que non.

Une flamme de colère s'alluma dans les yeux de la femme et un rictus déforma sa bouche mais elle se ressaisit immédiatement et pencha la tête vers Harry.

– Mon nom, c'est Ray Parkins, dit-elle, faussement sainte nitouche en goguette. Tu veux me demander quelque chose, peut-être? Vas-y, mon lapin, des fois que ce serait ton jour de chance.

– Non, merci, répondit Harry. Je n'ai commerce qu'avec les êtres humains.

Cette fois, elle explosa de fureur. Elle leva le poing mais Harry le bloqua. Elle tenta alors de lui envoyer son autre poing dans la figure mais il le repoussa.

– Ce n'est pas une façon de se conduire pour une dame bien élevée.

Il recula pour éviter le pied de Ray qui visait son genou et, tirant sèchement sur son poignet qu'il n'avait pas lâché, la fit tourner sur elle-même et lui botta les fesses.

Elle poussa un hurlement tout en lançant les bras devant elle et alla embrasser le plancher.

Les clients cessèrent de boire, cessèrent de fumer, cessèrent de marmonner. Tous les yeux étaient fixés sur Harry.

Qui toisait les spectateurs.

Le barman s'approcha de lui.

– Vous cherchez à faire des histoires, mon pote?

– Non, je cherche des amis de George Wilburn.

La foule avança. Insensiblement. D'un rien. Plus une inclinaison qu'un pas en avant. Plus un raidissement qu'un mouvement. Mais l'importance de cet imperceptible glissement n'échappa pas à Harry. Tous ces gens étaient maintenant soudés, unis, coalisés contre l'intrus, l'étranger qu'il était. Il suffisait de bien peu de chose, désormais, pour que saute le pesant couvercle sous lequel bouillonnaient leurs frustrations.

La situation risquait de devenir tout à fait critique. Et rapidement.

– T'es un flic?

– Qu'est-ce qu'il a fait?

– De quoi tu t'occupes?

Ils exigeaient des explications.

– Il est mort. Quelqu'un lui a mis les couilles en purée.

La foule s'immobilisa. Mais son hostilité demeurait intacte.

Ray, assise par terre, jambes écartées, genoux repliés, commença à éclater d'un rire rauque.

La foule hésita. Indécise, ne sachant plus très bien ce qu'elle voulait faire. Son énergie se diluait. Les rancunes, les colères jusque-là contenues se rétractèrent, regagnant leurs oubliettes pour attendre que l'occasion de s'exprimer se représente.

Les buveurs, les fumeurs, les marmonneurs reprirent leurs activités habituelles.

Harry les passa en revue. Ils avaient oublié l'humiliation d'une des leurs. Oublié, aussi, George Wilburn et son zizi en marmelade. Ou ils n'étaient pas au courant. Ou ils s'en fichaient.

Il hocha lentement la tête.

Ray, toujours affalée sur le plancher crasseux, continuait de rire à gorge déployée.

La pêche! songea Harry.

Il sortit du bistrot.

9

Jenny, assise à la petite table qu'elle avait posée devant la baie vitrée, contemplait la ligne d'horizon qui, au loin, séparait l'océan du ciel. Deux nuances légèrement différentes de bleu. De bleu sombre. Le soleil allait bientôt se lever, incendier l'ouest de ses rouges, de ses jaunes et de ses orange. Quand il brillerait de tout son éclat, la ligne d'horizon séparerait deux nuances légèrement différentes de bleu clair. Tant de puissance pour un changement si infime. Si furtif.

Elle termina son thé et alla rincer sa tasse dans la cuisine. Elle portait un chandail gris à col roulé, son anorak marron sur un jean en velours côtelé noir et avait des baskets aux pieds. Ses cheveux étaient ramenés en arrière en queue de cheval. Elle revint à la table. Sur celle-ci étaient disposées, la pointe en haut, six cartouches de calibre 38 dont les chemises de cuivre étincelaient. Elle prit son revolver et les introduisit méthodiquement dans le barillet.

Vingt minutes plus tard, elle était dans son Oldsmobile garée au début de Beach Street en face du quai de San Paulo, son sac à bandoulière posé sur le siège du passager à côté d'elle. Il faisait encore sombre mais on pouvait voir de l'autre côté et de part et d'autre de la baie des nappes de grisaille tenace. Bonne chose. Le brouillard lui faciliterait la tâche.

Elle surveillait l'entrée du quai.

Au bout d'un moment, elle entendit grincer des vitesses récalcitrantes et tousser un vieux moteur poussif. Elle se laissa glisser au plus profond de son siège pour qu'on ne puisse distinguer ni l'ombre ni la silhouette de sa tête.

Une fourgonnette Dodge verte cabossée s'engagea en tressautant le long du quai, tourna à droite dans Beach Street et s'éloigna en hoquetant.

Elle se dirigeait vers le sud. Jenny s'était trompée dans ses prévisions. Aucune importance. Elle attendit quelques secondes, mit le contact mais sans allumer ses phares, démarra, fit demi-tour et suivit la fourgonnette.

Arrivée à l'extrémité de la rue, cette dernière grimpa le chemin qui montait à l'assaut de la falaise. A la sortie de l'agglomération, elle prit la route littorale.

Jenny demeurait à bonne distance de l'utilitaire. A sa gauche, elle apercevait à travers les déchirures de l'épais rideau d'arbres le ciel qui s'éclairait.

Au bout d'une quinzaine de kilomètres, la route s'enfonça à l'intérieur des terres. Maintenant, elle était bordée d'arbres des deux côtés. Ici et là, des sentiers en rayonnaient, rejoignant l'océan au pied du versant abrupt de la falaise. Les feux rouges de la fourgonnette disparurent à l'angle d'un de ses raidillons. Jenny ralentit et continua de suivre le véhicule.

Quand elle repéra celui-ci rangé sur le bas-côté, elle fit halte. Un homme corpulent à la mine lugubre mit pied à terre et commença à décharger des cartons et des caisses.

Jenny attendit.

Au troisième voyage, l'homme ne revint pas. Elle attendit encore quelques minutes par acquit de conscience, puis descendit de sa voiture.

Dans le plus grand silence, elle alla jusqu'à la fourgonnette, la dépassa et se mit en devoir de descendre le raidillon. Elle ne tarda pas à émerger du bois. Une petite anse aux rochers affleurants s'incurvait sous ses yeux.

La falaise s'achevait par un léger surplomb dominant les brisants contre lesquels déferlaient les lames. C'était sur cette éminence que l'homme s'était installé. Le soleil se levait et la brume se dissipait rapidement.

A l'orée du petit bois qui la dissimulait, Jenny observait l'homme.

Kruger.

Il était affalé, vautré dans un transat à rayures. A côté de lui étaient disposés un sac de grosse toile et une glacière portative dont le couvercle supportait un décapsuleur. De l'autre côté étaient alignés une petite télévision portative, des seaux en plastique et des boîtes à appâts. Trois longues cannes à pêche étaient enfoncées verticalement dans le sol argileux au bord extrême de la plate-forme. Les lignes disparaissaient dans les vagues écumantes qui en fouettaient la base.

Kruger fouilla dans le sac et en sortit un walkman Sony. Il mit le casque en place sur ses oreilles. Après avoir effectué quelques réglages, il posa l'appareil par terre. Cela fait, il fouilla dans la pochette de sa chemise de flanelle à la recherche d'allumettes et d'un joint qu'il alluma, aspira profondément, garda longtemps la fumée dans ses poumons, le menton pointé vers le ciel, et la rejeta. S'installant plus confortablement dans le transat, il prit un magazine dans le sac, l'ouvrit et tira à nouveau sur son joint.

Jenny le laissa encore savourer un moment la béatitude dans laquelle il était plongé. Elle voulait être sûre qu'il tripait. Quand elle eut la certitude qu'il planait, elle quitta l'abri du petit bois et prit son arme dans son sac. L'homme lui tournait le dos.

Quand elle fut tout près de lui, elle l'entendit émettre de singulières sonorités. Comme des espèces de gémissements plaintifs. Elle remarqua alors que son bras droit était animé d'un mouvement saccadé. Sans doute fredonnait-il tant bien que mal l'air qu'il écoutait en battant la mesure. Mais lorsqu'elle eut encore fait quelques pas, elle se rendit compte de son erreur. Le bras droit de l'homme s'agitait ferme. Regardant par-dessus son épaule, elle vit que le magazine était ouvert en son milieu sur une double page où les organes génitaux d'une femme étaient représentés avec une précision toute gynécologique.

Jenny ravala la bile amère et acide qui lui montait à la gorge. Il fallait qu'elle maîtrise sa colère et son dégoût. Qu'elle se domine pour faire ce qu'elle avait à faire. L'instant qu'elle attendait depuis toutes ces années était arrivé.

Levant le bras, elle enfonça le canon de son revolver dans la nuque de l'homme abandonné à ses fantasmes. Il sursauta, arracha les écouteurs de ses oreilles et se retourna précipitamment.

Le canon du revolver lui écrabouillait maintenant le nez. Du casque sortait un filet de musique ténue et grêle – de la country.

L'homme roulait des yeux en boule de loto. Sa bouche s'ouvrit toute grande. Le doigt de Jenny se crispa sur la détente. Garde ton sang-froid, se morigéna-t-elle. Patiente. Ce n'est pas encore le moment. Il faut qu'il sache.

– Eteignez ça, ordonna-t-elle.

Il tâtonna à la recherche de la radio et la coupa.

Lentement, Jenny le contourna sans cesser de le tenir sous la menace de son arme.

Kruger fit glisser le magazine pour cacher son sexe érigé.

– Mais dis donc, ma petite...

Il essayait de le faire à l'indignation mais la tentative échoua lamentablement. Il était trop effaré et trop gêné. Trop effrayé, aussi.

Jenny le regardait fixement.

Les yeux de l'homme allaient du visage de la jeune femme au revolver. Il commençait à transpirer bien que la température fût glaciale à cette heure matinale.

– Vous ne vous rappelez pas, n'est-ce pas? lui demanda Jenny.

– Me rappeler quoi? Je vous en supplie, madame...

– Nous, nous n'oublierons jamais, ma sœur et moi.

Le masque grassouillet et terrifié sur lequel demeuraient rivés les yeux de Jenny commençait à s'altérer. A rajeunir. Et elle le voyait sous une autre perspective. A présent, il était au-dessus d'elle, cramoisi, moite et luisant. Derrière, le ciel obscur piqueté d'étoiles qui clignotaient. Le visage s'éloignait, se rapprochait en cadence avec les mouvements rythmiques du corps invisible. Un sourire obscène étirait ses lèvres, une lueur mauvaise et lubrique brillait dans ses yeux. Brusquement, les lèvres se referment, les yeux se referment et le corps, après un dernier soubresaut, frissonne et retombe, flasque. Un rictus, un soupir gras.

Derrière le visage, au delà des grognements, bruissaient les vagues. Jenny les entendait à nouveau. Elles chassaient, emportaient au loin le souvenir.

– C'était une nuit. Il y a longtemps, sous les planches.

Le regard de Kruger changea. Ses yeux ne se plissèrent pas, ses paupières ne battirent pas, ils ne bougèrent pas. Ils changeaient de l'intérieur.

– Vous vous rappelez?

Sa peur s'était muée en panique. Une panique sans bornes, une tempête, une houle.

Il avait compris.

Jenny abaissa le bras et fit feu dans le magazine.

Tourbillon de feuilles arrachées. Jets de sang. Kruger hurla.

Jenny tira une seconde fois. En pleine tête.

Le hurlement cessa.

Harry et Figure de Pet escaladèrent le perron du *La Bahia* et montèrent. Ils avaient fait un bon jog et le chien s'était défendu comme un chef. Harry avait guetté la cycliste mais elle ne s'était pas montrée. Il n'avait qu'une hâte : interroger l'ordinateur de la police et se tirer vite fait de San Paulo pour se remettre à son travail.

Au moment où il introduisait sa clé dans la serrure, le chien eut l'air d'être subitement atteint d'une crise de delirium tremens. Il se mit à renifler et à grogner en grattant la moquette élimée devant la porte puis, se précipitant vers une autre chambre un peu plus loin, il refit la même comédie.

Harry glissa la main sous son blouson, fit tourner la clé dans la serrure et, se pliant en deux, se rua à l'intérieur. Au même moment, il entendit un *ploff* sourd et l'encadrement de la porte vola en éclats à l'endroit précis où aurait dû se trouver sa tête.

Un autre *ploff* retentit, suivi de deux chocs sonores.

La porte de la chambre qui se trouvait au fond du couloir s'ouvrit et un homme en survêtement, un pistolet mitrailleur Uzi à la main, surgit.

Figure de Pet bondit sur lui, la gueule ouverte sur ses crocs étincelants. L'assassin avait déjà braqué sa sulfateuse sur l'animal quand Harry surgit sur le palier. Il fit feu.

Deux trous dans la poitrine, l'homme rebondit et bascula en arrière.

Harry jeta un coup d'œil dans sa chambre, puis regarda tour à tour le corps inanimé de son agresseur et le chien qui le contemplait, les yeux brillants et la langue pendante.

– Je te dois une revanche, lui dit Harry en rengainant son Magnum.

Un moment plus tard, Harry, veston de sport et cravate, sortit du *Bahia*. Un petit groupe de curieux étaient agglutinés sur le trottoir au bord duquel étaient rangées une ambulance et la voiture portant l'emblème de la police de San Paulo.

En regagnant sa Plymouth, il jeta un coup d'œil vers le parc d'attractions de Beach Street. La blonde et jolie cycliste était là, appuyée sur sa machine. Elle le regardait.

Leurs yeux se croisèrent mais elle ne parut pas le reconnaître.

Elle fit demi-tour et, son vélo à la main, se dirigea vers le carrousel. Harry monta dans sa voiture.

Jannings n'était pas dans son bureau.

Harry le devina dès qu'il fut entré dans le poste mais il jugea de bonne politique d'attendre quelques minutes. Si le chef de la police locale était dans le bâtiment ou à proximité immédiate, il serait averti de sa présence et rappliquerait ventre à terre.

Tournant le dos aux flics et aux employés civils qui faisaient de leur mieux pour dissimuler leur curiosité, il entra dans le bureau de Jannings dans l'intention de l'examiner d'un peu plus près. Les diplômes et témoignages élogieux ornant les murs des bureaux de tous les gradés de la police étaient à leur place. Ainsi que les traditionnelles photos de Jannings en train de serrer les mains de divers bonshommes et bonnes femmes. Le gratin de San Paulo, se dit Harry.

Il y avait aussi des photos personnelles. Beaucoup, même. Plus qu'on n'en trouvait généralement dans les lieux de ce genre. Des photos de famille sur la plupart desquelles figurait un garçon maigrichon d'apparence timide, à des âges et à des tailles différents. Le fils de Jannings selon toute vraisemblance. Sur presque toutes, Jannings tenait son gamin par l'épaule, souriant de toutes ses dents. La photo du jeune joueur de foot et de son papa tout fiérot. La photo du jeune campeur et de son papa affichant un air entendu. La photo du petit champion universitaire et de son papa épanoui. Et encore des tas d'autres. Celle du garçon en toge, coiffé d'une toque, le papa tout radieux à côté de lui. Harry remarqua également un instantané du môme entouré de cinq copains – dont une copine – accotés à un petit bolide rutilant, brandissant des boîtes de bière et ce qui était sans doute des diplômes.

Harry s'approcha de cette dernière photo pour mieux l'étudier. Quelque chose dans l'attitude arrogante et provocante de la fille...

Il fut interrompu par Bennett qui s'engouffrait, hors d'haleine, dans le bureau.

– Inspecteur Callahan, qu'est-ce qui...

– Où est Jannings?

– A la crique de Buckman. Des pêcheurs y ont découvert un mort.

– Parce qu'il se déplace chaque fois qu'on trouve un cadavre?

Bennett jeta un coup d'œil inquiet derrière son épaule.

– Confidentiellement, fit-il en baissant le ton, la victime a été tuée de deux balles. Une dans la tête et une dans les parties.

Harry se raidit.

Le jeune agent s'éclaircit la gorge.

– Il vaudrait peut-être mieux ne pas rester dans le bureau du chef, fit-il comme en s'excusant. Il est assez pointilleux là-dessus.

Harry le dévisagea un instant, puis tendit le doigt vers la photo du groupe.

– Connaissez-vous ces personnes?

– Non, inspecteur. Enfin... pas vraiment. C'étaient des amis du fils du chef.

– Et la fille?

Bennett haussa les sourcils.

– Oh! Vous voulez dire la terreur... C'est Ramona Parkins. On l'appelle Ray.

– Vous la connaissez donc?

– C'est-à-dire que tout le monde la connaît, inspecteur. Rien de très intéressant. Une traînée parmi les autres. Mais pourquoi me demandez-vous ça?

– Sans raison spéciale. Simplement, c'est une tête qui me dit quelque chose. J'ai sans doute dû la croiser en ville.

Bennett opina du menton.

– Pour peu qu'on reste quelque temps à San Paulo, il est difficile de ne pas tomber sur elle.

Harry quitta la route de Sea Cliff et descendit en direction de la petite crique. Il y avait là des policiers, des voitures, une ambulance et debout sur un surplomb presque au ras des brisants, Jannings.

Callahan fonça droit sur lui.

– Pourquoi ne m'avez-vous pas fait prévenir?

Jannings qui examinait le corps, les bras croisés sur la poitrine, releva la tête et, sous la broussaille de ses sourcils, ses yeux se vrillèrent sur Harry. Quand il ouvrit la bouche, ce fut d'abord pour lui demander d'une voix posée :

– Et pourquoi vous aurais-je fait prévenir? (Puis

sa voix s'enfla :) Et qu'est-ce que ce bastringue qui a eu lieu ce matin dans votre hôtel, vous pouvez me le dire?

La fureur mesquine du chef de la police désarçonna quelque peu Harry. Il abaissa son regard sur le cadavre. Et reconnut Kruger.

– Que se passe-t-il, Jannings?

L'interpellé décroisa les bras.

– Ce serait plutôt à vous de me l'expliquer, monsieur l'inspecteur de la Grande Ville. Partout où vous mettez les pieds, il y a du grabuge et des gens qui se font trucider. Je n'aime pas ça. Je ne vous aime pas. Terminez vos bon Dieu d'investigations et foutez le camp d'ici en vitesse.

– Il n'y a plus d'investigations. Vous êtes trop stupide ou trop tête de lard pour ne pas l'avoir déjà compris?

– Allez, disparaissez!

– C'est la même technique et le labo constatera que c'est la même arme qui a servi dans les deux cas. Je vais immédiatement...

Cette fois, Jannings éclata :

– Vous n'allez rien faire sinon vous barrer en quatrième vitesse, ou je vous donne ma parole que je vous fous au trou!

Harry dévisagea le chef de la police. On aurait dit un fou furieux. Jannings se ressaisit, domina sa rage et lui rendit son regard.

Harry regagna sa voiture. Avant de démarrer, il se retourna. Jannings, planté devant le cadavre de Kruger, contemplait celui-ci d'un air pensif.

Ray Parkins descendait Durfor Street d'un pas pressé. Elle s'engouffra dans la quincaillerie qui faisait le coin et jeta un coup d'œil autour d'elle. Un homme d'aspect juvénile dont les cheveux blonds tiraient sur le roux se tenait devant le rayon plomberie. A sa vue, elle eut un sourire minaudier et attendit l'occasion d'attirer son attention. Il était mince, pas très grand. Les mots QUINCAILLERIE TYRONE étaient brodés en lettres rouges sur sa blouse bleue à la hauteur du sein. Il était en grande discussion avec un client.

Quand il aperçut Ray, il battit des paupières comme s'il n'en revenait pas. Et lorsqu'elle lui fit signe, ses paupières clignèrent à nouveau. Comme s'il n'en croyait pas ses yeux. Il pria le client de l'excuser et fit signe au commis de venir le remplacer, puis, sans un mot, signifia d'un coup de menton à Ray de venir le rejoindre au fond du magasin. Quand ils eurent contourné un imposant présentoir sur les rayons duquel s'alignaient des sièges de W.-C. de toutes les formes et de toutes les couleurs, il murmura sur un ton cassant :

– Qu'est-ce que tu veux?

– Ça fait une sacrée paye qu'on s'était pas vu, mon petit Tyrone, pas vrai?

– Je t'avais pourtant interdit de mettre les pieds chez moi.

– Il fallait que je te dise un truc, tête de nœud.

– Nous n'avons rien à nous dire, toi et moi.

– Tu as entendu la radio?

– Sors d'ici.

– Kruger est mort. On l'a retrouvé ce matin. Avec ses couilles en capilotade répandues sur son froc.

Tyrone, dont le teint était normalement rosé, blêmit.

– Ce n'est pas mon affaire.

– Il est arrivé la même mésaventure à Wilburn à San Francisco.

– Wilburn?
– Ben oui. Tu te souviens de lui? Il est mort.
– Pour la seconde fois, je te repète que ce n'est pas mon affaire.
Ray s'approcha de lui à le toucher.
– Tu aurais pourtant intérêt à te pencher sur le problème, petit con. Si tu veux mon avis, elle est revenue.
– Qui ça?
– Fais pas l'hypocrite, crème de merdaillon. Tu l'as tringlée toi aussi comme les copains.
– Tu vas te taire, sorcière?
– Qu'est-ce qui te prend? T'as peur que quelqu'un entende? Tu as peur de perdre tes clients s'ils découvraient ce qui s'est passé?
– Il n'y a rien à découvrir.
– Tu me donnes envie de dégueuler, tiens! Je vais appeler Mick.
Elle tourna les talons mais Tyrone l'agrippa par le bras.
– Tu fais ce que tu veux mais que ce paranoïaque ne m'approche pas.
Ray se dégagea et sourit.
– Je lui répéterai ça. (Elle empoigna les testicules de Tyrone et les serra d'un geste badin.) Je te conseille de veiller attentivement sur tes roubignoles.
Tyrone la repoussa et elle éclata d'un rire caquetant.
– Et prends tes précautions, ajouta-t-elle en ouvrant son blouson pour qu'il voie le revolver glissé dans la ceinture de son jean.
Sur quoi, elle sortit sans cesser de rire.

10

Van Burn était une petite artère qui ne comportait que quelques pâtés de maisons, aiguille minuscule perdue dans l'énorme, l'envahissante botte de foin de la géographie de Los Angeles. Sèche et poussiéreuse, elle reliait Hollywood Boulevard aux Hollywood Hills, au nord, où elle s'évanouissait pour céder la place aux ruelles sinueuses grimpant à flanc de coteau qui s'enorgueillissaient de porter le fier nom de rues et aux coquets pavillons qui, vus des trottoirs qu'ils surplombaient, faisaient figure de symboles de la réussite et du bonheur. Si Van Burn conduisait à cet univers, elle n'en faisait nullement partie. Elle se calcinait dans la chaleur de l'été, étouffait dans le smog, se transformait en torrent pendant la saison des pluies d'hiver. C'était un étroit boyau où s'engouffrait le Santa Ana, ce vent brûlant, sec et violent qui bousculait tous ceux qui se trouvaient sur son passage.

Elle était bordée d'immeubles locatifs sordides, refuges provisoires pour ceux qui cherchaient désespérément à s'ancrer quelque part. Les étrangers en situation illégale s'entassaient par dizaines dans des chambres misérables. Des prostitués des deux sexes y somnolaient, trop ivres ou trop défoncés pour draguer. Des armées d'enfants y gîtaient, attendant la nuit, l'heure où ils pourraient déambuler sur le boulevard, guettant le gros coup à faire. Les gens qui se croisaient dans Van Burn Street ne se parlaient pas. Ils n'avaient strictement rien à se dire.

Le joyau de la rue, le plus imposant de ses édifices, était un hôtel, le *Shelbourne,* qui tombait en ruine. De nombreux hôtels d'Hollywood, jadis prestigieux et prospères, ont sombré peu à peu dans la déchéance et la décrépitude. Ce n'était pas le cas du *Shelbourne.* Il était, il avait toujours été un bouge.

Une adolescente efflanquée dont les cheveux noirs, coupés court, étaient tirés en arrière, chaussée de souliers rouges à hauts talons entra – clic-clac, clic-clac – dans l'établissement où l'on faisait des prix pour la semaine. Elle monta au second. Sa minirobe noire qui découvrait généreusement ses cuisses maigrichonnes moulait son derrière plat de garçon. Avant de frapper à la porte de la chambre 203, elle sortit de sa bouche le chewing-gum qu'elle mastiquait et le colla à la moulure du chambranle.

Un homme petit mais musclé à l'air grognon, entre trente et trente-cinq ans, lui ouvrit. Il avait les épaules carrées mais la taille fine, une grosse tête et le visage large. Une moustache noire filiforme soulignait sa bouche aux lèvres épaisses. Ses cheveux bruns, longs et emmêlés, retombaient sur son front, qu'il avait haut, et lui couvraient les oreilles. Ses yeux marron foncé étaient presque noirs. Autour de l'iris, le blanc se teintait de rouge et les artérioles y traçaient leurs lacis sanguinolents.

Sans un mot, il referma et alla s'asseoir sur le lit en désordre au fond de la minable chambre.

L'adolescente ne regarda ni à gauche ni à droite. Elle lança son sac de vinyle rouge sur une table au plateau de formica ébréché, puis, singeant la sensualité, se retourna et fit lentement glisser la fermeture de sa minirobe en lorgnant l'homme par-dessus son épaule. Son visage était un masque poudré de blanc avec des taches incarnat inégalement réparties sur les pommettes et ses lèvres deux raies écarlates.

Elle fit volte-face. Dénuda d'abord une épaule, puis l'autre. Le haut du vêtement glissa jusqu'à sa taille. Elle se tortilla et il tomba à terre.

Elle portait en dessous un soutien-gorge profondément échancré qui soulevait ses seins menus, un minuscule slip diaphane et des bas blancs à mailles fixés à un porte-jarretelles en dentelle.

Mais ces parures de la séduction étaient défraîchies. Le soutien-gorge avait pris une teinte pisseuse. Le tissu du slip était déchiré à l'endroit de la ceinture élastique de sorte que des fragments de peau blanche apparaissaient par les trous. Le porte-jarretelles s'effilochait et les bas avaient des échelles.

Si l'homme s'aperçut de ces imperfections, il n'en laissa rien paraître. Il ne fit pas davantage de commentaires sur les ecchymoses pâlissantes, violacées ou verdâtres, qui marbraient le buste de la jeune fille et le haut de ses cuisses. Il ne manifestait pas le plus léger soupçon d'émotion.

La fille enjamba sa minirobe et, ses souliers rouges cliquetant sur le lino craquelé qui se gondolait, s'approcha de l'homme devant lequel elle se planta.

Il l'examina sans hâte de la tête aux pieds, puis s'allongea sur le lit, appuyé sur les coudes, jambes écartées.

La fille, s'agenouillant entre ses cuisses, déboutonna lentement sa chemise de grosse toile bleue élimée et commença à la faire glisser le long de ses épaules. La chemise retomba sur le lit mais l'homme ne fit pas un mouvement pour la retirer complètement. Il ferma les yeux et sa tête roula en arrière.

C'était la première fois depuis que la porte s'était ouverte que l'adolescente n'était pas directement sous son regard. Et, pour la première fois, elle marqua une hésitation.

Des doigts durs se nouèrent autour de sa gorge.

– Vas-y, dit l'homme d'une voix sèche.

Il serra plus fort. L'étau de ses doigts était douloureux.

– Oui, oui, j'y vais. J'essaie d'me rappeler.

La pression s'accentua.

– Vas-y. Comme je t'ai appris.

– Je... j'peux pas tout de suite. (Elle parvenait à peine à parler. Elle suffoquait presque.) Faut qu'j'm'en souvienne.

L'homme lui souleva la mâchoire du dos de sa main, l'obligeant à hausser le menton et le choc lui fit fermer la bouche. Les dents de l'adolescente s'entrechoquèrent bruyamment. L'homme poussa davantage sa pression et la tête de la fille bascula en arrière, lui froissant les muscles du cou. Quand il eut réussi à la remettre ainsi sur ses pieds, il la précipita à plat ventre sur le lit et, se jetant sur elle, l'écrasa sous son poids. Les poumons de la fille se vidèrent brutalement et elle hoqueta. Elle ne s'était pas attendue à cela. Ça lui faisait mal. La saisissant à pleine main par les cheveux, l'homme lui tira la tête en arrière et, la voix sifflante, lui cria dans l'oreille :

– Je te paie, et je te paie bien, pouffiasse. Mieux qu'on te paierait n'importe où ailleurs. Plus que ce que mérite un boudin comme toi.

– D'accord, d'accord, haleta-t-elle. Mais je vous

préviens, si vous me faites mal cette fois, espèce de salaud, ce sera la dernière.

L'homme eut un mince sourire vipérin.

– Moi, te faire du mal, poupée? Mais qu'est-ce que tu racontes? Pour qui me prends-tu? Je t'aime bien, ma cocotte. Je te demande toujours des fantaisies en sus.

Il lui lâcha le cou mais pas les cheveux. Et resta étalé sur le corps fluet de l'adolescente.

– Vas-y, maintenant.

Elle prit une profonde inspiration.

– Laissez-moi me redresser.

– Bien sûr, ma jolie, bien sûr. Dans une minute. Mais d'abord à toi de jouer.

– Je ne peux pas...

D'une secousse sur ses cheveux, il lui tira à nouveau la tête en arrière. La douleur la fit grimacer.

– Vas-y, je te dis, brailla-t-il, la bouche collée à l'oreille de la jeune fille.

– M-Mick, mon chou, t'es tellement... tellement beau. Je... qu'est-ce que j'ai envie de toi, mon Mickey adoré. Oh! oui, j'ai méchamment envie de toi. T'es tellement fort...

Elle essayait de rendre sa voix tendrement caressante mais c'était difficile. Son cou meurtri était affreusement douloureux. Sa gorge était presque bouchée. Elle avait de la peine à respirer.

– Ce que t'es dur! Tu as tout ce qu'il faut à un homme.

Il se délectait à l'entendre.

Il relâcha un peu son étreinte.

Et le téléphone sonna. Il fit comme si de rien n'était.

Le téléphone se remit à sonner.

– Ne t'arrête pas maintenant, ma salope!

Il lui tira sur les cheveux encore plus brutalement. Le téléphone continuait de sonner.

– Mais j'peux pas! cria-t-elle. Le téléphone...

D'une traction, il la força à redresser le buste et la repoussa en gloussant de rire.

Le téléphone était posé sur le radiateur à côté du lit. Il décrocha.

– Qui c'est, merde?

Il écouta. Lentement, la fureur qui lui déformait les traits se dissipa et un sourire cauteleux lui retroussa les lèvres.

– Ben ça alors, pour une surprise, c'est une surprise. Ça me fait plaisir d'avoir de tes nouvelles. Il y a une sacrée paye que je ne suis pas passé te voir. On pourrait peut-être... Qu'est-ce que tu dis?

Il écouta à nouveau. Il paraissait déconcerté.

– Tiens donc? Eh bien, je crois que des mesures s'imposent, ce n'est pas ton avis?

Quelques instants plus tard, il raccrocha. Il resta un moment immobile, le regard lointain, puis se retourna vers la fille.

Elle était toujours allongée sur le lit mais avait roulé sur le côté. Sa respiration était hachée et elle se massait la gorge.

L'homme lui sourit.

– Alors, mominette, où est-ce qu'on en était resté?

Jenny travaillait sur la licorne. Elle avait gratté au papier de verre la peinture ancienne qui s'écaillait. En dessous, le bois était dans un remarquable état de conservation. Encore quelques petites entailles et quelques écorchures à mastiquer, un coup de polissoir, une couche d'apprêt, et elle pourrait commencer à se mettre vraiment à la tâche. Elle ne se contentait pas de poncer et de réparer les sujets : elle étudiait les coloris de tous car elle voulait que chacun possède son caractère particulier et soit unique. Les couleurs devraient épouser l'énergie et la grâce de leur support sculpté. Il fallait que les nuances vibrent et soient vivantes mais, aussi, qu'elles s'allient harmonieusement entre elles. Son intention était que l'effet général qu'elle créerait soit celui d'une innocence bondissante. De merveilleuses créatures élémentaires caracolant avec une vigueur sans frein dans une liberté sans entraves. Des créatures douces et bénignes. Sans passé ni futur. Pétrifiées à jamais sur un plateau tournant, figées dans un instant de pure simplicité, de bonheur élémentaire.

En se rendant à son chantier, elle avait cherché l'amateur de jogging et son chien tout fou mais ils n'étaient pas sur la plage. Elle avait un peu rudoyé ce garçon. En y repensant, elle avait ri du quiproquo. Et ce chien était gentil comme tout et espiègle à sa façon. Ils formaient un curieux ménage, tous les deux, songeait-elle, et, si bizarre que ce soit, parfaitement assorti.

Enfin, peut-être tomberait-elle à nouveau sur eux. Ou peut-être pas. Cela n'avait pas d'importance.

Elle fit le vide dans son esprit pour s'absorber dans son travail. Elle ne voulait pas laisser ses pensées divaguer, sachant ce qu'il en résulterait. Non, il ne fallait absolument pas penser à ça. Elle avait bien mis ses plans au point et le processus était engagé. Le temps des débats et des examens de conscience était passé, et bien passé. Elle savait ce qu'elle avait à faire. Ce qu'elle avait attendu de faire tout au long de ces années. Ce qu'Elizabeth...

Ça y est! Elle se remettait à dérailler.
Jenny se concentra sur la licorne.

Harry était assis derrière le bureau dactylo qui lui avait été alloué. Il avait déjà passé à San Paulo plus de temps qu'il l'avait escompté mais, maintenant, il n'était pas question de partir. Les choses commençaient à devenir intéressantes. Un nouveau cadavre avec les couilles en purée et un trou dans la tête, c'était quand même un peu gros comme coïncidence. Le monde est petit, dirait-on.

Mais que pouvait-il faire? San Paulo était un territoire qui ne relevait pas de sa compétence. Et cet animal de Jannings était incapable de voir plus loin que son amour-propre chatouilleux et que son ego aux dimensions d'un continent. Harry n'avait rien par principe contre l'ego mais encore fallait-il le tenir en laisse. Lui mettre un couvercle. Seulement, à partir du moment où il vous empêche de faire votre boulot correctement et d'obtenir des résultats, il convient de serrer les dents et de faire une croix dessus, soliloquait Harry. Mais allez donc faire comprendre ça à Jannings! S'il avait le malheur de mettre les pieds dans le plat, cela aboutirait simplement à ce que le chef de la police locale...

A quoi bon se mettre martel en tête? Il ferait ce qu'il avait à faire et advienne que pourra. Que Jannings aille se faire voir chez les Grecs!

Harry se leva, alla s'installer à un bureau inoccupé – un vrai bureau –, décrocha le téléphone et composa le numéro de l'hôtel de police de San Francisco.

– Passez-moi l'inspecteur King, s'il vous plaît. Callahan à l'appareil.

Le standard le mit en attente. Au bout d'un moment, la ligne grésilla et un éclat de rire tonitruant se fit entendre.

– Merde, boucle-la, Horace, et écoute-moi. J'ai besoin que tu me rendes un service. Il me faut le rapport balistique concernant l'affaire Wilburn. Tu peux me le communiquer?

– Pas de problème. Eh, dis donc, Harry... tu l'as trouvé?

– Quoi? Oh! Oui, bien sûr. Il est presque aussi laid que toi. Mais il a quand même ses bons côtés.

La voix de King devint sérieuse :

– J'ai entendu dire que tu avais eu de la visite – par des filières non officielles, si je peux me permettre de m'exprimer ainsi. Je travaille la question, vieux. Je tire sur toutes les ficelles possibles. Garde un profil bas jusqu'à ce que j'aie tout arrangé.

– Compris. Alors, je compte sur toi pour me transmettre ce rapport demain à la première heure. Merci d'avance.

Harry raccrocha et balaya le local du regard. Bennett lui avait signalé que les W.-C. étaient en bas. Que pouvait-il y avoir d'autre au sous-sol? Le labo de l'identité, peut-être. Il se releva et se dirigea vers l'escalier.

En passant devant le bureau de Jannings, il s'arrêta et jeta un coup d'œil à l'intérieur. Toujours vide.

Une idée lui vint brusquement à l'esprit. C'était peut-être vrai que le monde était sacrément petit. Il entra et s'avança à grands pas jusqu'aux portraits de famille.

Il examina attentivement la photo de la fiesta de la remise des diplômes, scrutant les visages des amis du fils Jannings. La tête du garçon, assis sur le capot de la petite voiture de course, lui disait quelque chose. Un peu plus maigre, l'air un peu moins grognon. Mais il n'y avait pas de doute possible.

C'était Kruger.

Harry sortit de sa poche intérieure une enveloppe format commercial dans laquelle il fouilla quelques instants avant d'en extraire ce qu'il cherchait, à savoir une photo anthropométrique. Il l'approcha du cliché accroché au mur et compara avec la physionomie des trois autres garçons nonchalamment adossés à la voiture. L'un d'eux ressemblait à la photo du trombinoscope. Mais en moins empâté, avec plus de cheveux et beaucoup plus de vie.

La photo anthropométrique était celle d'un cadavre gisant sur le plancher d'une voiture rangée sur le parking du Cliff House Restaurant.

Il y avait un petit air de famille entre les deux mais il était difficile d'être catégorique.

Wilburn? Peut-être.

Harry ressortit et, cette fois, descendit l'escalier. Les waters étaient bien là comme le lui avait dit Bennett. Et le labo aussi. Il en poussa la porte.

Un homme au type asiatique était penché sur un microscope. Il avait une blouse blanche et portait des lunettes demi-lune à monture en écaille. A l'entrée de Harry, il leva les yeux sans bouger la tête et revint à son microscope.

Harry s'avança vers lui.

– Excusez-moi, je suis...

– Je sais qui vous êtes.

L'homme en blouse blanche ne daignait toujours pas lever la tête.

– Alors, c'est parfait.

Harry jeta un regard circulaire dans la pièce. C'était un laboratoire modeste mais qui paraissait équipé de tout le matériel de base. Y avait-il d'autres techniciens? Un homme seul devait crouler sous le poids de tout le travail qu'il y avait à faire. A moins que ce type soit le crack des cracks. Pourtant, rien que la paperasserie qu'il y avait à se farcir devait être quelque chose de monstrueux.

– Avez-vous terminé le rapport balistique concernant le meurtre de Kruger? J'aurais besoin d'en avoir une copie.

– Non, inspecteur Callahan. (Les yeux de l'homme n'avaient pas quitté l'oculaire du microscope.) Non, je n'ai pas encore terminé mon rapport. Non, je ne peux pas vous en donner un double.

– Mais, écoutez...

– Je ne peux rien pour vous. (Enfin, le technicien leva la tête. Il soupira tout en enlevant ses lunettes et commença à se masser la base du nez.) Le chef Jannings m'a donné des consignes précises. (Il paraissait fatigué ou accablé. Ou honteux.) C'est mon emploi qui est en jeu. Je suis désolé.

Ah! Ce con de Jannings et son amour-propre obtus! Pourquoi torpillait-il cette affaire? Avait-il peur de ne plus se faire photographier en train de serrer la louche aux notables du coin? L'emplâtré!

– Eh bien, dans ce cas...

Harry quitta le laboratoire et remonta. Jannings n'était toujours pas dans son bureau. En revanche, Bennett, lui, était à sa place, fort occupé à taper à la machine.

Harry s'approcha de lui et, sans le regarder, lui dit à voix basse :

– Je vous paie un café.

Bennett cessa de pianoter sur son clavier. Avant qu'il ait eu le temps de réagir, Harry s'éloigna en direction de la salle de repos.

Le jeune agent attendit un peu, puis ouvrit un des tiroirs de son bureau d'où il sortit une tasse à l'emblème de l'équipe des Forty-Niners de San Francisco.

Il jeta un coup d'œil à la ronde. Ses collègues le regardaient avec curiosité. Il se leva d'un air détaché, s'étira et se dirigea à son tour vers le foyer.

Il faisait sombre. Le soleil était couché depuis plusieurs heures déjà. Jenny avait terminé sa journée au carrousel et rentrait chez elle à vélo, luttant contre les bourrasques. Pédaler était un bon exercice. Exactement ce dont elle avait besoin. Pour que son organisme évacue les tensions et les angoisses. Pour se détendre et se calmer. Elle avait une chose importante à faire, ce soir, et cela exigeait qu'elle fût dans une forme parfaite. Jusqu'à présent, tout s'était bien passé. Mieux, même, qu'elle l'avait espéré. Il fallait qu'elle fasse tout pour que cela continue.

La mer était démontée quand elle quitta la maison sur la falaise après s'être nettoyée, avoir pris une douche roborative et bu une tasse de thé très fort. Tout en roulant sur la route qui longeait la falaise, elle mobilisait de son mieux son énergie et sa détermination. Les deux allaient lui être nécessaires. Pour la première fois, aujourd'hui, elle agirait loin du déploiement infini et des profondeurs insondables de l'océan. Elle serait véritablement seule. Elle n'avait rien d'autre pour se guider que ses souvenirs et la douleur ancienne dont le temps n'avait en rien émoussé l'acuité. Ce serait plus que suffisant.

Elle était assise, immobile, dans sa Firenza grise arrêtée non loin de la quincaillerie qui faisait le coin, un peu plus bas. La pleine lune éclairait parfaitement les portes closes du magasin. D'ici quelques minutes, on les verrouillerait de l'intérieur pour servir les derniers clients tardifs et, ensuite faire la caisse. Généralement, l'opération était assez rapide. Une seule personne restait pour s'en occuper. Le propriétaire de l'entreprise. L'homme dont le nom s'étalait sur les deux hautes et larges vitrines de part et d'autre des portes.

Quelle ironie, pensait Jenny. L'un d'entre eux avait réussi dans la vie. C'était maintenant un homme arrivé. Il avait sa maison dans une résidence grand standing flambant neuve. Il militait dans les associations civiques locales. C'était un membre agissant et actif de la communauté. Un exemple pour la jeunesse.

Absurde. Absurde! C'était une situation d'un ridicule achevé. Lamentable. Il fallait remettre de l'ordre là-dedans. La justice l'exigeait.

La justice! Comment pourrait-elle – comment quiconque pourrait-il – espérer que justice lui serait rendue? Que justice serait rendue à Elizabeth? Comment faire? Comment pourrait-on régler les comptes? Ces questions, elle se les était posées un nombre incalculable de fois. A présent, elle connaissait la réponse. Une réponse d'une simplicité enfantine. Toute réparation était impossible. Les violences dont sa sœur et elle avaient été victimes avaient bouleversé leurs deux vies, et c'était irréversible. Elles avaient été broyées. On ne pouvait rien y faire sinon suivre le cours nouveau imposé à leur existence.

Et cela passait par un combat pathétiquement inégal pour redresser les torts. Cela impliquait le châtiment.

Jenny jeta un coup d'œil à sa montre. Il était l'heure.

Son sac à bandoulière était posé à côté d'elle. Elle le prit, passa la courroie à son épaule et ouvrit la portière de sa main gantée.

Elle entra dans le magasin et y déambula à pas lents comme une oisive en mal de flânerie, étonnée qu'il fût si vaste et si bien assorti. Les affaires devaient marcher à merveille. Elle s'engagea dans la travée réservée à l'appareillage électrique, à la recherche de Tyrone.

Elle le découvrit presque immédiatement. Venant du rayon d'ébénisterie, il pilotait un client vers la caisse. Avec sa blouse bleue à la pochette ornée de cursives rouges, il était la personnification même de l'amabilité et de l'efficacité courtoise. Ses cheveux étaient parfaitement à l'alignement, ses joues soigneusement rasées.

Jenny gardait ce visage dans la mémoire. Mais un peu différent. Des cheveux gras que la sueur agglomérait en paquets, le menton bleui par une barbe naissante. Elle se le rappelait. Se décollant de sa sœur, le souffle court, satisfait. Repu mais encore avide de faire mal.

Le même visage mais qui était alors loin d'avoir cet air de respectabilité bourgeoise. Hurlant de jubilation. Tout glorieux de son exploit. Fanfaronnant. Imposant ses conditions.

– Ouahou! s'était-il exclamé. C'est la bonne façon de s'y prendre. Mais, attention, les gars, il me faut aussi tâter de l'autre. Je veux faire mon doublé, j'y tiens.

Et le visage avait exhalé un rire sans joie. Sans pitié.

Un autre rire lui avait répondu.

Elle se rappelait les mains brutales qui immobilisaient les siennes, lui emprisonnaient les chevilles. Qui la paralysaient. La main plaquée sur sa bouche pour la réduire au silence.

Elle n'avait pas cessé de se débattre pour essayer de repousser ces mains.

Elle se le rappelait.

Et elle se rappelait aussi qu'Elizabeth avait cessé de lutter. Cessé de crier et de pleurer. De bouger.

Mais, eux, ils n'avaient pas arrêté. Ils avaient continué de s'acharner sur elle.

Et puis, ce visage tel qu'il était alors s'était penché au-dessus du sien, substituant une nouvelle vision à la vision présente, vision d'horreur dont il était l'élément central.

Ce visage... Différent mais identique.

– Dans cinq minutes, on ferme, m'sieu dames.

Jenny leva les yeux. Un jeune employé – blouse bleue, lui aussi – ouvrit la porte et s'effaça pour laisser sortir deux dames âgées, puis retourna la pancarte « ouvert-fermé ».

Il y avait encore trois clients. Un à la caisse, les deux autres encore occupés à faire leur choix.

Jenny se dirigea sans bruit vers le fond du magasin pour trouver un endroit où elle pourrait se cacher en prenant grand soin de rester hors de vue du personnel et de la clientèle. Pour Tyrone, elle n'avait pas de souci à se faire. Il était à la caisse, toute son attention prise par la transaction. Conscience professionnelle et urbanité. Le modèle même du bon commerçant.

Le mot TOILETTES était discrètement inscrit au pochoir sur la porte qui faisait pendant à celle de l'arrière-boutique.

Elle l'ouvrit et entra. Les W.-C. et un lavabo surmonté d'une glace. C'était tout.

Elle referma.

Il ne lui restait plus qu'à attendre.

Deux fonctionnaires civiles assises autour de la table ronde du foyer faisaient un sort aux derniers biscuits au chocolat de fabrication maison en faisant durer les ultimes minutes de la pause de l'après-midi. Harry eut l'impression très nette qu'elles mettaient une sourdine à leurs papotages quand il entra. Et aucune des deux ne lui proposa de biscuits, ce qui était proprement scandaleux. Ils avaient cependant l'air rudement appétissants avec leur copieuse garniture de brisures de noix de pacane. Il se serait volontiers un peu calé les dents mais les friandises que proposait l'appareil distributeur étaient visiblement rances et ça ne le tentait vraiment pas. Plus tard, il irait faire un tour du côté d'Oceana Mall. Peut-être, en cherchant bien, trouverait-il une pâtisserie correcte.

Mais qu'est-ce que foutait Bennett? Gentil, ce garçon, mais il appartenait à la race des timorés. Il en avait dans le ventre, pourtant. Seulement, c'était à lui de décider sur quelle voie s'engager. Suivre les affaires à fond sans en démordre. Jusqu'au bout. Faire des vagues et emmerder le monde. Mais s'accrocher et ne pas lâcher. C'était ça, le truc d'Harry. Tant pis pour les retombées s'il y en avait.

Ou alors, se la couler douce. C'était l'autre solution. Ecraser. Regarder de l'autre côté. Prendre son temps et ne pas porter ombrage aux huiles. Tous les flics devaient faire leur choix à un moment ou à un autre. Et pour certains, c'était un choix à répétition.

Bennett n'était sûrement pas dans le métier depuis très longtemps. A première vue, il était frais émoulu de l'école de police. Peut-être que c'était une bleusaille. En tout cas, une chose était sûre : il allait avoir dès maintenant l'occasion de faire son choix. Tout de suite.

A condition qu'il ne reste pas le cul collé derrière son bureau.

L'une des deux employées civiles faisait de louables efforts pour jeter des regards en coulisse du côté de Harry en évitant que ce soit trop flagrant. Callahan remplit un pot de café à la machine et lui en proposa, ce qui eut pour effet de mettre la dame dans tous ses états. Elle fit un signe de dénégation, rougit, prit un biscuit dans la boîte en plastique et mordit dedans mais en y allant de si bon cœur qu'il s'émietta, répandant ses vestiges sur son giron.

Bennett finit quand même par arriver. Il ouvrit la bouche pour dire quelque chose mais la referma aussitôt à la vue des deux femmes.

Harry, qui avait toujours la cafetière à la main, le servit.

– Alors, Bennett, comme ça, vous êtes un supporter de l'équipe de San Francisco?

L'agent le dévisagea avec surprise.

– Comment?

Harry désigna tour à tour du menton la tasse de Bennett et les deux filles.

– Oh! (Cette fois, Bennett avait saisi.) Oui, inspecteur. Je suis un vrai fana. Je m'arrange pour aller à Frisco au moins une fois pendant la saison. Et, croyez-moi, ils la décrocheront, la coupe. Si ce n'est pas pour cette année, ce sera pour l'année prochaine.

Il en rajoutait mais les deux femmes ne semblaient pas s'en rendre compte. Elles rassemblèrent leurs affaires et s'éclipsèrent.

Harry entra immédiatement dans le vif du sujet.

– Vous connaissez les photos accrochées au mur du bureau de Jannings? Les portraits de famille avec son gosse? (Bennett acquiesça.) Je voudrais que vous m'identifiiez les types qui posent devant la voiture de sport.

Le jeune agent posa sa tasse sur la table.

– J'ai... j'ai une grosse dette envers vous, inspecteur. J'admire votre manière de travailler. Je n'ai encore jamais connu de policiers comme vous. Je serais heureux de pouvoir vous aider. Vraiment très heureux. Mais vous rendez-vous compte de ce que vous me demandez?

– Je demande à un collègue de me donner un coup de main pour une enquête que je mène sur deux homicides qui me semblent de plus en plus être liés entre eux.

Ce fut comme si Bennett avait reçu une gifle en pleine figure.

– Bon, d'accord. Mais si jamais le patron découvre que...

– Il ne découvrira rien. Faites seulement de votre mieux pour obtenir les tuyaux qu'il me faut. Je veux connaître leurs noms, leurs domiciles, savoir où ils travaillent.

– Ce ne sera pas facile, inspecteur.

– Vous pouvez me dire ce qui est facile dans la vie?

– Je n'oserai pas décrocher la photo. Comment voulez-vous que j'identifie et que je retrouve ces bonshommes si je n'ai pas leur portrait?

Bon, se dit Harry. C'est le moment que je lui fasse un cours de perfectionnement.

– C'est une photo de promotion, nous sommes bien d'accord? Débrouillez-vous pour savoir où le petit Jannings a fait ses études. Après, il ne vous restera plus qu'à vous rendre sur place et à examiner l'annuaire de l'année de sa sortie.

– Entendu.

Bennett ferait ce que Harry lui demandait mais sans enthousiasme. Aucune importance. Il ne s'agissait pas d'aimer ou de ne pas aimer. Ce qui comptait, c'était de faire le boulot.

L'agent prit sa tasse et se prépara à ressortir.

– Encore une chose, mon vieux. Je veux voir la fiche de Kruger.

Maintenant, Bennett avait l'air accablé.

– Ce sera tout?

– Oui. Il me faut son adresse. J'en ai besoin tout de suite.

Jenny regarda l'heure. L'obscurité régnait dans les toilettes mais elle n'osait pas allumer, ne sachant si le ventilateur d'évacuation n'était pas branché sur le circuit de la lumière. C'était le cas pour la plupart des lavabos dans les magasins. Mais elle n'avait pas besoin de prendre ce risque: le cadran de sa montre était phosphorescent.

Cela faisait près de vingt minutes qu'elle était là. Ça suffisait comme ça. Elle avait envie de sortir de cette espèce de cagibi ténébreux où elle était confinée. Et elle voulait en finir.

Elle entrebâilla précautionneusement le battant. Il n'émit aucun grincement. Un étroit rai de lumière sabra l'obscurité. Jenny colla un œil à la minuscule ouverture pour inspecter le magasin. Personne dans son champ de vision. Elle poussa encore un tout petit peu la porte. Cette fois, ce fut son oreille qu'elle colla contre la fente. Le silence était total. Puis elle entendit la caisse enregistreuse. C'était une NRC d'un vieux modèle et il fallait un bon bout de temps pour qu'elle fasse ses totaux. En outre, elle était très bruyante. Or, son crépitement commençait tout juste. Donc, Tyrone serait seul et son attention concentrée sur le calcul de la recette du jour.

C'était le moment ou jamais.

Comme Jenny repoussait la porte juste ce qu'il fallait pour se faufiler au-dehors, elle se vit dans la glace qui surmontait le lavabo. Vit son visage. Ses yeux.

Elle regarda fixement son reflet. Une physionomie vacante, dénuée d'expression. La mâchoire, les lèvres, les joues, les narines, les sourcils, le front... Elle passa la revue de détail. Son masque était parfaitement serein. Aucun signe de tension. Tous les muscles au repos. Pas le moindre symptôme visible d'inquiétude, de peur ou d'anxiété. Ses traits étaient détendus, placides.

Mais ses yeux...

Il en allait autrement de ses yeux. Ce qu'elle y lisait, elle ne l'avait encore jamais vu.

Un regard implacable. Sauvage.

Elle sortit des toilettes et, lentement, sans bruit, s'engagea entre les travées de part et d'autre desquelles étaient exposés des outils de bricolage, des clous, des pots de peinture, des vis et des écrous, des robinets, des tuyaux d'arrosage. Quand elle arriva à l'angle du rayon consacré à l'électricité, elle aperçut le dos d'une blouse bleue et une nuque surmontée de cheveux blonds tirant sur le roux.

Elle avança en direction du grand comptoir et de la caisse enregistreuse.

Tyrone comptait la petite monnaie. La NCR crépitait consciencieusement.

Jenny glissa la main dans son sac.

Une poignée de pièces échappèrent à Tyrone qui se baissa pour les ramasser.

La caisse se tut.

Comme il récupérait une des pièces, l'homme tourna la tête.

Jenny serra plus fort la crosse du revolver.

Il la vit.

Elle braqua son regard sur lui.

Ce n'était pas Tyrone.

– C'est fermé, mademoiselle.

C'était un employé. Elle ne l'avait pas remarqué. La même taille, la même corpulence. La même blouse. La même teinte de cheveux...

– Deux minutes plus tard, et vous restiez enfermée la nuit entière. En quoi puis-je vous être utile?

Elle avait presque... Elle sortit la main de son sac.

– Non, inutile. Je reviendrai à un autre moment.

Elle se dirigea vers la porte. Précipitamment, l'employé fit le tour du comptoir.

– Une seconde! Je vais vous ouvrir.

Jenny attendit qu'il tire le verrou.

– Merci.

Elle sortit et regagna sa voiture d'un pas pressé.

– Vous n'aurez qu'à revenir demain, lui lança l'employé qui brûlait d'envie d'être aimable et de ne pas manquer une vente.

Jenny remonta dans l'Oldsmobile et referma la portière. Ne se sentant pas encore en état de prendre la route, elle resta immobile quelques instants. Soudain, elle se rendit compte que, depuis qu'elle avait quitté la quincaillerie, elle retenait sa respiration. Elle vida lentement ses poumons. Regarda ses mains. Elles ne tremblaient pas. Mais son cœur battait à tout rompre.

Il s'en était fallu d'un rien.

Un peu plus, et elle se trompait de cible. Elle tuait un innocent. Innocent, tout au moins, du crime qui la concernait, elle.

Et elle se trahissait. Le revolver était presque sorti de son sac lorsque le commis avait levé les yeux sur elle et l'avait vue. Alors, qu'aurait-elle fait ?

Et qu'est-ce qui était le pire ? Qu'est-ce qui aurait été le plus affreux ?

Presque... Quel était le « presque » qui accélérait les battements de son cœur ?

Lequel aurait-elle regretté ?

Elle prit ses clés dans sa poche et mit le contact. En regardant derrière elle au moment de déboîter, elle se vit dans le rétroviseur.

Elle vit ses yeux.

Les scruta.

11

Harry s'engagea sur le quai San Paulo. Il roulait aussi vite que le lui permettait la circulation. Il stoppa à l'extrémité du môle, descendit de voiture et se mit à la recherche des établissements Kruger, Mareyeur, Vifs et Appâts.

La boutique était mitoyenne d'un restaurant d'aspect tout à fait sympathique. C'était le dernier édifice du quai et il était vaste. Une odeur de poisson flottait déjà dans l'air mais elle devenait de plus en plus puissante à mesure que l'on approchait de la halle.

Il était presque 21 heures mais, grâce à la pleine lune, il faisait très clair. Pas un pêcheur en vue mais plusieurs couples qui prenaient le frais. Devant le restaurant s'étirait une petite file d'attente. Surtout des gens qui sortaient en famille.

De son vivant, Kruger logeait au-dessus de la halle aux poissons. Le magasin était encore ouvert. Harry longea un long comptoir de réfrigération, tout en verre et en chromes, et aperçut au fond, dans un coin, une femme osseuse et mal attifée, assise dans un fauteuil de plage. Ses cheveux crêpelés que partageait une raie étaient ramenés derrière sa tête en un vague chignon fait à la diable. Elle portait une vieille camisole tombant sur de lourdes bottes, une canadienne élimée fermée jusqu'au cou et un long tablier de cuir était noué autour de sa taille. Son expression était morne.

Du côté opposé, deux hommes vidaient des poissons dont ils levaient ensuite les filets. Eux aussi étaient emmitouflés pour se protéger de la violente brise qui soufflait du large. L'un d'eux portait un volumineux chandail, l'autre un blouson de cuir avachi. Tous deux étaient coiffés d'une casquette enfoncée jusqu'aux sourcils et leurs tabliers de caoutchouc étaient rouges de sang. C'étaient de robustes gaillards aux épaules carrées, aux cuisses massives. Le premier était de taille moyenne mais l'autre était un véritable colosse. Plus grand que Harry. Il faisait facilement un mètre quatre-vingt-quinze.

Callahan observa leurs mains qui s'activaient. L'un était armé d'un long couteau, l'autre d'un tranchoir. Et ces mains aux doigts boudinés avaient beau être des sortes de battoirs, ils maniaient leurs instruments avec délicatesse et agilité. C'était avec une adresse magistrale qu'ils taillaient et découpaient leurs poissons.

Harry s'approcha de la femme :

– Excusez-moi. Madame Kruger, je présume? (Elle le dévisagea mais n'ouvrit pas la bouche.) Pourrais-je vous dire deux mots?

Le coup d'œil qu'elle lui adressa était sans aménité. Les deux poissonniers s'immobilisèrent et enveloppèrent Harry d'un regard aussi peu aimable. Le plus petit, nanti d'une barbe noire et broussailleuse, s'avança.

– Vous venez pour les assurances, mon gars?

Harry nota qu'il n'avait pas lâché son tranchoir d'où tombaient des gouttes de sang que buvait aussitôt la sciure dont le sol était recouvert.

– Non, je ne...

– Alors, si vous voulez pas acheter du poisson ou de l'appât, cassez-vous vite fait.

Nous nageons en pleine convivialité, se dit Harry.

Le colosse posa son coutelas et s'approcha à son tour.

Harry revint à la femme.

– Madame Kruger, je m'appelle Callahan...

– T'as de la merde dans les esgourdes ou quoi, mon pote?

Plutôt mauvais coucheur, le malabar. Il braquait sa grosse moustache noire en guidon de vélo sur Harry, le mettant au défi de répliquer.

Callahan essaya une fois encore de nouer le dialogue avec la dame :

– Madame Kruger, j'aimerais vous poser quelques questions. (Les deux costauds s'avancèrent.) Au sujet de votre défunt mari.

Les deux hommes encadraient maintenant Harry mais une longue plainte suraiguë qui s'acheva en un rugissement les dissuada de se montrer activement agressifs. La femme se leva et prit l'attitude du lutteur sur le ring.

– Cette espèce de saloperie d'enfant de pute! gronda-t-elle. Il m'a rien laissé. Pas ça! Je croule sous les factures. Il a pas payé les primes pour cette foutue assurance. Et il se fait zigouiller en lisant des bouquins pornos alors que ça faisait je ne sais combien de mois qu'il m'avait même pas touchée, l'ordure...

La fureur de la veuve Kruger atteignait des proportions si volcaniques qu'elle en eut le sifflet coupé. Elle brandit un poing menaçant comme si son mari ou son fantôme était encore dans la halle.

Le plus petit des deux hommes se tapota le plat de la main avec son tranchoir.

– Notre sœur est en deuil, minable. Tire-toi.

Harry commençait à en avoir assez de ces deux zigotos.

– Vous ne savez pas, les gars? Vous devriez aller bouffer quelques têtes de poissons, ça vous ferait le plus grand bien.

Les deux hommes firent un grand pas en avant afin de se carrer sur leurs jambes, le premier pour brandir bien haut son tranchoir, le second pour lever un bras épais comme un billot. Ils étaient rapides mais Harry l'était beaucoup plus.

Il écrasa sous son talon les orteils du type au tranchoir qui les sentit s'aplatir malgré le gros godillot qu'il portait. Dans le même temps, Callahan, s'aidant de sa main gauche, catapulta son coude droit dans les tripes du frère. Ses adversaires se plièrent en deux.

En un second temps, le tranchant de la main droite de Harry s'abattit sur l'arête du nez du manieur de couperet. Le sang jaillit et l'homme, propulsé en arrière, entra en collision avec un gros fût de métal faisant office de poubelle qui se renversa, le submergeant sous une avalanche d'entrailles de poissons.

Pendant qu'il prenait ainsi son vol, Harry balança un imparable coup de genou en plein dans la figure du malabar qui recula en vacillant et en brassant l'air de ses bras pour tenter de recouvrer son équilibre. Vain espoir tout aussitôt déçu: il s'écroula sur le comptoir de réfrigération qu'il fracassa dans sa chute.

Harry fit face à la femme.

Elle pointait un fusil sur lui.

– Je reviendrai quand votre douleur sera un peu atténuée, lui dit-il.

La voiture n'était pas loin et le trajet pour regagner le *Bahia* via Beach Street était très rapide. L'entrevue qu'il venait d'avoir avec la veuve éplorée et ses anges consolateurs de frères n'avait rien apporté à Harry sinon l'occasion de prendre un peu d'exercice, ce qui l'avait mis en appétit. Il avait encore plus faim qu'en quittant le commissariat. Peut-être que Bennett découvrirait quelque chose, une piste banale qu'il pourrait suivre. Ou que Jannings recouvrerait son bon sens et se montrerait plus coopératif. N'importe comment, il ne pouvait plus rien faire ce soir sinon se taper la cloche, sortir Figure de Pet qui avait besoin de faire sa promenade et se mettre au plumard.

Il se changea. Enfila un pantalon de velours marron, un pull bleu marine et des tennis. Après avoir fixé son étui à revolver sous son aisselle, il mit une canadienne grise qui le dissimulerait. Quand il fut prêt, Figure de Pet l'attendait déjà devant la porte.

Après un tour de plage pendant lequel ce dernier fit ses petites affaires, l'homme et le chien montèrent dans la voiture qui prit la direction du centre ville.

Harry se gara Jackson Street et gagna à pied Oceana Mall avec son chien. La température s'était sérieusement rafraîchie et il commençait à y avoir du brouillard. Cela n'empêchait cependant pas qu'il y eût pas mal de monde dans les rues, curieux assortiment de lécheurs de vitrines et de flâneurs qui reflétait fidèlement la diversité de la population de San Paulo. Bien qu'il fût déjà tard, beaucoup de boutiques étaient encore ouvertes. De toute évidence, la densité des passants, même en dehors de la saison, justifiait leur fermeture tardive. Les magasins chic où l'on présentait des articles de toute sorte aux chalands, mais ils laissaient Harry indifférent. C'étaient les restaurants qui l'intéressaient.

A un moment donné, il entendit de la musique. Du jazz. Et même plutôt bon. Il alla jusqu'au coin de la rue pour savoir de quoi il s'agissait et ce fut ainsi qu'il tomba sur le *Neale*, un ensemble de trois étages, mi-briques, mi-meulières. A l'intérieur se pressaient les commerces les plus variés. Le rez-de-chaussée était occupé par un restaurant spécialisé dans les grillades au feu de bois. Une grille de fer forgé séparait la façade du bâtiment de la rue et un café, sur toute la longueur de l'édifice, occupait l'espace ainsi dégagé.

A une extrémité, un groupe de jazz faisait sa prestation. A l'autre, Harry repéra la blonde cycliste de la plage assise seule à une table devant un verre de vin blanc.

Il resta un moment à l'observer. Elle l'aperçut à son tour.

Leurs regards se croisèrent.

Harry baissa alors les yeux sur Figure de Pet et tendit le doigt vers le sol. Le chien s'assit immédiatement. Harry regarda à nouveau la jeune femme qui haussa les sourcils avec une feinte surprise et eut un hochement de menton approbatif.

C'était une des rares fois depuis une semaine ou quelque chose comme ça que quelqu'un n'essayait pas de lui tirer dessus, de l'étriper, de l'écraser ou de l'incendier en le voyant. La chance lui souriait. Alors, pourquoi ne pas en profiter?

Il entra dans le café et se dirigea vers la table de la fille blonde au moment même où le morceau arrivait à sa fin et que les musiciens annonçaient une courte pause.

– Vous avez fait des progrès, dit la jeune femme en portant son verre à ses lèvres.

– N'est-ce pas? C'est que quelqu'un m'a conseillé de tenir mon monstre à l'attache.

Elle sourit.

– J'ai comme une idée que ce n'était pas la première fois qu'on vous disait cela.

Harry ne fit pas de commentaires. Il la regardait. Elle le regardait.

– J'ai peut-être été un peu rude l'autre jour, reprit-elle en pianotant sur le rebord du verre. Vous et... et votre ami m'aviez prise au dépourvu. Si j'ai été un peu acariâtre, je vous présente mes excuses.

Harry médita sur ces paroles. Mince, alors!

– Eh bien, offrez-moi une bière et on sera à égalité.

Ce fut à elle de réfléchir à cette suggestion.

– D'accord.

Elle fit signe à un garçon tandis que Harry s'asseyait. Le garçon se précipita.

– Une bière pour monsieur...

– Callahan. Harry Callahan.

– Et je reprendrai la même chose, ajouta-t-elle en tapotant légèrement son verre.

Le garçon s'éloigna. Le silence se prolongea quelques secondes, puis elle tendit à Harry une fine main blanche.

– Je me présente : Jenny Spenser.

Sa main était tiède dans celle de Harry. Ils restèrent silencieux, les yeux dans les yeux, jusqu'au moment où le garçon revint avec leurs consommations.

– Ça marche bien le boulot, dans la police? s'enquit la jeune femme blonde.

Harry remplit son verre.

– Vous pensez que je suis un flic?

– Je vous ai vu dans la rue l'autre jour. J'ai vu aussi toute cette agitation ce matin devant le *Bahia*. Si vous n'êtes pas un flic, vous êtes l'ennemi public numéro un.

Il but une gorgée de bière.

– Pour certains, je suis un peu des deux.

– Vraiment? Pour qui?

– Pour les pontes qui ont de grosses plaques de cuivre à leur nom sur leur bureau et les fesses qui ont pris la forme du fond de leur fauteuil.

Jenny sourit à nouveau. Un sourire qui était presque un éclat de rire.

– Pourquoi avez-vous cette réputation?

Harry reposa son verre.

– Vous tenez réellement à le savoir?

Elle acquiesça.

– Eh bien, c'est une question de méthodes. Les gens veulent des résultats mais ils ne veulent pas faire ce qu'il faut pour en obtenir.

Harry remarqua le changement d'expression de la jeune femme.

– Et vous, vous voulez faire ce qu'il faut pour ça?

– Je fais ce que je dois faire.

– C'est très bien et je vous en félicite, monsieur Callahan. Mais si vous me permettez d'exprimer le fond de ma pensée, vous appartenez à une espèce en voie de disparition. A l'époque qui est la nôtre, ce sont la fuite devant les responsabilités et le déni de justice qui ont force de loi. Aujourd'hui, la maxime « œil pour œil, dent pour dent » n'a de sens que si l'on se fait prendre, et même alors, les comptes à rendre sont renvoyés *sine die* et tout se règle à l'amiable en dehors des tribunaux. (Jenny but une gorgée.) Vous trouvez que je fais de la haute philosophie? Ou tout simplement que je vous barbe? Excusez-moi. Je suis sûre que l'on ne cesse de vous rebattre les oreilles avec ce genre d'arguments.

– Non. J'aimerais les entendre plus souvent.

Cette fois, le sourire de Jenny fut plus épanoui, plus ouvert.

– Eh bien, je vous promets de remettre la métaphysique à plus tard.

– Qu'est-ce que vous faites dans la vie?

– Je peins.

– Ah bon? Et vous peignez quoi? Des appartements? des voitures?

– Des chevaux. (Harry qui était en train de lever son verre s'immobilisa et contempla la jeune femme.) Des chevaux de bois, précisa-t-elle. Je restaure actuellement le carrousel.

Harry avala une rasade. Jenny reprit une gorgée de vin.

– Franchement, monsieur Callahan...

– Appelez-moi Harry.

– D'accord. Franchement, Harry, vous ne me donnez pas l'impression de correspondre à l'image du policier de San Paulo.

– C'est que je ne le suis pas.

– Quoi? Typique?

– Je n'appartiens pas à la police locale. Je suis attaché à la brigade des homicides de San Francisco.

– Et vous êtes venu passer vos vacances ici? Non, ce n'est pas possible?

– Je suis à San Paulo dans le cadre de mes activités professionnelles. Je travaille sur une affaire pour laquelle j'ai besoin de recueillir des renseignements sur place.

Leurs verres étaient vides. Harry chercha le garçon des yeux et quand il eut réussi à attirer son attention, il lui fit signe de remettre ça.

– Et vous avez trouvé des choses intéressantes?

– Ça commence à prendre tournure.

– Vous avez une théorie?

Le garçon arriva avec un autre verre de vin et une autre bière. Il fit l'échange.

– Il y a quelqu'un qui s'est mis à descendre des gens. Et j'ai dans l'idée que ça va continuer.

– Un déséquilibré?

– Possible. Ou peut-être quelqu'un qui a une vieille dette à régler.

– Une histoire de vengeance?

– La vengeance est un des plus vieux et des plus puissants mobiles qui existent.

– Mais vous n'approuvez pas?

– C'est très bien de se venger. Mais à condition de ne pas enfreindre la loi.

Le groupe s'était remis à jouer. Harry et Jenny écoutèrent un moment et finirent leurs consommations.

– Vous en reprenez un? demanda Callahan à la jeune femme lorsque celle-ci reposa son verre.

Elle secoua la tête.

– Non. Je me lève tôt pour aller travailler.

Elle fouilla dans son sac accroché par la courroie d'épaule à l'accoudoir de son fauteuil, ce que voyant, Harry sortit son portefeuille.

– C'est pour moi.

– Non, protesta-t-elle. Quand on a conclu un marché, ce qui est dit est dit.

Elle glissa quelques billets sous le pied de son verre pour qu'ils ne s'envolent pas, s'empara de son sac et se leva. Harry se mit à son tour debout, s'effaça pour la laisser passer et lui emboîta le pas.

L'orchestre jouait un morceau au tempo rapide et au moment où ils franchissaient la grille qui constituait la frontière du café, le saxo se lança dans une improvisation, soutenu par le rythme régulier de la batterie et de la contrebasse. La brise nocturne qui gagnait en force avait épaissi le brouillard. Dehors, il faisait beaucoup plus frais et la rue était plongée dans une grisaille plus accentuée que tout à l'heure. Quelques personnes étaient rassemblées en un groupe compact devant le café. Des couples, pour la plupart, qui regardaient quelque chose avec un sourire bienveillant.

L'objet de leur attention était une vieille femme vêtue d'une défroque de clown ou de mime. Une sorte d'ample casaquin en guise de corsage et un pantalon bouffant. L'encolure et les poignets de sa camisole, le bas de son pantalon étroitement serrés étaient garnis de volants. Elle était coiffée d'un bonnet plissé et avachi et chaussée de souliers de base-ball en toile. Tout son costume était bariolé de bandes violettes, jaunes, rouges, bleues, vertes, aux tonalités agressives. Les mêmes couleurs, tranchant sur le fard blanc du fond de teint, enluminaient ses joues, son front, son nez et ses lèvres. Elle agitait au-dessus de sa tête une ombrelle à rayures munie d'un long manche et dansait avec force contorsions et pirouettes.

Jenny rejoignit le cercle des spectateurs avec un

large sourire pour assister à ce numéro unique en son genre. Harry la suivit et se tint derrière elle. La vieille femme interrompait fréquemment ses gesticulations pour se faire enjôleuse et tenter de convaincre les curieux de l'accompagner dans sa sarabande. Certains se laissaient faire, d'autres non.

Quand elle remarqua Jenny, elle fonça droit sur elle et, repérant Harry, elle s'efforça de les persuader d'entrer dans la danse. Jenny eut beau décliner gentiment, elle s'obstina et, bientôt, tous les regards convergèrent sur eux. La saltimbanque insista et s'empara de la main de la jeune femme. Jenny, bien que refusant toujours l'invite, fit quelques pas et entra dans le cercle vide autour duquel s'amassaient les badauds. Alors, la vieille saisit à son tour la main de Harry et le tira par le bras. Callahan ne bougea pas. Quelques personnes commencèrent à applaudir pour encourager l'artiste et celle-ci se tourna vers Jenny, une expression suppliante sur son masque enfariné. Jenny balança la tête de gauche à droite dans une mimique de dénégation volontairement exagérée.

Au même moment, la musique changea. Sous la direction du saxo qui menait le jeu, les autres instruments ralentirent la cadence, reprenant le thème originel sur le mode mélancolique. La femme prit alors Harry par la taille et obligea Jenny à tendre le bras. Maintenant, ils formaient un trio. Malgré ses efforts, Jenny et Harry se refusaient catégoriquement à se lancer dans le pas de deux dans lequel elle voulait les entraîner et, finalement, elle renonça et alla tenter sa chance auprès d'un autre couple. Mais, avant de s'éloigner, elle poussa Jenny contre Harry, noua les bras de l'un à la taille de l'autre et saisissant la main du second, le contraignit à soutenir le bras toujours tendu de la jeune femme. Alors, un sourire sentimental fendit son masque enfariné et elle battit en retraite.

Enlacés dans l'attitude classique des danseurs, Harry et Jenny ne dansaient pas. Pendant quelques instants, ils restèrent immobiles, les yeux dans les yeux.

Puis Jenny dégagea sa main de celle de Harry qui l'étreignait et abaissa son bras.

– Eh bien... bonne nuit.

Harry la regarda s'éloigner dans la grisaille de la nuit. Et continua après qu'elle eut disparu dans l'obscurité.

– Monsieur, ce chien, il est à vous?

Harry se retourna. C'était le garçon du café.

– Pourquoi? Vous le voulez?

Dérouté, le garçon tendit le doigt et Harry regarda dans la direction qu'il indiquait. Figure de Pet était planté devant les pots de fleurs alignés le long de la grille aux volutes ouvragées, une patte levée. Trois jeunes personnes installées à une table juste de l'autre côté bondirent précipitamment hors de leurs sièges quand le molosse lâcha un puissant et glougloutant jet d'urine sur les pots de fleurs.

Le garçon regarda Harry.

– La pêche! grommela l'inspecteur entre haut et bas.

Une heure plus tard, Jenny était chez elle. Elle avait enfilé sa chemise de nuit et s'était couchée mais impossible de dormir. Elle avait réussi à purger son esprit de toute pensée consciente et, pourtant, elle était incapable de se détendre. Des visages ne cessaient de défiler derrière ses yeux. Pas les figures féroces et grimaçantes qui hantaient ses rêves depuis la nuit des tortionnaires. Par un prodigieux effort de volonté, elle avait banni pour toujours leur horreur de ses nuits. Non, c'étaient d'autres visages qui lui apparaissaient ce soir. Celui du vendeur de la quincaillerie. Celui d'Elizabeth. Et celui du policier de San Francisco. Un flic de la brigade criminelle qui cherchait à réunir des renseignements, qui enquêtait sur une affaire d'assassinat. Quelle affaire? Il ne pouvait pas s'agir d'une autre affaire. Et un deuxième meurtre avait eu lieu. Le rapport entre les deux ne pourrait échapper à personne. Que ferait ce policier? Il donnait l'impression d'être du genre obstiné. Un bon flic. Un flic qui observait. Qui ne tournait pas la tête de l'autre côté. Et, cependant, il ne comprendrait pas, il ne pourrait jamais comprendre. Quelle ironie! Trop d'années s'étaient écoulées. Il était trop tard.

Jenny se leva, enfila sa robe de chambre et passa dans le séjour. Elle fit coulisser l'un des côtés de la baie vitrée sans se soucier du vent froid de la mer qui s'engouffrait dans la pièce. Il soufflait en rafales, la mer était toujours démontée. Elle entendait les vagues déferler sur les rochers en contrebas.

Le reflet de la lune renvoyé par la surface des eaux illuminait la maison et Jenny voyait distinctement la toile en cours posée sur le chevalet à l'autre bout du séjour. Elle s'en approcha. Elle avait déjà bien avancé. Les bras croisés sur la poitrine, elle examina l'ébauche avec attention.

Une tête avait pris forme, auréolée d'une chevelure en mouvement. Les traits, bien que moins nets, étaient quand même aisément discernables. Les linéaments et les couleurs étaient des choses mortes, inanimées. Mais, en s'entrecroisant, en tressant leurs arabesques, en fondant entre eux, ils acquéraient une vie propre. Ils bougeaient, s'enflaient, se bousculaient. Les yeux à l'état d'esquisse n'étaient encore que des orbites vides mais ils possédaient quand même une profondeur, une intensité scrutatrice, abyssale. Les lèvres, bien qu'à peine tracées au fusain, étirées et retroussées, laissaient échapper un cri silencieux. Le menton tout juste indiqué se tendait en avant dans une crispation d'angoisse. Les touches de rouge et de noir, de violet, de gris, de terre de Sienne qui le sabraient semblaient vouloir jaillir hors du portrait.

Abandonnant la toile, Jenny étudia son propre visage dans le miroir posé sur le chevalet voisin. L'arrondi lisse et doux de ses lèvres et de son menton. Ses yeux.

Au bout d'un moment, elle tendit la main vers la petite commode sur laquelle était disposé son attirail et s'empara d'un pinceau.

Harry et Figure de Pet rentraient à l'hôtel après une dernière et courte balade sur la plage. Tous deux le ventre plein et prêts à dormir. Harry était entré au *Neale* et s'était offert un succulent steak saignant accompagné d'une pomme de terre au four et d'une salade. En fait, il avait commandé deux steaks, dont un à emporter. Figure de Pet n'était pas seulement une épine dans le pied de Callahan, et quelle épine : il commençait aussi à sérieusement ponctionner son portefeuille.

Ils traversèrent Beach Street et remontèrent vers le *Bahia*. Le brouillard était maintenant une épaisse nappe grise et humide qui réduisait considérablement la visibilité et le rugissement des lames qui se fracassaient sur les brisants remplissait la nuit.

Pourtant, Harry s'immobilisa subitement et fouilla l'obscurité devant lui. Le chien s'arrêta également, les yeux braqués dans la même direction.

Harry avait l'impression d'entendre quelqu'un avancer lentement à sa rencontre. Il écouta plus intensément encore, guettant d'autres bruits éventuels à gauche, à droite ou derrière lui. Mais non. Il n'y avait que celui-là. Quelqu'un qui avançait vers lui. Lentement. Délibérément.

Il ouvrit son blouson et sortit le Magnum niché sous son aisselle et, baissant le bras, dissimula son arme derrière sa jambe.

Horace travaillait peut-être la question, se dit-il, mais une chose était sûre : il n'avait pas encore réglé le problème. Deux équipes lancées à ses trousses. Toutes deux détruites. Mais les punks, c'est comme la mauvaise herbe. Maintenant que Threlkiss était mort, il devait y avoir une sacrée foule de gros bras qui n'avaient plus de cigares à allumer, de champagne à servir ni de fauteuils à avancer. Qui n'avaient plus rien à faire, quoi. Bon ! Il ferait tout son possible pour remédier à cette regrettable situation. Ils avaient trop de loisirs ? Qu'à cela ne tienne. C'était facile à arranger. Il pouvait...

Une silhouette prenait forme dans la grisaille du brouillard en face de lui. Une silhouette humaine. L'homme émergea de la brume et continua d'avancer. Il avait la tête légèrement baissée, les épaules voûtées. Il marchait sans hâte en traînant un peu les pieds à chaque pas. Il était coiffé d'une casquette de golf fripée.

Harry assura sa prise sur la crosse du Magnum. Un seul doigt ne bougea pas. Celui qui exerçait une pression légère et constante sur la détente de l'arme meurtrière.

La silhouette fit halte. L'homme releva la tête et redressa les épaules. On le distinguait nettement en ombre chinoise sur l'arrière-plan de la brume grisâtre.

Harry l'observa, tous les sens aux aguets. Toujours pas le moindre son.

L'homme se remit en marche. Maintenant, il était tout proche. Harry distinguait sans effort son visage ridé, tavelé, où saillait un réseau de veines violacées.

C'était un vieil homme.

Il adressa un coup de menton à Callahan au passage et poursuivit sa route, la tête à nouveau baissée et les épaules rondes.

Harry le suivit des yeux. Il attendit. Rien ne se passa. Le vieux s'éloignait en traînant la patte. Le brouillard ne tarda pas à l'engloutir, il s'évanouit dans sa masse fuligineuse. Bientôt, on n'entendit même plus le bruit de ses pas.

Ce n'était qu'un vieillard qui faisait une petite promenade nocturne.

Espèce de con, fit intérieurement Harry. Et il ébaucha un sourire. Il aurait pu se faire descendre comme un rien.

Il rengaina son Magnum et repartit en direction de son hôtel, Figure de Pet sur les talons.

12

La voiture était arrêtée devant chez Tyrone. Jenny mit ses fins gants de chevreau. Elle attendait là depuis le lever du jour. Cette fois, il n'y aurait pas d'erreurs, pas de catastrophes frôlées. Tyrone habitait une résidence pavillonnaire qui n'était encore que partiellement occupée dans la banlieue nord-ouest de San Paulo. En pleine ascension sociale, il avait eu les moyens de s'offrir un bungalow un peu plus grand que le deux-pièces moyen avec un garage pour deux voitures attenant. Le gazon de sa pelouse n'était pas encore entièrement posé, la haie et les arbres pas encore entièrement taillés. Pour le moment, des journaux faisaient office de voilages mais Jenny pouvait voir par la fenêtre la table de bridge et le fauteuil pliant dans le coin salle à manger, le sac de couchage dans la chambre. Chaque chose en son temps. Inutile de se précipiter pour tout acheter tout de suite. Une première maison, cela exige de patients efforts. L'ameublement qu'il acquerrait l'aiderait à se définir aux yeux de ses amis et de ses confrères. Tyrone était une notabilité de la communauté des commerçants de la ville. Il importait de faire son choix avec précaution et circonspection. Il ne fallait pas donner une fausse idée. Ni se fabriquer une image qui ne serait pas flatteuse. Après tout, il avait pas mal de choses à perdre, à présent. Une situation sociale. Des biens. Un nom respecté. Tout ce pour quoi il avait travaillé. L'accomplissement de sa version personnelle du Rêve américain.

Oui, songeait Jenny, Tyrone avait beaucoup à perdre.

La porte basculante du garage commença à grincer bruyamment sous l'action de son moteur et bascula. Jenny jeta un rapide coup d'œil sur les rues du lotissement. Il n'était pas tout à fait 7 heures et demie. Les journaux avaient été livrés. Personne ne partait encore pour son travail. La maison occupée la plus proche était à bonne distance de l'allée conduisant à celle de Tyrone. Et il n'y avait ni promeneurs matinaux ni joggers en vue. Les conditions idéales. Non, cette fois, il n'y aurait pas d'erreurs, pas de difficultés imprévues.

Son sac pendu à l'épaule, Jenny mit pied à terre, ferma le plus doucement possible la portière pour ne pas troubler le silence de l'aube et se dirigea d'un pas rapide vers le côté de la maison.

Derrière le coin du garage qui la masquait, elle vit Tyrone monter dans sa voiture, une Buick Riviera de l'année, et mettre le moteur en marche. La giclée d'adrénaline qui la secoua fut d'une telle force que Jenny en vacilla presque. Il s'en allait. Pour la seconde fois, il lui échappait.

Que faire? Repartir en courant et remonter dans l'Oldsmobile ou se cacher derrière le pavillon? Comme elle réfléchissait sur la meilleure ligne de conduite à adopter, le moteur cessa de tourner. Elle jeta prudemment un coup d'œil à l'intérieur du garage. Tyrone redescendait de sa voiture. Il se dirigea vers un tas de caisses empilées au fond qu'il se mit en devoir de déplacer, de pousser et de tirer jusqu'à ce qu'il eut trouvé la cantine enfouie sous leur amoncellement. Il extirpa alors un trousseau de sa poche, choisit la bonne clé et ouvrit la cantine dans laquelle, se mettant à genoux, il se mit à farfouiller.

Jenny se glissa à l'intérieur du garage et, longeant le mur latéral et sa zone d'ombre, avança lentement, très lentement vers Tyrone. Il trouva ce qu'il cherchait : un vieux pistolet d'ordonnance. Il prit également un chargeur qu'il introduisit dans le magasin après l'avoir vérifié, puis se releva et glissa l'automatique dans la ceinture de son pantalon.

Au moment où il faisait demi-tour pour revenir à la voiture, Jenny enfonça la main dans son sac, la referma sur la crosse de son Colt et sortit de la zone d'ombre.

A sa vue, Tyrone se pétrifia, les yeux écarquillés, et son teint déjà clair pâlit encore davantage. Il contempla Jenny d'un regard intense comme s'il s'efforçait de comparer le visage de la jeune femme à un autre visage enterré dans les oubliettes de sa mémoire. Il ne lui fallut qu'une seconde pour comprendre. Sans doute possible. Sans avoir à s'interroger. Elle était là. En face de lui. Dans son propre garage.

L'affolement qui se lisait dans ses yeux exorbités reflua, remplacé par une cauteleuse lueur d'espoir tandis qu'il fermait à demi ses paupières. Sa main se porta vivement vers l'arme dont il s'était muni.

Jenny fut plus rapide, beaucoup plus rapide que lui. En un clin d'œil, elle sortit le 38 de son sac et, pieds écartés, bras tendus, elle le pointa sur Tyrone en le tenant à deux mains. Il ne tremblait pas.

Le bras de Tyrone s'immobilisa à mi-course et la lueur de ruse qui brillait dans ses yeux s'éteignit, l'espoir s'évanouit à la vue du revolver nickelé. La peur était là, toute proche.

D'un petit mouvement sec de son arme, Jenny lui intima l'ordre d'abaisser le bras. Il obéit.

– La sorcière avait raison, murmura-t-il d'une voix blanche. C'est vous.

Jenny s'avança.

Les yeux de l'homme roulèrent dans leurs orbites. Il avait peur. Terriblement peur. Mais son intelligence tournait à plein régime. Il réfléchissait. Combinait. Il y avait sûrement un moyen de s'en tirer. Et il devait absolument le trouver.

– Ecoutez... il faut que vous compreniez. (Il leva ses bras écartés.) Il y a si longtemps. (Il fit un pas hésitant en avant.) Cela remonte à plus de dix ans. J'étais un gamin. Complètement cinglé. Je ne connaissais rien à rien. J'étais un pauvre imbécile. Un idiot. (Il se risqua encore à ébaucher un pas en avant.) Je sais que j'ai eu tort. C'était odieux. Mais je ne pensais pas à mal. J'étais ivre. Saoul perdu, je ne savais plus ce que je faisais. (Il agitait nerveusement les bras dans tous les sens.) Maintenant, je suis un homme d'affaires. Je gagne beaucoup d'argent. Alors, je vais vous dire... de l'argent, je pourrai vous en donner. Vous en avez besoin, non? Tout le monde en a besoin, sacrédié! Alors, dites-moi... combien voulez-vous?

Il amorça un autre pas.

Jenny abaissa le percuteur.

Tyrone reposa par terre le pied qu'il avait commencé à lever.

Dans ses yeux dansait à présent une flamme de panique. De désespoir.

Il se laissa tomber à genoux et joignit les mains dans un geste d'imploration.

– Non, s'il vous plaît, ne faites pas ça. Je vous donnerai tout ce que j'ai jusqu'au dernier sou. Tout ce que je possède. La maison, l'auto, le magasin. Ce n'était pas ma faute. C'est vrai, croyez-moi. Croyez-moi, je vous en supplie. C'étaient les autres. Ils m'ont forcé. C'étaient eux. S'il vous plaît... s'il vous plaît...

Il enfouit sa figure dans ses mains. Son cou et ses oreilles étaient cramoisis. Il se frottait les joues. Des sanglots s'échappaient de sa gorge.

Ce comportement abject n'inspirait à Jenny qu'un total écœurement. Sa physionomie était dénuée d'expression. Ses mains avaient la fermeté du roc.

Tyrone découvrit son visage. Ses doigts avaient laissé des marques violacées sur ses joues barbouillées de larmes. D'une voix pleurnicharde et hachée, il tenta d'en appeler à la pitié de la jeune femme.

– Ce n'était quand même pas si épouvantable, n'est-ce pas? Pas assez pour me tuer. Il y a des gens qui font ça tous les jours pour de l'argent ou gratuitement. Je vous en conjure, larmoya-t-il, ne me tuez pas.

Brusquement, il cessa de geindre et d'implorer, se releva d'un bond et se rua sur Jenny.

Elle abaissa le canon de son arme et tira.

La balle atteignit Tyrone en plein saut. Il porta les mains à son bas-ventre et s'abattit comme une masse sur la dalle de ciment froid et humide.

Il y avait dans ses yeux un étonnement sans bornes.

Jenny s'avança à le toucher et fit feu une seconde fois.

Les yeux de Tyrone tressautèrent et devinrent vitreux. Un regard vacant, aveugle, infini.

La clarté du soleil éblouit Harry quand il émergea des fuligineuses profondeurs du *Bahia*. L'océan était d'un bleu clair qui, au loin, se confondait presque avec le bleu de l'horizon. Pas un nuage ne déflorait l'azur du ciel, des vagues couronnées d'écume blanche léchaient le sable.

Callahan jeta un coup d'œil du côté du parc d'attractions. L'équipe d'entretien se mettait justement au travail. Bien que les hordes d'estivants eussent plié bagage, nombreux étaient encore les gens qui venaient faire un tour de manège ou tenter leur adresse en faisant péter des ballons dans l'espoir de gagner un ours ou un chat en peluche. Sans compter, bien sûr, les amateurs de barbe à papa, de pop corn et de sodas qui en semaient les dépouilles d'un bout à l'autre des planches. Les préposés à l'entretien ramassaient les papiers gras et les gobelets en plastique à la pelle, arrosaient, balayaient, vérifiaient les stands. Quelques joggers s'échauffaient sur la plage. Deux cyclistes roulaient sans se presser le long de Beach Street.

Mais aucun des deux n'était la blonde et charmante, l'étrangement attirante Jenny Spenser.

Harry mit ses lunettes de soleil et monta dans sa voiture.

Quelques minutes plus tard, il se garait sur le parking du commissariat vers lequel il se dirigea. A peine entré, il gagna son « bureau » et s'assura que Bennett était arrivé.

Bennett était arrivé.

Callahan voulait faire quelque chose aujourd'hui. Faire un peu avancer les choses. Peut-être que le procès-verbal balistique de l'affaire Wilburn retransmis par Horace modifierait l'attitude de Jannings et l'inciterait à regarder les faits en face. Le rapport du labo concernant le meurtre de Kruger lui passerait évidemment sous le nez mais Harry estimait qu'il n'en avait pas réellement besoin. Son intuition lui disait que les deux rapports se recoupaient. Il ne pouvait pas en être autrement. Certes, il aurait pu s'arranger pour que Bennett en escamote une copie mais il ne voulait pas trop tirer sur la ficelle. Le jeune agent prenait assez de risques comme ça et sa carrière était en jeu. Harry n'avait aucune envie qu'il se fasse révoquer. D'ailleurs, il avait déjà suffisamment de pain sur la planche, ce petit gars. Les personnages figurant sur les photos excitaient la curiosité de l'inspecteur.

Un terminal se mit soudain à crépiter à l'autre bout de la pièce. Harry arriva devant la machine en même temps que l'une des employées. Elle l'observait tout en se penchant sur la feuille qui sortait de l'imprimante. Sentant le regard de la femme dans son dos, il se retourna.

– Bonjour, lui dit-il sans se fendre du moindre sourire.

– Bonjour, inspecteur Callahan, répondit-elle, toute radieuse.

– Il n'y a pas de biscuits au chocolat, aujourd'hui?

– Hein?

La mine épanouie de l'employée se mua en mine décontenancée.

– Aucune importance.

Harry se pencha à nouveau sur l'imprimante et la femme en fit autant.

– Tiens! s'exclama-t-elle avec surprise. Mais c'est pour vous!

– Je sais. Je suis extra-lucide.

La machine cessa de jacasser et Harry arracha le feuillet pour le relire.

– Des nouvelles intéressantes, inspecteur?

– Très.

Harry se dirigea vers Bennett. Il ne le regarda pas mais tapota de ses phalanges le bureau du jeune policier au passage et, toujours plongé dans sa lecture, prit le chemin de la salle de repos.

Bennett jeta un regard circulaire autour de lui. Quand il se fut assuré qu'aucun de ses collègues ne s'occupait de lui, il prit les deux feuillets glissés sous son sous-main, les plia, puis sortit sa tasse du tiroir et gagna à son tour la salle de détente.

Harry, debout devant le distributeur, remuait son café à l'aide d'un agitateur en plastique. Bennett s'approcha de l'appareil, posa sa tasse et les feuillets sur la tablette et se servit. Tendant le bras vers le sucrier, il balaya vivement la pièce des yeux. Un agent lisait la rubrique sportive du *Chronicle* et une secrétaire avait le nez plongé dans un bouquin. Tout en sucrant son café, il chuchota :

– Wilburn faisait partie du groupe. Kruger aussi.

Puis, saisissant sa tasse, il s'esquiva.

Harry but une gorgée de café et posa la main sur les papiers que Bennett avait laissés sur le petit comptoir. Tournant le dos aux deux autres occupants de la salle, il les déplia et les parcourut rapidement.

Bon, se dit-il. Les choses vont peut-être commencer à prendre tournure, maintenant.

Il replia les deux feuillets et les fourra dans sa poche en compagnie de la réponse crachée par l'ordinateur. Il prit une seconde gorgée de café et fit la grimace. Quelle lavasse! Il lança le gobelet et son contenu dans la poubelle et ressortit.

Comme il traversait le poste en direction de la

porte, un ordre lancé d'une voix tonitruante retentit :

– Callahan! Amenez voir un peu vos fesses.

Toute activité cessa. Tous les yeux étaient fixés sur Harry qui se retourna. Jannings se tenait sur le seuil de son bureau, les poings sur les hanches et le menton belliqueux. Après avoir toisé Harry quelques secondes d'un air mauvais, il lui tourna le dos pour s'asseoir derrière sa table, les mains enlacées.

Harry, prenant son temps, revint sur ses pas et entra chez Jannings.

– Fermez la porte, laissa tomber le chef de la police sur un ton sec et crispé.

Harry la ferma.

– Asseyez-vous.

Jannings semblait être en train de livrer un combat intérieur. Callahan était certain qu'il allait le perdre et se mettre à brailler mais il se trompait. Le chef de la police changea de position, se détendit et réussit à se dominer.

Harry s'assit sur une raide chaise de bois devant lui et attendit que Jannings ouvre le feu. Mais celui-ci ne desserra pas les lèvres. Il ne bougeait pas.

Harry ignorait à quel jeu il jouait mais il était bien déterminé à ne pas en faire les frais. Il se carra contre le dossier de son siège et fixa ses yeux sur Jannings. Qui lui rendit son regard.

Les deux hommes restèrent ainsi immobiles à se contempler en chiens de faïence pendant deux minutes. Enfin, le téléphone sonna. Ni l'un ni l'autre ne le regarda, ni l'un ni l'autre ne tendit le bras vers le combiné. Une seconde sonnerie grelotta. Jannings décroisa ses doigts.

– Prenez la communication, dit-il à la troisième sonnerie. C'est pour vous.

Mais qu'est-ce que ça signifie? s'interrogea Harry en décrochant.

– Allô!

Tout en parlant, il posa les yeux sur le mur aux photographies.

– Harry? C'est vous, Harry?

C'était la voix du lieutenant Donelly. Harry ne répondit pas immédiatement. Son attention était occupée ailleurs. Une des photos n'était plus là. A la place, un rectangle plus pâle sur la surface du mur.

– Harry?

Donelly s'énervait.

Harry avait tout de suite vu quelle était la photo qui manquait à l'appel. Celle des impétrants brandissant leurs diplômes. La photo du groupe.

– Alors, oui ou merde, Callahan? explosa Donelly.

– Je vous écoute, lieutenant.

– Mais qu'est-ce que vous foutez là-bas, Harry, bon Dieu? Vous êtes censé faire de la collecte de renseignements, bordel, rien de plus. Une enquête de voisinage. Jannings est allé pleurer dans le giron du patron. C'est un type valable. Alors, ne le prenez pas à rebrousse-poil, voulez-vous? Vous n'avez déjà pas des masses d'amis dans les hautes sphères. Ne leur donnez pas des verges pour vous battre. O.K.? Vous comprenez?

Harry détourna son regard du mur et le posa sur Jannings. Celui-ci ne l'avait pas quitté un instant des yeux.

– Non, répondit Harry à Donelly. Je ne comprends pas. Absolument pas.

Il raccrocha avant que le lieutenant eût eu le temps de réagir. L'expression de Jannings l'intriguait. C'était une expression de satisfaction. Et de défi. Mais il y avait aussi quelque chose d'autre. Quelque chose qu'il n'était pas facile de cerner.

Harry se leva, sortit de sa poche l'imprimé de l'ordinateur, le déplia et le posa devant Jannings.

– Le rapport balistique, dit-il. Tout doit se recouper.

Sur quoi, il prit la porte. Avec le sentiment de sentir le regard chauffé au rouge de Jannings lui transpercer le dos. Le chef de la police de San Paulo, bouillant de rage, était prêt à exploser. Callahan quitta le commissariat avant qu'il eût éclaté.

Quand il eut réintégré sa voiture, il jeta un coup d'œil sur les feuillets que lui avait discrètement remis Bennett, puis sortit de la boîte à gants le plan de San Paulo qu'il avait acheté la veille au soir dans une librairie d'Oceana Mall, pressentant qu'il lui serait peut-être utile dans les prochains jours. Il examina la nomenclature des rues, repéra l'endroit qui l'intéressait et calcula le meilleur itinéraire. Cela fait, il rangea le plan dans la boîte à gants, remit les feuillets dans sa poche et démarra.

Vingt minutes plus tard, à une douzaine de kilomètres au nord-est de la ville, il quitta Bell Canyon Road pour s'engager sur un petit chemin de terre portant le nom pompeux de Manning Road au bout duquel se dressait une maison basse et trapue en état de délabrement avancé. Peut-être sa façade avait-elle jadis été crépie et sa toiture de niveau, peut-être les abords étaient-ils alors nets et débroussaillés. Mais, maintenant, c'était une masure croulante, lézardée et de traviole, plantée au milieu d'un véritable dépotoir.

Là demeurait Ramona Parkins.

Sortant de sa voiture, Harry se fraya tant bien que mal un chemin à travers le champ de détritus et frappa à la porte. Sans obtenir de réponse. Il réitéra et s'égosilla à appeler Ray mais sans plus de succès. Il sortit alors de sa poche un petit étui de cuir dans lequel il choisit un instrument de métal qu'il introduisit dans la serrure sous la poignée qui branlait dans le manche. Moins de cinq secondes plus tard, il était dans la cuisine.

La demeure n'était pas plus reluisante à l'intérieur qu'à l'extérieur. Le mobilier se composait sûrement de rebuts de soldes dédaignés par la clientèle et la décoration avait été conçue par un maniaco-dépressif aveugle. Harry plissa le nez, agressé par le nuage de poussière aux relents de moisi qui flottait dans la bicoque et par l'odeur fétide qui leur faisait contrepoint – la puanteur d'une plomberie défectueuse.

En dépit de ces effluves nauséabonds il commença à perquisitionner.

Au même moment, Ray Parkins regardait la file des clientes qui faisaient la queue devant sa caisse. Si jamais une de ces vieilles connes repartait encore dans le magasin alors qu'elle était en train de faire son total parce qu'elle avait oublié quelque chose, elle hurlerait et annulerait le compte, voilà! Elles mettaient toujours un temps fou à revenir. Il leur manquait invariablement un truc ou un autre et tous les gens qui attendaient leur tour se mettaient à râler et à faire du barouf. Ah! quels casse-pieds! Sans compter les viocardes avec leurs bons-primes valables pour un autre supermarché ou pour un autre article – quand ils n'étaient pas périmés depuis deux mois! Une ménagerie, c'était, et on n'en était pas encore à la moitié de la journée! Ray se sentait patraque. Nauséeuse. Elle avait une telle gueule de bois qu'elle avait l'impression que la peau de son crâne avait rétréci d'au moins deux pointures. Elle était fatiguée et, même si elle ne voulait pas se l'avouer, inquiète. Elle ne vérifiait pas seulement les produits d'épicerie, d'entretien ou d'alimentation qui défilaient sous ses yeux : elle examinait aussi le visage de toutes les clientes qui entraient dans son allée ou passaient à proximité. Wilburn et Kruger étaient des empafés mais certainement pas des agneaux sans défense. C'étaient des mecs à qui on ne la faisait pas, ils l'avaient prouvé, et plus souvent qu'à leur tour. Et pourtant, elle les avait allumés tous les deux, l'autre salope. Une vraie calamité, la nana. Peut-être qu'il y a des gens qui changent. Tout en rendant la monnaie, elle pouffa silencieusement. Au moment où elle mettait la marchandise dans un sac pour la cliente en se disant qu'elle passerait peut-être bien au *Ginley* pendant la pause du déjeuner, histoire de se refaire une santé, quelqu'un lui tapa sur l'épaule. Elle se retourna vivement, s'apprêtant déjà à passer un savon maison au zozo qui cherchait à resquiller sans attendre son tour, et se trouva face à face avec un type trapu et musclé, brun, les cheveux longs, la lèvre supérieure soulignée par une moustache filiforme.

Du coup, elle oublia les clients, sa migraine et ses angoisses, quitta précipitamment sa place et sauta au cou du visiteur.

– *Mick!* Mais qu'est-ce que tu fabriques ici? s'exclama-t-elle avec un sourire épanoui.

Le dénommé Mick se dégagea de son étreinte et fit un pas en arrière.

– J'ai appris qu'on aurait comme qui dirait un problème.

– Comment le sais-tu? J'ai essayé de t'appeler mais aucun de tes numéros ne répond plus.

– Forcément. Je vais et je viens. Je me déplace beaucoup.

– Mais comment es-tu au courant?

– On a ses moyens d'information.

– Oui, bien sûr. Mais qu'est-ce que ça peut faire? L'essentiel, c'est que tu sois là.

Elle ébaucha un geste maladroit pour le serrer à nouveau dans ses bras mais il s'écarta, gardant ses distances, et considéra la file d'attente qui commençait à s'impatienter.

– Ne restons pas là, Ray. Il faut qu'on aille quelque part où on pourra causer tranquillement.

– Oui, Mick, tu as raison. C'est comme tu voudras. Je dirai que j'ai mes ours et que je ne peux pas continuer de bosser, ajouta-t-elle en baissant la voix. Comme ça, je pourrai me tirer. Mais je ne les ai pas, tu sais?

– Qu'est-ce que tu veux que ça me fasse?

– Ben, c'est juste... c'est juste que je voulais que tu... Va m'attendre dehors. Je te rejoins dans deux minutes.

Mick s'éloigna avant qu'elle essaie encore une fois de l'enlacer. Elle le suivit des yeux en souriant de toutes ses dents.

Harry fouilla la salle d'eau, le salon et la chambre à coucher. Il y avait partout autant de poussière et ça puait toujours autant. Il ne trouva personne. En dehors du linge et de la vaisselle sales, des boîtes de bière vides, d'innombrables mégots et des restes d'aliments moisis, pas un seul des objets qui encombraient la maison n'apportait la moindre indication sur la personne qui l'occupait. Rien de ce qu'il y avait dans les différentes pièces ne permettait de penser que celle-ci se souciait d'autre chose que de satisfaire à ses besoins physiologiques élémentaires. Ce n'étaient pas des signes de vie, seulement des témoignages d'existence.

Son appartement de San Francisco était autrement mieux tenu. Et Harry avait une photo. Une photo qu'il regardait de temps à autre. Le portrait de sa femme. Elle était morte depuis longtemps mais il ne l'avait jamais oubliée. Morte victime d'un assassin motorisé. En état d'imprégnation éthylique. C'était comme ça qu'on qualifiait dans le jargon juridique le saoulographe qui, une nuit, avait perdu le contrôle de son véhicule. Une nuit démentielle. Cela remontait à loin. Il travaillait, cette nuit-là. Une affaire coton. Il l'avait réglée. Mais quand il était rentré chez lui, il n'y avait personne. Elle n'était jamais plus revenue à la maison. Depuis, il s'en était envoyé, des heures supplémentaires! La moitié du temps sans être payé. Mais quoi? Est-ce que c'est pour l'argent qu'on devient un flic? Non, c'est pour le respect et la reconnaissance. Et apporter son concours pour que justice soit faite porte naturellement en soi sa récompense.

Oui. Naturellement. Au fait, qu'est-ce qu'il faisait dans ce taudis?

La mémoire lui revint et il retourna dans la chambre où il commença à inspecter les tiroirs d'une vieille commode qui criait misère. Il trouva quelque chose dans le troisième.

Une photo jaunie et écornée, un peu floue, format

Instamatic, représentant deux personnes. Une fille et un garçon. La fille était rousse et avait des taches de son. Le garçon était brun et doté d'une belle musculature. La fille souriait et le tenait par le cou. Lui, les bras croisés sur la poitrine, avait l'air renfrogné.

Ray. La mine effrontée et déjà plus qu'un peu bovine à l'époque. Quant au garçon, il avait une tête de malfaisant.

Harry le reconnaissait. Il l'avait vu sur la photo du groupe dans le bureau de Jannings.

Ouais, peut-être que tout ça commençait à prendre forme.

Il glissa le vieil instantané sous le petit tas de collants qui remplissaient le tiroir et ressortit.

De retour à San Paulo, il consulta à nouveau les notes de Bennett et se rendit au E-Z Stop Market. Un homme harassé à la calvitie naissante, tout à fait le genre directeur de grande surface, lui apprit que Ray était « indisposée » et qu'elle avait pris son après-midi.

Harry le remercia et fila au *Ginley*. Dès que sa vision se fut accoutumée à la pénombre qui régnait à l'intérieur, il examina la salle. Ray n'était pas là. Il finit par repérer sa vieille connaissance le barman, un de ceux, si nombreux, que la mort de leur copain Wilburn avait tellement bouleversés.

Il s'approcha de lui.

– Vous êtes de service le jour et la nuit, on dirait? Vous vous surmenez, mon vieux.

Le barman, nonchalamment adossé au distributeur de bière à la pression, se redressa :

– Qu'est-ce que ça peut vous faire, mon vieux?

– Avez-vous vu Ray Parkins aujourd'hui?

– Pourquoi c'est que je vous le dirais?

– Parce que je vous le demande très gentiment. Vous voulez que je vous repose la question d'une manière un peu différente?

L'autre rumina ça, les poings serrés. Il regarda Harry dans les yeux et cela suffit pour le décider :

– Non, elle est pas encore passée.

Ses poings se dénouèrent.

– Elle a des heures régulières?

– Ray? Foutre pas. Elle vient quand elle a du blé ou qu'elle croit pouvoir en trouver. Elle a tout le temps soif.

– Connaissez-vous tel ou de tel de ses amis?

– Non.

– Ah bon, vous n'en connaissez aucun? Et Kruger? Il était là l'autre soir.

– Le type qui s'est fait descendre? Terrible, cette histoire. Rien que d'y penser, j'ai les tripes qui font des nœuds.

– Le connaissiez-vous?

– Ecoutez, je travaille ici seulement depuis une paire de mois. Et les clients, on respecte leur vie privée. Vous voyez ce que je veux dire?

Harry acquiesça et se dirigea vers la sortie.

13

Ils étaient chez Ray. Mick fit basculer en arrière la vieille chaise de bois grinçante sur laquelle il était assis et posa les pieds sur la table de cuisine balafrée. Il portait des boots avachis, mal entretenus, un pantalon en velours noir délavé, une chemise à rayures dépenaillée, un blouson de grosse toile effrangé. Ray avait un gilet de corps à manches longues flottant par-dessus son jean et de grosses godasses au cuir éraflé.

Ils étaient en train de terminer le premier des packs de bière qu'ils avaient rapportés. Devant eux s'entassaient boîtes vides, paquets de chips, de bretzels et de biscuits entamés.

– Alors, qu'est-ce qu'on fait? demanda Ray, assise tout contre Mick, en essuyant ses lèvres ourlées de mousse.

Mick mordit dans un biscuit.

– On l'efface.

– Comment ça? Il y a des milliers de gens dans cette ville et, si ça se trouve, elle n'y habite même pas. (Elle allongea le bras pour enlever un peu de crème qui avait coulé sur le menton de Mick qui eut un léger mouvement de recul mais la laissa faire. De toute évidence, elle adorait être aux petits soins pour lui.) Comment est-ce qu'on la dégottera, d'abord?

– Pas la peine de se fatiguer, répondit-il en faisant descendre une bouchée de bretzel avec une gorgée de bière.

– Qu'est-ce que tu veux dire par là?

– Y a qu'à attendre. Elle finira bien par venir te rendre visite un jour ou l'autre, pas vrai? (Ray opina.) Et elle sait pas que je suis à San Paulo, non? (Ray opina une seconde fois.) Eh bien, c'est très simple. (Mick sortit un automatique de 9 mm glissé dans son pantalon et que dissimulait son blouson.) On sera là, ajouta-t-il en en tapotant amoureusement le canon du bout des doigts. Pour lui souhaiter la bienvenue.

Ray regarda l'arme que caressaient les mains de Mick et posa son propre pistolet sur la table.

– Oui, on la lui souhaitera, la bienvenue, fit-elle allègrement. (Elle ouvrit deux autres boîtes de bière et en tendit une à Mick qui s'offrit une bonne rasade. Elle l'imita mais avec beaucoup plus de modestie.) Et pour Alby?

Mick reposa sa bière sur la table, si brutalement qu'un peu de son contenu jaillit par le trou.

– Je me fous d'Alby, hurla-t-il.

– D'accord, Mick, d'accord, fit-elle, s'efforçant de l'apaiser. Ne te mets pas dans des états pareils. (Elle répéta sa question :) Mais Alby?

Mick se domina.

– Il est couvert, Alby.

– Allons, Mick! Comment veux-tu qu'il soit couvert? C'est un zombi. Quand il pisse dans son froc, il ne s'en rend même pas compte.

Du plat de la main, Mick assena un violent coup sur la table. Les bières et tout le reste tressautèrent. Une boîte vide roula, tomba par terre et rebondit.

– Alby est couvert, gronda-t-il derechef.

Ray leva les deux mains.

– O.K., Mick, O.K. (Elle haussa les épaules et reprit son pistolet qu'elle caressa en souriant.) On fera comme tu as dit, mon chou. On l'attendra. Et on lui souhaitera la bienvenue.

Mick la regarda et cette pensée le fit sourire à son tour.

L'employé qui se tenait derrière le comptoir était jeune. Il avait des cheveux blonds tirant sur le roux. Il venait de dire à Harry que Tyrone n'était pas venu au magasin.

– Savez-vous où il est?

– Non.

Un badge portant son nom était épinglé à sa blouse. Il s'appelait Scott.

– Savez-vous où il pourrait être ?

– Je n'en ai aucune idée. Il n'est pas dans les habitudes de M. Tyrone de s'absenter sans prendre ses dispositions avant.

– A-t-il téléphoné dans la journée ?

– Non. Cela non plus n'est pas dans ses habitudes. Il passe toujours un coup de fil, même s'il ne doit avoir que quelques minutes de retard.

– Quelqu'un du magasin a-t-il essayé de le joindre ?

– Oui. Moi.

– Et alors ?

– Alors quoi ?

Un petit gars à qui on ne la fait pas, se dit Harry. L'esprit vif. A moins qu'il fût tout simplement rodé à la technique « je répondrai à vos questions mais je ne vous dirai rien ».

– Que vous a dit Tyrone ?

– Rien. Ça ne répondait pas chez lui.

Ça ne répondait pas. Harry savait désormais quelle allait être l'étape suivante. Il sortit de la quincaillerie et regagna sa voiture.

Il n'eut pas de problème pour trouver la demeure de Tyrone et s'arrêta devant elle. L'ensemble résidentiel n'était encore qu'à demi terminé et il nota que le voisin le plus proche était à une bonne centaine de mètres. Les conditions requises étant réunies, c'était l'endroit parfait pour un meurtre bien programmé.

Harry descendit de la Plymouth et se dirigea vers la porte. Il sonna, frappa, mais personne ne vint lui ouvrir. Il essaya la poignée. La porte était fermée à double tour. A en juger par la qualité de la construction et de l'art qui avait présidé à l'implantation des différents pavillons dont l'ensemble était une joie pour l'œil, il était sûr et certain que la serrure de sécurité serait un véritable petit chef-d'œuvre d'artisanat à l'épreuve des tentatives de crochetage et d'effraction. C'était le moment d'avoir recours à nouveau au petit étui dont il ne se séparait pas.

Trois secondes plus tard, Harry était dans la place.

L'ameublement était réduit à sa plus simple expression. Ou le promoteur avait pris du retard, ou Tyrone n'avait pas pu attendre pour emménager et faire la preuve de sa prospérité. Le salon et la salle à manger étaient vides à l'exception de cartons pas encore défaits et de volumineux sacs à l'emblème de la Quincaillerie Tyrone, bourrés d'appareils et d'accessoires ménagers. Aucun doute possible sur l'origine de tout ce matériel.

La cuisine était tout aussi désertique. A part une table de bridge et deux fauteuils pliants, elle était nue comme la main. Les vestiges d'un petit déjeuner (doughnuts et café) traînaient sur la table. Le couvert était mis pour une seule personne.

Comme il sortait de la cuisine dans l'intention de poursuivre son inspection au premier étage, il remarqua de la lumière qui filtrait sous une porte close à côté du lave-vaisselle flambant neuf.

La porte donnait sur le garage. Tout paraissait en ordre. La Buick était garée selon les bonnes règles, pas trop près du mur, il n'y avait pas d'obstacles qui auraient pu la gêner pour sortir. Dans les coins s'empilaient l'habituel amas de boîtes et d'outils. C'était un garage qui ne différait en rien de n'importe quel autre garage. A un détail près : le cadavre. Allongé sur le dos, les mains nouées sur son bas-ventre ensanglanté, un petit rond dans le crâne, du sang séché autour.

En examinant le visage du mort, le souvenir de la photo de promotion du petit Jannings revint à la mémoire de Callahan. Pour autant qu'il se le rappelât, c'était le même visage avec quelques années de moins.

Wilburn, Kruger et, maintenant, Tyrone.

Trois sur six, et ce n'était pas fini.

Le lien entre les trois meurtres était aveuglant.

Restait une question à poser.

Harry se mit en quête du téléphone et appela le commissariat de San Paulo pour signaler sa macabre découverte. En attendant que quelqu'un arrive, il réfléchit à cette fameuse question. Il savait à qui il conviendrait de la poser. Et il croyait aussi savoir ce que serait la réponse qu'il obtiendrait. Aussi, jugea-t-il préférable d'essayer encore une fois d'avoir un entretien avec Ray Parkins. La confrontation avec Jannings était inévitable et ça ferait du vilain. Mieux valait, dans cette perspective, avoir le plus d'atouts en main.

Bientôt retentirent des ululements de sirènes de plus en plus proches et Harry sortit pour accueillir les arrivants. Des voitures de police, une ambulance, des journalistes et des curieux convergeaient vers la maison de feu Tyrone. La voiture du chef de la police fit halte et Jannings en descendit. Les coins de sa bouche s'incurvaient vers le bas encore plus qu'à l'ordinaire et ses paupières étaient encore plus tombantes. Il était ébouriffé comme s'il s'était passé la main dans les cheveux. Sa cravate avait tourné et le nœud disparaissait sous son col de chemise. Il tenait la tête baissée et voûtait les épaules. Il avait l'air exténué.

Harry désigna du doigt le garage aux hommes qui se précipitaient et se porta à la rencontre de leur patron. A son approche, Jannings leva la tête mais ne s'arrêta pas.

– Vous avez de la suite dans les idées, n'est-ce pas, Callahan? lui lança-t-il en passant devant lui.

– C'est mon boulot. Vous vous rappelez?

Cette fois, Jannings s'immobilisa et, lentement, pivota sur lui-même.

– Que me voulez-vous?

Il y avait dans sa voix plus de fatigue et de tension que de colère.

– Je veux savoir pourquoi vous traînez les pieds dans cette enquête.

Jannings fit un pas vers Harry.

– Je fais tout ce que je peux. Tous les hommes disponibles sont dans la rue. J'ai fait tripler les rondes. On a annulé les congés et les permissions. Nous faisons plus d'heures supplémentaires que la municipalité n'aura les moyens de les payer. Nous capturerons ce maniaque.

Maniaque? Harry scruta le visage et les yeux de Jannings. La lassitude, la tension, l'exaspération se conjuguaient pour en faire un masque impénétrable.

– Vous ne croyez quand même pas que ce sont des assassinats commis au hasard?

Jannings haussa imperceptiblement le ton.

– Pour le moment, je ne rejette aucune théorie. Je suis toutes les pistes possibles. Et, au cas où vous ne vous en seriez pas aperçu, aucune trêve n'a été déclarée en ce qui concerne les agressions, les vols à la tire, les cambriolages, la conduite en état d'ivresse et autres délits indignes de l'honneur des grosses manchettes, qui sont notre lot quotidien et que dédaignent superbement les caïds de la Criminelle. Nous faisons de notre mieux, Monsieur la Grande Gueule.

Le masque commençait à s'effriter, laissant se débonder une rage brûlante, sauvage. Mais n'y avait-il pas aussi autre chose que de la rage?

– Ce n'est pas suffisant.

Harry avait fait un sort à chaque mot.

Le cou de Jannings prit une teinte ponceau au-dessus de son col.

– Callahan, pour la dernière fois – je répète : la dernière fois –, vous êtes sur un territoire qui n'est pas du ressort de votre juridiction. (Ce n'était plus seulement son cou, c'était maintenant ses joues qui s'enflammaient jusqu'à la broussaille de ses sourcils.) Cette affaire n'est pas de votre compétence. Vous n'avez pas à vous en mêler. (Son front avait maintenant la même teinte ponceau que son cou.) Je vous aurai prévenu.

Il fit brusquement demi-tour et se remit en marche.

Harry le héla :

– Eh! Jannings!

Le chef de la police fit à nouveau volte-face. Il y avait quelque chose dans son regard que Callahan ne parvenait pas à identifier.

– Vous ne me demandez pas pourquoi j'étais ici?

Jannings rejeta la tête en arrière, ouvrit la bouche et laissa échapper un grondement. Les tendons de sa gorge saillaient. De l'écume se formait aux commissures de ses lèvres. Ce grognement sourd et guttural cessa aussi subitement qu'il avait commencé. Le chef de la police rentra sa tête dans ses épaules, ses poings se nouèrent. Et il chargea.

Harry, d'un pas de côté, l'évita aisément. Jannings virevolta et son bras amorça à l'aveuglette un moulinet que Callahan n'eut pas plus de peine à esquiver. Il se prépara à parer un nouvel assaut mais celui-ci ne vint pas. Deux agents s'étaient précipités et s'efforçaient d'immobiliser leur supérieur qui, hors de lui, accablait Harry d'invectives :

– Saloperie! Sacré foutu fils de pute!

Se détournant, Harry les laissa se battre et se débattre et remonta dans sa voiture.

Il savait désormais ce qui était embusqué derrière la colère de Jannings, sa fatigue et sa tension.

La peur.

Le soleil était bas au-dessus de l'horizon et le bleu du ciel s'était assombri lorsque Jenny s'engagea dans Manning Road. Elle suivit le chemin jusqu'au bout et arriva en vue de la maison délabrée. Les bois alentour étaient touffus et une obscurité totale enveloppait la bicoque. Jenny s'arrêta en prenant soin de se ranger un peu au-delà de l'espace dégagé. Elle resta quelques instants à surveiller les abords. De la lumière filtrait de la fenêtre à droite de la porte. Tout le reste de la maison était éteint.

C'était donc là que vivait Ray. Une demeure qui lui allait comme un gant. Répugnante. Il y a des gens qui ne changent jamais.

C'était la première fois de sa vie que Jenny la voyait, cette maison, et elle se demanda si Ray y avait habité dans sa jeunesse. Y avait-elle passé son adolescence? Y avait-elle vécu avec ses parents? Y avait-elle passé ses nuits, y avait-elle rêvé ses rêves de jeune fille, y avait-elle connu les moments de mélancolie et d'allégresse que connaissent les jeunes filles? Y avait-elle passé des nuits blanches en proie à ses frayeurs de jeune fille, exaltée par ses espoirs de jeune fille? Lui était-il arrivé de se glisser furtivement dans la salle d'eau dans le calme de l'aurore pour se regarder dans la glace et examiner derrière la porte close les métamorphoses de son corps de jeune fille? S'était-elle interrogée sur la signification véritable de l'épaississement de sa toison pubienne, du galbe qui lui arrondissait la croupe, de la poussée de ses seins? Avait-elle caressé ces zones de son corps en pleine mue, avait-elle été fière de ces transformations, avait-elle éprouvé la certitude qu'elle, et elle seule, était la gardienne et la dispensatrice de ses organes intimes, de ses pensées intimes, de ses sentiments intimes?

Jenny se demandait aussi s'il était un jour arrivé à Ray, plantée devant la même glace de la même salle de bains derrière la porte verrouillée, de faire le compte des meurtrissures, des égratignures et des traces de morsures qui marquaient sa chair. S'il lui était un jour arrivé de se frotter frénétiquement sous le jet d'une douche brûlante pour laver son corps du sable incrusté, du sang et de la honte.

Jenny entendait le bruissement de l'océan bien que l'océan fût loin, bien loin d'ici, et elle ne l'ignorait pas. Elle l'entendrait toujours. Elle serait toujours en mesure de s'ensevelir dans l'inéluctable mouvance de son flux et de son reflux, dans la paix de ses profondeurs, dans la sécurité de ses ondulations infinies.

L'océan l'avait sauvée, cette nuit-là.

Il ne l'avait pas abandonnée. Il ne l'avait pas quittée un seul instant. Et il ne l'avait pas quittée depuis. Il lui avait murmuré l'ultime consolation qu'elle écoutait. Il lui donnait l'ultime sérénité qui l'habitait. L'océan serait avec elle à jamais.

La lumière s'éteignit. Pendant un moment, les ténèbres furent totales. Puis une autre lumière, plus faible, les déchirèrent. La fenêtre qui se trouvait à gauche de la porte s'était éclairée.

Jenny sortit ses gants et son revolver de son sac. Elle enfila les premiers et vérifia le barillet du second. Les six cartouches étaient à leur place. Le 38 réintégra le sac dont elle passa la courroie autour de son épaule. Elle était prête. Le moment était venu de passer à l'action.

Elle ouvrit avec précaution la portière, la referma sans bruit et se dirigea lentement vers la maison en prenant soin de rester à couvert le long des arbres qui bordaient la petite route. Au début, elle eut une impression de silence mais à mesure qu'elle approchait de la baraque lépreuse, elle se rendit compte que la nuit était peuplée de bruits – grésillements de nuées d'insectes, froissements de feuilles, craquements de branches. L'herbe du sous-bois était haute et épaisse mais elle y discernait des mouvements. Des bestioles qui voltigeaient, qui rampaient, qui s'enfuyaient.

Elle atteignit la limite des arbres. Il y avait maintenant un espace dégagé qu'elle devait traverser. Pas très large. La lumière venant de la seconde fenêtre avait beau être moins forte que celle de la première, sa clarté était suffisante pour que quelqu'un puisse la voir. Pendant plusieurs secondes, elle serait vulnérable. Il fallait partir du postulat que Ray se tenait sur ses gardes. Après Kruger, elle ne pouvait pas ne pas avoir deviné. Peut-être même était-elle en train d'attendre Jenny. En salivant d'avance.

Jenny se souvenait du jour où tout avait commencé. Une journée ordinaire, une journée banale comme tant d'autres qu'elle avait vécues depuis qu'elle était au campus de San Paulo, l'annexe de l'université de San Francisco. Elle préparait une thèse sur l'histoire de l'art. Déjà à cette époque, elle voulait peindre mais elle tenait à entrer dans l'enseignement pour assurer la matérielle. Elle était une étudiante modèle. Des résultats supérieurs à la moyenne, des activités extrascolaires et, comme, en outre, elle travaillait à temps partiel dans une garderie, elle avait son autonomie financière. En ce temps-là, le monde rayonnait de joie et elle était heureuse. Chaque jour était rempli de bonheur, de promesses, de découvertes.

Bien sûr, elle avait aussi des problèmes. De petits problèmes. Mais il fallait les surmonter et n'est-ce pas ainsi que l'on acquiert de l'expérience?

Une autre fille travaillait à la garderie. Une fille du coin. Dès leur première rencontre, Jenny avait été sensible à l'animosité et à la rancœur qui l'animaient. Une nature violente. Une curieuse fille. Grossière et parfois mal embouchée. Mais qui savait aussi, parfois, être pleine de drôlerie. Distante et renfrognée mais, quelquefois, cordiale et loquace. On ne savait jamais quelle personnalité elle assumerait. Il lui arrivait d'en changer plusieurs fois le même jour. Jenny essayait de son mieux de la cerner. Peut-être pourrait-elle finir par être une amie pour elle. Peut-être était-ce d'amitié que cette fille avait besoin. Comme tout le monde. Une amie. Quelqu'un à qui parler. A comprendre.

Un jour – un jour spécialement ensoleillé et venteux, Jenny se le rappelait –, elle l'avait abordée. Souriante, riant aux éclats, faisant des plaisanteries sur le couple qui dirigeait la garderie. Et puis, elle lui avait posé une question. Une petite question toute bête sans arrière-pensée particulière.

C'était, du moins, ce que Jenny avait cru.

Elle se rappelait tout. Parfaitement. Chaque mot. Chaque geste. Chaque intonation. Comment avait-elle pu être aussi cruche? C'était tellement évident! Pourquoi n'avait-elle pas compris?

– Tu viens à cette boum dont je t'ai parlé? lui avait demandé la fille, ce jour-là. Tu n'as pas de souci à te faire pour rentrer, je te raccompagnerai.

– Non, Ray, c'est impossible, avait répondu Jenny. J'attends ma sœur. Elle doit passer le week-end avec moi.

– Ah ben, ça alors! C'est un peu chouette. Mais, dis voir un peu, ta frangine, c'est aussi une mauviette d'étudiante comme toi?

– Non, elle n'est pas encore étudiante. Elle est seulement en terminale.

– Ecoute, te casse pas le tronc. Tu n'as qu'à l'amener. Plus on est de fous plus on rit.

– Non, Ray, ne compte pas sur moi.

– Non, mais t'en fais des falbalas! C'est parce qu'on est des péquenots que tu ne veux pas? Hein? C'est ça? Les gens d'ici ne sont pas assez bons pour toi?

– Mais pas du tout, Ray! Tu te méprends complètement. Je n'ai jamais voulu dire cela.

– Alors, tu n'as qu'à venir.

– Eh bien... tu conduis?

– Dame!

– Tu nous ramèneras à mon dortoir?

– Je te l'ai dit, oui ou non?

– Et tu nous reconduiras quand nous aurons envie de partir?

– Ah! Ce que tu peux être chiante, toi, alors! Tu viens ou tu viens pas?

– Eh bien, c'est d'accord. Nous irons. Mais il faut que les choses soient bien claires entre nous. Nous partirons tôt.

– Compris. Vous vous tirerez quand vous en aurez envie. Mais qui sait? Peut-être que vous prendrez votre pied, ta sœur et toi.

Jenny se remémorait cette brève et banale conversation. Elle avait été d'une stupidité rare. Les intonations, les expressions faciales, les vérités... Pourquoi y avait-elle été sourde et aveugle? Pourquoi n'avait-elle pas tout de suite compris?

Sinon pour elle, au moins pour Elizabeth.

Dorénavant, il était trop tard. Maintenant, elle ne pouvait rien faire d'autre que ce qu'elle faisait. Ce qu'elle avait décidé de faire. Prendre sa revanche. Régler les comptes. Il ne s'agissait pas de justice mais de vengeance.

Son sac serré contre son flanc, elle émergea de l'ombre protectrice des arbres, franchit la bande de terrain découvert et se colla contre la façade rugueuse de la maison.

Elle tendit l'oreille. Rien. Pas un son. Pas un mouvement.

Elle se glissa furtivement vers la porte et posa précautionneusement le pied sur la première des deux marches que son poids ne fit même pas craquer. Elle passa à la deuxième. Toujours aucun bruit. Au moment où elle tendait la main vers la poignée, elle entendit crisser les pneus d'une voiture qui s'engageait sur le mauvais chemin. Elle se retourna et vit des phares.

D'un bond, elle sauta au bas des marches et se rua de l'autre côté de la maison. A présent, elle ne faisait qu'un avec le mur latéral contre lequel son corps se plaquait. Là, le bois arrivait au ras de la bicoque et elle sentait des branches frôler son anorak et son pantalon. Se faisant aussi petite que possible, elle prit son mal en patience.

Mick s'était affalé sur le canapé. Après toutes les bières qu'il avait ingurgitées, il avait senti l'assoupissement le gagner et avait décidé de faire un somme, laissant à Ray le soin de monter la garde au cas où Jenny surgirait. Mais Ray était venue dans le séjour et, assise en face lui, elle le regardait dormir. Elle regardait ses lèvres s'écarter insensiblement chaque fois qu'il respirait. L'air qu'il inhalait bruissait en se coulant dans ses narines et dans sa gorge, c'était presque un ronflement. Elle regardait son estomac se soulever à chaque inspiration.

Se levant du fauteuil couturé dans lequel elle s'était installée, elle laissa tomber son pistolet sur le coussin et s'approcha du divan sur la pointe des pieds. Elle regardait Mick respirer. Elle regardait son corps se contracter et se détendre à chaque inspiration, à chaque expiration. Se penchant en avant, elle retira délicatement l'automatique glissé dans la ceinture de Mick, le posa sans bruit sur la table basse cabossée, puis enjamba le corps de l'homme endormi. Elle inséra un genou entre le dossier du canapé et le flanc de Mick – il y avait tout juste la place –, fit porter avec précaution le poids de son corps sur sa jambe repliée et s'inséra dans cet espace exigu. Elle s'immobilisa. Quand elle fut sûre de ne pas avoir troublé le sommeil de Mick, elle s'allongea contre lui et, souriant, repoussa une mèche qui pendait sur le large front du garçon. Elle approcha sa tête pour voir son visage de plus près et se pelotonna davantage contre lui.

Harry avait remarqué l'Oldsmobile Firenza grise et était descendu pour l'inspecter. N'y ayant rien trouvé de particulier, il revint à sa voiture, appela le commissariat par radio et demanda à être mis en communication avec Bennett. Il fallut quelques minutes à celui-ci pour prendre contact.

– Ici Bennett, inspecteur. Que puis-je pour votre service?

– Que vous vérifiiez les cordonnées d'une plaque minéralogique. Immatriculation californienne, numéro 1AQ175. Vous avez noté?

– Oui, inspecteur. Mais qu'est-ce que...

– Je vous expliquerai plus tard.

Harry raccrocha et se dirigea vers la maison.

Il y avait quelqu'un à l'intérieur: c'était allumé dans le séjour. Il allait peut-être avoir l'occasion de poser les quelques questions qui le turlupinaient, cette fois. Voire d'obtenir quelques réponses.

Jenny entendit la voiture s'arrêter. Elle entendit la portière s'ouvrir et se refermer. Elle entendit des pas. Quelqu'un s'approchait de la maison. Elle retint son souffle, se demandant si elle ne devait pas essayer de se mettre à couvert dans le bois. Elle s'écarta de quelques centimètres. Aussitôt, elle sentit les feuilles caresser son cou et sa joue. Elle entendit aussi craquer des branches. Elle s'immobilisa immédiatement et s'aplatit à nouveau contre le mur.

Ray effleura d'une main légère le front de Mick et entreprit de déboutonner sa chemise débraillée. Sa bouche effleura la poitrine imberbe de l'homme. Elle se serra contre lui, posa doucement une jambe sur les siennes et commença à lui caresser l'épaule, le bras, la cuisse, en se frottant contre lui.

Au moment où elle se mettait en devoir de défaire la boucle de sa ceinture, il se réveilla. Ses yeux s'écarquillèrent à la vue du visage penché au-dessus du sien et ses lèvres se retroussèrent, découvrant ses dents, quand il sentit Ray collée contre lui. L'hébétude du réveil se dissipa totalement.

– Non, mais qu'est-ce que tu fous? gronda-t-il, et il posa son regard sur la femme qui s'escrimait sur sa ceinture.

Elle se pétrifia, surprise et brusquement effrayée.

Mick l'empoigna par la chemise et tira brutalement dessus en se contorsionnant pour se dégager. Ray décolla du canapé en vol plané. Son dos et sa tête heurtèrent avec violence la petite table bancale.

– Attends une minute, Mick! s'écria-t-elle. Tu n'as pas compris. Je voulais seulement...

Elle se mit debout tant bien que mal tandis que Mick sautait sur ses pieds. Quand elle eut retrouvé la position verticale, il la gifla à toute volée. Elle accusa le coup et avant qu'elle ait pu placer un mot ou crier, il réitéra du revers de la main. Elle perdit l'équilibre et poussa un glapissement de douleur lorsque sa cage thoracique entra en collision avec le coin de la table.

– Saloperie! Ne remets jamais plus la main sur moi, t'as pigé? hurla-t-il.

Et la relevant, Mick la catapulta contre le mur de la pièce.

Sous la puissance de l'impact, les poumons de Ray se vidèrent. Toussotant, elle tenta de s'expliquer mais elle était incapable de proférer un son. Le sang qui coulait de son nez et ruisselait le long de sa bouche s'étalait en flaque sur le plancher.

Mick se rua sur elle et elle exhala un gémissement quand son pied s'écrasa sur sa cuisse. Comme elle y portait la main, il lui lança un autre coup de pied dans le ventre.

Elle suffoquait mais demeurait roulée sur elle-même en chien de fusil pour se protéger de la correction qu'elle sentait venir.

Mick, à présent campé devant elle, la dominait de toute sa taille.

– Salope! je te... je te...

La fureur qui l'étranglait le rendait muet. Les coups de pied pleuvaient en avalanche.

Soudain, la porte d'entrée béa, fracassée.

Harry entendit crier au moment où il approchait de la maison. Il avait déjà entendu des hurlements de ce genre. Pas très souvent et jamais avec une telle intensité, une pareille violence, mais aucun doute n'était possible : quelqu'un était en train de se faire massacrer.

Il sortit son Magnum, enfonça la mauvaise porte et entra comme une tornade. Il lui suffit de trois enjambées pour surgir dans le séjour où, roulée en boule dans un coin, Ray Parkins se tordait sous une meurtrière avalanche de coups de pied.

Harry, l'arme au poing, s'apprêtait à ordonner au

jeune homme trapu et athlétique qui se livrait à ces sévices d'arrêter sur-le-champ quand ce dernier fit volte-face et, d'un coup de pied fulgurant, fit voler le Magnum à l'autre bout de la pièce.

Avant que Harry ait pu réagir, il pivota sur lui-même, bondit, et son autre pied atterrit en plein dans le plexus solaire de Callahan dont les poumons se vidèrent tandis qu'une boule de feu lui explosait dans la poitrine. Projeté en arrière, il alla s'écraser contre le montant de la porte. En un clin d'œil, l'autre était déjà sur lui. Sous l'attaque, Harry s'affaissa. Son adversaire poussa son avantage et l'averse de coups de pied redoubla. Le policier comprit immédiatement qu'il était impératif qu'il se relève, faute de quoi le combat serait trop inégal. Et il savait aussi que ce type, quel qu'il fût, était animé d'une rage si aveugle qu'il ne s'arrêterait pas avant qu'un certain inspecteur Harry Callahan de la police de San Francisco soit transformé en viande froide.

Roulant sur lui-même, il gagna quelques secondes de répit mais le guss le rattrapa et remit ça. Il frappait frénétiquement, visant la poitrine, le ventre, le dos, et c'était chaque fois comme un coup de marteau. Les côtes de Harry ne tiendraient pas longtemps à ce régime. Et si jamais sa gorge ou sa tête était touchée, c'en serait fait.

Il roula à nouveau sur lui-même mais, cette fois, en direction de son tortionnaire, heurtant de plein fouet la jambe qui servait de pivot à ce dernier pendant qu'il allongeait l'autre. Il ne réussit pas à le faire tomber, seulement à le faire vaciller mais, derechef, il gagna encore ainsi quelques précieuses secondes. Le policier se dressa sur ses genoux, profitant de ce que le fou furieux reprenait son équilibre, et quand la séance recommença, il put parer les coups de pied avec ses avant-bras. En même temps, il calculait leur rythme.

A un moment donné, alors que l'autre avait déjà la jambe à moitié levée, il parvint d'un bond à se ramasser sur lui-même. Ne pouvant réagir à temps, l'assaillant continua sur sa lancée et Harry l'agrippa par la cheville, la tordit brutalement tout en se redressant et souleva le type qui fit un soleil et s'aplatit sur la table basse, la faisant voler en morceaux. Il se remit rapidement debout, plus commotionné qu'autre chose.

En l'espace d'une seconde, Harry passa à la contre-attaque, le clouant sur place par une série de jabs dont le dernier, particulièrement efficace, fut suivi d'un crochet du droit qui s'écrasa sur le nez du teigneux. Un crochet du gauche le sonna et un gauche-droite le fit se plier en deux. Mais avant de l'étendre pour le compte, Harry fut pris à partie par-derrière : quelqu'un s'était jeté sur lui et lui martelait la tête de ses poings.

D'une violente secousse, il se débarrassa de son agresseur, l'expédiant à terre, et se retourna. L'agresseur n'était autre que Ray Parkins qui, toute meurtrie et sanguinolente qu'elle fût, se mit à l'agonir d'insultes :

– Le touche pas, fumier!

Harry n'en croyait pas ses oreilles. Il s'en était fallu de peu qu'il l'éventre à coups de pied et elle prenait sa défense!

Comme il lui tournait le dos pour en finir avec le loubard, Ray repartit à l'assaut. Callahan n'avait pas le temps de lui expliquer quoi que ce fût et ne pouvait se permettre d'entamer un pugilat avec elle. Ce répit aurait donné à son copain le temps de reprendre ses esprits. Ce type était un fou dangereux.

Harry repoussa Ray à bout de bras et d'un sec direct du gauche bien appliqué la fit s'étaler les quatre fers en l'air. Elle acheva sa trajectoire en heurtant le mur.

Son ami mit cet intermède à profit pour se relever. Comme il secouait la tête pour tenter de s'éclaircir les idées, Harry lui expédia son droit dans le ventre, puis son gauche dans la tempe.

Le type s'écroula et ne bougea plus.

Harry reprit son souffle et récupéra son Magnum. Comme il le remettait dans son étui, il vit Ray, rampant au milieu des débris de la table, s'approcher de l'homme qui avait failli la tuer pour le réconforter. S'agenouillant à côté de lui, elle lui souleva la tête, la posa sur ses cuisses et essuya ses yeux et sa bouche ensanglantés.

– Mick? Tu es blessé, mon cœur? Mickey? (Elle leva la tête vers Harry. La haine flamboyait dans ses yeux.) Tu lui as fait du mal, espèce d'ordure, vociféra-t-elle. Pour ça, je te tuerai. (Elle reporta son attention sur l'homme groggy.) Mick... mon petit Mick chéri...

Harry marcha sur le couple et força Ray à se redresser.

– Je suis officier de police. J'ai quelques questions à te poser et il y a intérêt à ce que tu répondes.

– J'ai rien à te dire, enculé de flic. Je causerai qu'en présence de mon avocat.

Le voyou revenait à lui, crachotant et gargouillant. Harry le souleva par les cheveux pour le remettre sur ses pieds.

– Toi, tu viens avec moi, petit saligaud.

Le voyou avait la langue qui lui sortait de la bouche et les yeux qui se croisaient les bras mais son attitude demeurait insolente.

– Cause à mon cul, laissa-t-il tomber d'une voix hachée.

Harry l'envoya dinguer contre le mur sur lequel il rebondit, puis le poussa hors de la pièce.

– Je reviendrai, lança Mick à Ray tandis que l'inspecteur l'entraînait.

– Où que tu l'emmènes, pourri? (Elle se précipita jusqu'à la porte.) Callahan regagnait sa voiture en remorquant son prisonnier. Je vais voir un avocat, eh, dégueulasse! Il sera libéré demain et on portera plainte, sale con!

Harry mit le contact et démarra.

Quand la voiture eut disparu, engloutie dans l'obscurité, elle rentra dans la cuisine et, les genoux flageolants, alla s'appuyer contre le réfrigérateur. D'un revers de manche, elle essuya le sang qui suintait de son nez et de ses lèvres et resta un moment immobile pour récupérer. Quand sa respiration eut retrouvé son rythme normal, elle sortit une boîte de bière, referma la porte du frigo contre laquelle elle s'adossa à nouveau, les jambes molles, et tira sur la languette. La bière jaillit de l'orifice, dégoulinant le long de ses doigts mais, sans y prêter attention, elle avala une longue rasade. Elle bavait, de la mousse lui coulait sur le menton, sur la poitrine. Le filet de liquide glacé qui ruisselait entre ses seins la chatouillait, lui arrachant un rire nerveux.

Se sentant maintenant un peu plus assurée sur ses jambes, elle se décolla du réfrigérateur qui lui servait d'appui, se traîna comme elle put jusqu'au séjour, se laissa choir sur le canapé et s'y allongea.

Ses cuisses, ses côtes, son dos commençaient à la lanciner. Sûr qu'elle aurait une tripotée de bleus, demain matin! Probable qu'elle serait forcée de se faire porter pâle et de manquer encore une journée. Avec la paye qui lui passerait sous le nez. Et puis merde! N'importe comment, elle avait autre chose à faire demain. Dénicher un débardot à la coule pour faire sortir Mick de cabane, et d'une. C'était plus important que tout le reste. Elle posa sa bière par terre et défit les lacets de ses croquenots. Quand elle les eut retirés et eut ôté ses chaussettes, elle s'empara à nouveau de la boîte de bière et but un bon coup en se rallongeant et en agitant ses doigts de pied.

Au moment où elle rabaissait le bras, elle distingua une silhouette dans l'ombre de la cuisine. L'espace d'un instant, elle crut que c'était Mick qui revenait après avoir réglé son compte à l'autre pourriture de flic. Mais la personne s'avança et entra dans la pièce.

C'était elle.

Ray sourit.

– Alors, comme ça, elle est ici, la garce?

Jenny avait sorti son revolver de son sac avant de franchir le seuil de la porte défoncée. Le bras le long du corps, le tenant en main, les doigts étreignant légèrement la crosse, elle regardait la créature ricanante vautrée sur le canapé dans la pièce chichement éclairée, la créature infra-humaine, la tarée qui avait joué un rôle clé dans sa tragédie, l'un des personnages centraux qui avait brisé l'existence d'Elizabeth, l'avait cassée, avait fait d'elle un être réduit à l'état végétatif.

Cette raclure qui ne la connaissait qu'à peine et qui n'avait jamais vu Elizabeth. Jamais. Pas une seule fois elle n'avait posé les yeux sur l'adorable, la délicieuse enfant qui n'était que joie de vivre et tendresse. Cette enfant qui n'existait plus. Qui n'était plus à présent qu'une coquille vide et desséchée. Un légume.

Cette... cette chose qui faisait face à Jenny n'était peut-être pas l'instigatrice de l'horreur mais elle avait indiscutablement été la dispensatrice du baiser de Judas.

Cette certitude fit presque craquer Jenny. Elle commença à trembler. Elle voulait parler mais elle en fut incapable. Le seul son de sa voix aurait peut-être sapé sa résolution. Il ne fallait surtout pas risquer de mettre en danger sa détermination.

Jenny aurait pourtant voulu parler. Poser la question qui avait fini par devenir la hantise, l'obsession du sommeil de ses nuits et des rêves de ses journées.

Pourquoi? aurait-elle voulu demander.

Pourquoi avait-elle fait cela?

Elle dévisagea Ray. Le sourire de celle-ci s'était encore élargi. Ses yeux n'étaient plus que deux fentes railleuses. Comme si elle avait lu dans les pensées de Jenny et les tournait en dérision.

Son sourire se transforma en un rire gouailleur, strident et caquetant.

Jenny se rappelait parfaitement ce gloussement méprisant et dégradant. Son staccato avait été le fond sonore de ces heures de torture et de souillure. Sévices sur sévices, profanations à répétition, un martyre qui paraissait devoir se poursuivre éternellement. Visages bestiaux et cruels qui la lorgnaient, égrillards. Fronts gluants de sueur. Cheveux hirsutes. Mâchoires flasques. Les coups. Les plaisanteries. Les fanfaronnades. Et les insultes. Les blasphèmes et les injures obscènes, venimeuses, outrageantes. Et la violence. En plus de la brutale sauvagerie de la pénétration, de l'enjambement, des coups de boutoir, il y avait encore les horions, les claques, la chair que l'on pince et que l'on tord. L'étau des mains autour des poignets et des chevilles, les mains en bâillon qui écrasent la bouche. Elle avait essayé de hurler mais les paumes plaquées sur ses lèvres ne laissaient filtrer aucun son. Elle avait essayé de les mordre et le seul résultat avait été d'autres coups assenés par d'autres mains. Elle avait tordu le cou pour pouvoir voir sa sœur. Pas de mains qui l'immobilisaient mais Elizabeth ne bougeait pas. Ses paupières ne battaient pas. Ses yeux étaient vacants. Sa bouche était libre mais elle ne criait pas.

Jenny se rappelait les larmes qui avaient alors jailli de ses yeux.

Les bêtes fauves qui la dévoraient avaient marqué une pause, se préparant pour l'assaut suivant.

De toutes ses forces, elle avait essayé d'entendre le bruissement de la mer mais le caquètement l'en avait empêchée. Soudain, il s'était arrêté et transformé en mots. Triomphaux, débordants d'une exultation haineuse.

– Défoncez-la, cette garce! C'est-y pas du nanan, une chagate de pisseuse d'étudiante vertueuse à l'abattage?

Le caquètement recommença.

Mais, maintenant, devant Jenny.

Le rire s'interrompit et Ray jeta un bref coup d'œil en direction du plancher jonché de débris. Son automatique posé sur le fauteuil du côté opposé de la pièce était hors de son atteinte mais le 9 mm de Mick devait être quelque part tout près.

Elle le repéra et évalua la distance qui l'en séparait. Une distance relativement conséquente mais en faisant très vite... Maintenant, pendant que l'autre garce se faisait son cinéma.

Jenny chassa le rêve qui avait fait intrusion dans son esprit et son regard se désembruma. Elle étudia Ray. Quelque chose dans la physionomie de celle-ci avait changé. Quelque chose s'était modifié dans ses yeux. Il y brillait une lueur calculatrice, rusée.

Ray remarqua que Jenny n'était plus dans le cirage et lui lança, sarcastique :

– Et dis-moi... comme elle va, ta pute de frangine ?

Jenny eut l'impression qu'une lame ébréchée lui transperçait le cœur.

Ray lui expédia la boîte de bière dans la figure et, bondissant hors du canapé, plongea sur le revolver.

Jenny esquiva le projectile d'un mouvement de tête. Un peu de bière éclaboussa ses joues. Elle tendit les deux bras en avant et fit feu.

La balle atteignit Ray en plein front, juste au-dessus de l'œil gauche, arrachant au passage des fragments de peau et des esquilles d'os tandis que fusait un jet de sang, et ressortit derrière le crâne, projetant des morceaux de cervelle sur le canapé pisseux qui montrait sa trame.

Les convulsions de l'agonie la firent se contorsionner.

Jenny s'avança, se campa devant elle, les bras toujours tendus et appuya à nouveau sur la détente. Le corps de Ray cessa de se tortiller.

La meurtrière exhala un long soupir et la crispation qui lui contractait les membres et le ventre se dissipa. Quand elle se retourna pour sortir, elle tressaillit : quelqu'un la regardait. Elle leva son arme.

C'est alors qu'elle se rendit compte que ce n'était qu'un miroir.

Elle examina son reflet. Les jambes écartées en semi-flexion. Les bras rigides. Les mains immobiles qui ne frissonnaient même pas. Le trou noir du canon du revolver. Son visage au-dessus de l'arme et derrière elle.

Et, surtout, ses yeux.

Elle tira.

La glace vola en éclats.

Jenny sortit en courant avec, dans les oreilles, le tintement discordant des morceaux de verre émiettés.

14

Après avoir passé les menottes à son prisonnier, Harry fila directement au poste de police. Le voyou ne pipait mot. Il refusa de décliner son identité. Il n'injuriait même pas l'inspecteur.

Harry avait l'impression qu'il ne lui était pas totalement inconnu. Des années placées sous le signe de la violence et de la débauche avaient altéré ses traits mais il ressemblait de façon frappante au dernier des garçons de la photo de promotion.

Arrivé au commissariat, il débarqua son passager *manu militari* et, d'une bourrade, lui fit franchir les portes battantes la tête la première, le poussa jusqu'au comptoir et dit au sergent de garde, surpris, de l'incarcérer sous la triple inculpation de rébellion à la force publique, voies de fait à l'encontre d'un représentant de la loi et détention provocatrice d'une sale gueule.

Avant de repartir, il jeta un coup d'œil dans le bureau de Jannings. Il était vide.

La première chose que fit Jenny en rentrant fut de se précipiter dans la salle d'eau et ce fut tout juste si elle ne déchira pas ses vêtements dans la hâte qu'elle mit à se déshabiller. Elle laissa couler la douche jusqu'à ce que l'eau fumât en sortant de la pomme. Alors, elle se plaça sous le jet brûlant qui faisait virer sa peau à l'écarlate, lui pilonnait le crâne, lui massait le cuir chevelu. Ce ne fut que lorsque son corps tout entier eut été bien ébouillanté qu'elle actionna le mélangeur pour refroidir le dosage. Elle se savonna de la tête aux pieds, se fit un shampooing et se rinça à l'eau froide. Elle ne sortit de la douche que quand, suffoquant et grelottant, elle ne put plus tenir davantage.

Après s'être étrillée, elle enfila sa robe de chambre et gagna la salle de séjour. Elle s'immobilisa devant la grande baie panoramique mais ne resta pas longtemps à contempler la mer. Faisant demi-tour, elle s'approcha de son autoportrait, ôta l'étoffe qui dissimulait la toile aux yeux d'éventuels intrus et aux regards désinvoltes, et l'examina attentivement.

L'œuvre avait considérablement avancé. Le visage était presque achevé et il n'y avait presque plus de surfaces vierges.

Jenny s'étudia. Etudia, tout au moins, la représentation qu'elle avait intérieurement d'elle-même. Une citation lui revint en mémoire à propos de l'œil qui ne voit de lui que son reflet.

Elle scruta le tableau.

Ainsi, c'était elle.

Elle se tourna vers le miroir posé à côté de la peinture. Et où elle se voyait aussi.

Ainsi, c'était également elle.

Elle compara les deux images. Les visages. Les yeux.

Sans que son regard quittât le miroir, elle tendit le bras et chercha à tâtons la règle de métal qui se trouvait sur la commode sur laquelle étaient disposés ses instruments de travail.

Elle compara une dernière fois les deux Jenny, puis la règle s'abattit sur le miroir qui se fracassa en une pluie de débris.

Mick était devant le taxiphone du couloir que bordaient les cellules. Quand il aurait passé le coup de fil qu'il avait été autorisé à passer, le policier debout à quelques pas de lui le reconduirait à la sienne.

Il glissa une pièce dans la fente et se pencha pour que son gardien ne voie pas le numéro qu'il composait.

Il attendit que la liaison soit établie.

La sonnerie retentit.

Personne ne répondit.

Mick attendit encore. La sonnerie continuait de grelotter.

Toujours pas de réponse.

Il laissa sonner.

Le policier commençait à s'énerver. Il regarda l'heure et décida d'accorder encore deux minutes au prisonnier.

Mick écouta grésiller la sonnerie.

L'agent s'approcha et lui tapota le coude.

– Ça suffit comme ça, mon vieux. Amène-toi.

Mick repoussa sa main et raccrocha rageusement.

Le policier le reconduisit à sa cage.

Jannings exhala un profond soupir et se détendit. Il était chez lui, confortablement assis dans un moelleux fauteuil.

Quel soulagement que le téléphone ait cessé de sonner!

Harry ouvrit la porte et entra dans sa chambre. Figure de Pet, couché par terre, souleva légèrement la tête pour s'assurer que c'était bien lui et reprit son somme interrompu.

Harry enleva son blouson qu'il lança sur une chaise et s'assit sur le lit. Le sommier grinça sous son poids.

Il était fatigué et tout son corps était douloureux. Il savait se servir de ses pieds, ce tordu. Harry avait décidé de le laisser mijoter toute la nuit dans son jus et de l'interroger le lendemain matin mais il n'était pas exagérément optimiste quant aux résultats de cet interrogatoire. Ce zèbre savait la boucler.

Ray Parkins n'était sûrement pas du genre à s'étaler, elle non plus, mais peut-être aurait-il quand même plus de chances de tirer quelque chose d'elle. Qu'elle macère un peu dans son jus, elle aussi. Peut-être retournerait-il la voir plus tard dans la soirée ou tôt demain.

L'affaire commençait à prendre tournure et Harry avait l'impression qu'elle n'était plus très loin de sa conclusion. Mais il résista à la tentation de bâtir des hypothèses et s'efforça de ne plus penser à l'enquête pour le moment. Il ne croyait pas aux théories. C'était une perte de temps et d'énergie. C'était aux faits qu'il croyait, aux faits qu'il faut traquer obstinément jusqu'à ce que l'on arrive à l'unique et ultime conclusion. Les théoriciens pouvaient arriver à n'importe quoi avec un ensemble de faits incomplets. Ou n'arriver nulle part. Ce n'était pas la méthode de travail de Harry Callahan.

Dans l'immédiat, l'inspecteur Harry Callahan avait besoin d'un peu de repos. Et d'une bière. A vrai dire, il avait même plus besoin de quelques bières que de repos. Après, il verrait si, oui ou non, il irait tirer les vers du nez de Ray Parkins au milieu de la nuit.

Les ressorts du sommier gémirent quand il se leva pour aller jusqu'au petit réfrigérateur installé à l'autre bout de la chambre. La pièce obscure s'éclaira quand il ouvrit la porte du frigo.

Il était vide.

Merde! Il allait devoir redescendre. Il se rappelait qu'il y avait une boutique de spiritueux sur Beach Street à quelques blocs de l'hôtel.

Il remit son blouson et ressortit.

La chance lui sourit pour la première fois depuis qu'il avait mis les pieds à San Paulo : il arriva juste avant que la boutique ne ferme. Quand il eut passé la porte pour regagner le *Bahia*, les lumières de la vitrine s'éteignirent.

Il sortit une boîte du pack et s'engagea sur la voie cycliste dominant la grève. La rue était déserte. Il était près de 11 heures et la nuit était un peu trop frisquette pour les amateurs de promenade.

Il regarda les vagues en sirotant sa bière. Ici, l'océan n'était pas le même qu'à San Francisco. Plus nature. Plus commercial, plus spectaculaire, plus délassant, plus calme ou plus agité. Ou peut-être tout ça à la fois. Mais en tout cas, plus frontal et plus direct. Plus mystérieux et plus raisonnable.

Soudain, Harry discerna une silhouette immobile sur la plage, presque à la hauteur de la barre de brisants. Celle d'une femme dont les cheveux blonds flottaient au vent.

Jenny Spenser.

Abandonnant la voie cycliste, il se dirigea vers elle.

Il l'avait presque rejointe quand elle sentit sa présence. Elle avait les yeux fixés sur la ligne d'horizon presque invisible mais elle tourna vivement la tête. Surprise mais pas effrayée, songea Harry. Elle le reconnut et s'abîma à nouveau dans la contemplation de la mer et du ciel enténébrés.

– Un peu tard pour admirer les vagues, fit Harry.

– Je ne pouvais pas dormir.

Il sortit une autre boîte du pack et la lui tendit.

– Une bière?

Elle le regarda, puis regarda la boîte et la prit.

– Merci.

Elle arracha la languette et but.

Harry en fit autant.

– Ce n'est pas très prudent de se balader la nuit toute seule, vous savez.

– La vie est pleine de risques, vous ne croyez pas? répliqua-t-elle doucement.

Ils finirent leurs bières en regardant l'océan.

Jenny brisa le silence:

– Maintenant, je vais rentrer. Encore merci pour les rafraîchissements.

Elle fit demi-tour.

– Vous êtes venue en vélo?

– Non, à pied. Marcher me détend.

– Je vais vous reconduire.

– Vous êtes gentil mais il est inutile de vous donner cette peine.

– Mais si. Rouler me détend.

En route, ni l'un ni l'autre ne parla. Cela convenait parfaitement à Harry qui avait horreur des bavardages à bâtons rompus et qui, par conséquent, n'était pas très doué pour disserter sur la pluie et le beau temps. Jenny Spenser n'avait pas l'air d'être du genre à causer pour ne rien dire, elle non plus, et cela n'était pas pour déplaire à Harry. Mais c'était quelque chose d'autre qui l'attirait chez cette fille. Quelque chose d'indéfinissable et d'énigmatique.

Il lui jeta un coup d'œil en coulisse. Elle était assise contre la portière, les mains posées sur ses genoux serrés (mais pas exagérément), paumes en l'air, les doigts à demi repliés. Elle gardait les yeux fixés droit devant elle mais il semblait que ce qu'elle voyait, personne d'autre qu'elle n'était capable de le voir.

– C'est ici.

La première fois qu'elle ouvrait la bouche depuis qu'elle lui avait indiqué le chemin.

Harry ralentit et stoppa devant une petite maison accrochée à la falaise.

– Merci pour le bout de conduite.

Elle descendit, claqua la portière, fit deux pas, puis s'immobilisa. Harry se préparait à descendre à son tour, se demandant si quelque chose avait effrayé ou bouleversé la jeune femme quand celle-ci se retourna, revint à la voiture, rouvrit la portière et se pencha à l'intérieur.

– Vous n'avez pas envie de quelque chose de plus raide que la bière?

Harry la regarda. Elle avait la peau très pâle et très lisse. Et son expression était à peine moins énigmatique. On y discernait une douceur – presque imperceptible et peut-être éphémère mais qui lui était inhabituelle.

– Avec plaisir.

– Eh bien, venez.

Elle ouvrit, le fit entrer, puis alluma une lampe et enleva son blouson.

– Je dois avoir de la fine quelque part.

Sur ces mots, elle s'éclipsa.

Harry jeta un coup d'œil circulaire dans la pièce. Les deux chevalets disposés en face de la baie panoramique attirèrent immédiatement son attention. L'un d'eux supportait une toile, l'autre était vide. La toile était placée obliquement, sans doute pour être mieux éclairée, de sorte qu'il ne voyait pas ce qui y était peint. Curieux de savoir quel genre de tableaux faisait Jenny, il traversa le living pour s'en approcher. Ce devait être un endroit extra pour une artiste. Une luminosité formidable, l'isolement, le calme et le silence. L'idéal pour se concentrer.

Il fit halte devant la toile et ce qu'il vit le laissa sidéré. Ce qu'il y avait de sûr, c'était que c'était la tête de Jenny Spenser. Merde, il avait beau être un observateur et un investigateur expérimenté... c'était une autre Jenny Spenser. Jenny Spenser en victime de l'holocauste. Ou l'âme de Jenny Spenser dans les flammes de la damnation éternelle. En tout cas, rien à voir avec la jeune femme en train de chercher une bouteille de fine dans la cuisine.

Etait-ce cela qu'on appelait licence poétique? Sacré nom d'un pétard...

C'était une plaie béante qu'il avait sous les yeux.

Harry Callahan n'était pas homme à prétendre qu'il avait tout vu. Et pourtant, il avait à peu près tout vu dans son existence.

Il y avait là quelque chose d'autre.

Il entendit un cliquetis de verres et quelques secondes plus tard, Jenny réapparut.

Elle se figea sur place en le voyant devant la toile. Elle tenait dans chaque main un verre ballon et le liquide ambré qu'ils contenaient clapota pendant qu'elle l'observait en train d'examiner son autre visage.

Mais elle surmonta très vite sa surprise et son embarras, et lui tendit son verre.

Harry le prit.

– Insolite, laissa-t-il tomber en désignant la toile d'un coup de menton.

Jenny sourit – un sourire qui trahissait peut-être une certaine gêne, pensa-t-il – et rabattit le pan d'étoffe protecteur sur son œuvre.

Il se trouva qu'au même moment le regard de Harry se posa sur le plancher à l'endroit du second chevalet et il remarqua les fragments du miroir brisé.

– J'ai pour règle de ne jamais boire avec un critique, expliqua Jenny.

Elle le dévisagea et sourit à nouveau. Un sourire qui, cette fois, coulait de source. Clair et franc. Ils trinquèrent et elle vida son verre. Callahan en fit autant. Il sentit la brûlante morsure de l'alcool dans sa gorge et dans sa poitrine.

Jenny entrouvrit ses lèvres et il eut la certitude

qu'elle se préparait à dire quelque chose mais après une seconde d'hésitation, elle termina le fond de son verre et, se détournant, s'abîma dans la contemplation de l'océan.

La vitre de la baie reflétait son image. Cette jeune femme un peu bizarre semblait toujours plongée dans ses pensées.

Harry porta son verre à ses lèvres. Au même instant, elle lui fit face. Jamais ses grands yeux n'avaient été aussi limpides.

– Avez-vous envie d'être seul cette nuit, Callahan?

Harry baissa le bras et la dévisagea. Elle soutint son regard.

– Moi non plus, dit-elle.

15

– Comme emmerdeur, tu te poses un peu là, mon pote, maugréa l'agent à l'adresse de Mick.

– Tu vas me faire pleurer, eh, S.S. Je veux passer un coup de grelot, merde! Et tout de suite. T'as pigé, bas de la tronche?

L'agent secoua lentement la tête.

– Tu cherches vraiment à faire de la provocation, hein? Jusque-là, j'étais contre les brutalités policières. Mais tu es en train de me faire retourner ma veste, et vite.

– Eh bien, vas-y, poulet, cogne, et avant d'avoir le temps de faire ouf, t'auras une bonne plainte au cul. Comme pour l'autre salope qui m'a emballé. C'est comment son nom?

– Callahan. Et, d'après ce que j'ai entendu dire, tu as encore eu de la chance de pouvoir arriver ici sur tes deux jambes.

– C'est lui qui aura besoin d'en avoir de la chance, et pas qu'un peu.

– Serais-tu en train de proférer des menaces envers un officier de police?

– Je gaspille pas ma salive pour des loquedus comme cézigue et comme toi, eh, pomme! Maintenant, je veux passer mon coup de biniou.

Grinçant des dents, l'agent ouvrit la porte de la cellule et escorta Mick jusqu'au téléphone. Il s'écarta quand celui-ci forma son numéro.

Pas de réponse.

Mick raccrocha et recommença.

Toujours pas de réponse.

– Où c'est qu'il est, bordel! grommela-t-il en reposant brutalement l'écouteur sur sa fourche.

L'agent fit mine de vouloir le ramener dans sa cellule mais Mick se retourna et hurla :

– J'en ai encore un à faire que j'ai pas essayé. Ce qu'il peut être chiatique, ce mec, c'est pas vrai!

Le policier tenta de le calmer mais Mick était dans un état de rage frénétique.

– Je veux le passer maintenant ce coup de bigo. Maintenant, tu comprends? Tu peux pas m'en empêcher. J'y ai droit.

Le policier hésita. Il mourait d'envie de tordre le cou de cette gueule de rat mais il se domina et s'éloigna pour laisser Mick tenter encore une fois de téléphoner.

Le voir battre en retraite rasséréna quelque peu ce dernier. Il reprit sa pièce de 10 cents et la glissa à nouveau dans la fente. Son esprit fonctionnait à plein régime tandis qu'il attendait le déclic. Il fallait à tout prix qu'il joigne quelqu'un qui le tire d'ici. Les choses commençaient à s'embrouiller salement. Il était urgent d'y remettre de l'ordre.

Brusquement, il sourit. Mais oui! Il savait qui il pouvait appeler. Ils étaient encore en compte et ils lui devaient une faveur en souvenir du bon vieux temps. Et comme c'était le mari de leur sœur qui s'était fait dégommer, ils seraient tout disposés à foncer. Ouais, ils feraient parfaitement l'affaire. Question gamberge, on pouvait pas dire qu'ils étaient fufuts mais c'était pas la bonne volonté qui leur manquait.

Il forma le numéro. On décrocha à la troisième sonnerie. Enfin quelqu'un qui répondait!

– Eddie?... C'est moi... Mick. Je me suis fait coffrer. Faut que tu te démerdes pour que je me casse.

Harry se dressa sur son séant. Jenny, couchée sur le flanc à son côté, lui tournait le dos. Il se pencha sur elle avec précaution pour ne pas la déranger afin de voir si elle dormait. Elle avait les yeux fermés.

Il ne savait pas au juste s'il regrettait ou non qu'elle ne soit pas réveillée. Mais une chose était claire : il ne pouvait pas dormir plus longtemps. Il devait partir.

Il la regarda à nouveau. Les épaules de Jenny étaient dénudées et sa peau lisse avait presque la blancheur du drap entortillé autour d'elle. Ses cheveux blonds, répandus sur l'oreiller, flamboyaient.

Gaffe, Callahan, se morigéna Callahan. Méfiance et prudence. Faire son turbin et rester vivant, c'est déjà assez compliqué comme ça.

Il repoussa les draps et se coula hors du lit. Il s'habilla en deux temps trois mouvements, fixa son Magnum sous l'aisselle et sortit de la chambre.

Jenny ouvrit les yeux.

Elle entendit la porte extérieure se refermer presque sans faire de bruit.

Mick poussa d'un coup de pied la porte à double battant du poste de police.

Bennett, qui remplaçait un collègue dont le fils jouait ce soir-là pour la première fois dans l'équipe de football universitaire, leva la tête :

– Eh toi, là-bas, arrête un peu de faire ton mariole, tu veux? lui cria-t-il.

Mick le toisa, lui fit un bras d'honneur et, éclatant d'un rire tonitruant, sortit dans la rue, escorté de ses deux sauveurs.

– Alors, les gars, comme ça, vous avez un petit compte à régler avec ce poulet à la redresse? On peut dire que ça tombe bien.

Les beaux-frères de Kruger opinèrent du menton.

– Tout juste, Auguste, dit Carl, le plus petit des deux. On va lui faire sa fête.

Eddie, le grand, approuva avec force :

– Ouais, je m'en vais te lui filer une avoine dont tu me diras des nouvelles. Attends un peu et tu verras.

– Qu'est-ce que tu veux attendre, patate? gronda Mick. Vous savez où il crèche?

– Tu parles, répondit Carl. On a tout mis au point. Il va salement dérouiller, c'te charogne, fais-moi confiance.

Un large sourire fendit le visage de Mick.

– Eh bien, pourquoi est-ce qu'on perd du temps? En avant toute!

Eddie désigna du doigt la jeep arrêtée devant le commissariat.

Mick leur tapa sur l'épaule et s'élança au pas de course en lançant à tous les échos des « ouahou! » émoustillés. Les deux frères lui emboîtèrent le pas.

Harry referma la porte aussi silencieusement qu'il put et plongea la main dans sa poche à la recherche de ses clés de voiture. Pour regagner la Plymouth, il devait passer devant le minuscule garage attenant à la maison. Il n'y avait guère prêté attention lors de son arrivée mais, cette fois, il y jeta un coup d'œil. Il n'avait jamais vu Jenny que sur sa bicyclette ou à pied et il était vaguement curieux de savoir quelle bagnole elle avait.

Le portail du garage était à moitié levé. Il faisait très sombre à l'intérieur et la nuit était particulièrement noire. Une tempête se préparait et les nuages s'amoncelaient, occultant les étoiles.

Harry voyait quand même assez clair pour distinguer l'arrière de la petite auto. C'était une Oldsmobile Firenza grise. Il parvint à lire son numéro : 1AQ175.

Il tourna la tête vers la maison.

Une Datsun 28 OZX rouge vif stoppa devant l'hôtel *La Bahia* et l'inspecteur Horace King, arborant une mine réjouie, bondit à terre. Il se pencha à l'intérieur du véhicule pour en sortir le Magnum de Taittinger qui reposait sur la banquette arrière et dont la vue lui fit pousser un petit sifflement. Il leva les yeux vers une fenêtre du premier, puis réitéra son plongeon dans les profondeurs de la Datsun, retirant, cette fois, une petite valise et une housse de grosse toile verte munie d'une poignée. Elle recelait son fusil, le Smith and Wesson 3 000.

Toujours sifflotant, il ferma la portière à clé et, tout son attirail à la main, la bouteille sous le coude, l'allure insouciante et dégagée, il entra dans l'hôtel.

Il sifflotait toujours en arrivant à l'étage. Examinant les numéros des portes, il se dirigea vers la chambre de Harry et frappa.

– Callahan ? Allez, debout, ma vieille ! Tu n'as plus à te faire de bile pour ton matricule, tout est arrangé, on en cause plus. Faut fêter ça, Harry. Tu n'as plus à craindre qu'on arrache la peau de ton sale cul pâlichon. Alors, baisse ton pantalon que ta blanche lune éclaire le monde.

Comme Harry ne répondait pas, Horace frappa à nouveau.

– Ouvre, Harry. C'est un ordre d'Horace le...

La porte s'ouvrit brusquement et l'inspecteur King se trouva face à face avec deux gros bras au faciès de brute et un petit poisse ricanant qui avait l'air d'un détraqué.

Le temps se couvre, pensa-t-il.

Les gros-bras avaient chacun un revolver qu'ils braquaient sur sa tête. Horace ne remua pas un muscle et ne dit pas un mot.

Ce con de Harry ! A voir ces affreux à faire le pied de grue dans sa chambre d'hôtel, c'était lui tout craché !

Les deux malabars le tirèrent à l'intérieur et refermèrent.

Horace balaya la pièce des yeux, s'attendant à moitié à voir le corps de Harry par terre – ou des morceaux de son corps. Il ne vit rien et en éprouva un léger soulagement. C'était une éventualité qu'il n'avait pas sérieusement envisagée. Harry était trop peau de vache pour que ces trois barjots soient capables de le liquider. Mais, quand même, il y a toujours un risque. On ne sait jamais, hein?

Horace examina le trio. Allait-il le savoir, maintenant?

Horace n'était pas encore inquiet et, en tout cas, il n'avait pas peur. Callahan pouvait toujours mettre fin à cette plaisanterie. Evidemment, si ç'avait été quelqu'un d'autre que Harry...

Le petit poisse qui paraissait siphonné plongea une main dans la poche arrière de son jean et son bras fulgura.

Il y eut un déclic. De son poing fermé jaillit, étincelante, une lame de vingt centimètres.

Horace savait, maintenant.

– Adieu, mal blanchi, ricana-t-il.

Ne loupe pas ces ordures, Harry. Massacre-les en beauté.

Ce fut la dernière pensée d'Horace.

Harry pila devant la maison de Ray Parkins. L'affaire avait soudain pris un tour bizarre et totalement inattendu. Au diable les théories et les théoriciens! Qu'est-ce que tout cela pouvait bien signifier? Pourquoi la voiture de Jenny Spenser était-elle arrêtée devant chez Ray Parkins au début de la soirée? Pourquoi était-elle rangée à l'écart du chemin et à bonne distance de la baraque? Et où était passée Jenny Spenser? Elle ne se trouvait à ce moment ni dans son auto ni dans la maison. Ray et l'autre petite frappe ignoraient apparemment tout de sa présence et de celle de l'Oldsmobile.

L'enquête avait pris un brusque virage et s'était engagée dans une direction absolument différente. Un, Jannings et son comportement étrange. Deux, son fils et le choix bizarre de ses condisciples. Et maintenant, une voiture arrêtée au dernier endroit où elle aurait dû se trouver à un moment donné et dans son garage à un autre moment.

Toutes ces questions exigeaient des réponses. Et vite. Harry voulait tout savoir. Le passé des différents protagonistes et les rapports qui les liaient. Tout et tout de suite. Cette nuit même. Il allait commencer par Ray Parkins, puis il s'occuperait de Jannings et de son rejeton. Après, ce serait le tour de Jenny Spenser.

Il y avait encore de la lumière dans la maison. Harry appela Ray en franchissant le seuil de la porte fracassée. Personne ne répondit. Il entra dans le séjour. Ray gisait par terre dans une position invraisemblable. Ses membres étaient rigides et Callahan comprit instantanément qu'elle était morte. Il s'approcha du cadavre. Il avait deux trous dans le crâne. Evidemment, ce coup-là, il n'y avait pas eu de valseuses à cartonner.

Quand il se tourna pour localiser le téléphone, il vit le trou que la balle avait fait dans le mur. Il baissa les yeux. Les éclats du miroir brisé lui renvoyèrent le reflet multiplié de son image.

Cela lui rappelait quelque chose. Merde!

Le téléphone était un poste mural installé dans la cuisine. Il composa le numéro du commissariat de San Paulo, quand il eut le standard, il s'identifia et indiqua qu'il voulait signaler un meurtre. On le pria de patienter quelques secondes. Il fut surpris d'entendre la voix de Bennett :

– Inspecteur?

– Je suis content de tomber sur vous, mon vieux. Dites qu'on rapplique illico chez Ray Parkins. Elle commence à sentir le faisandé. J'arrive tout de suite. Qu'on fasse attendre le petit truand que j'ai fait mettre au frais dans la salle d'interrogatoire.

– Ce n'est pas possible, inspecteur.

– Pourquoi donc?

– Il est sorti depuis un moment déjà.

– Qui a versé la caution pour le faire libérer?

– Les beaux-frères de Kruger.

Le visage de Harry se crispa.

– La pêche!

Il s'apprêtait à raccrocher mais Bennett n'en avait pas encore terminé :

– Dites, inspecteur, j'ai eu pas mal de travail mais je vais m'occuper de votre plaque d'immatriculation.

– Ce n'est plus la peine.

– Ah bon. Si vous le dites... Je peux...

Harry coupa la communication.

Jenny était devant la table de toilette de la chambre. Habillée de pied en cap. Elle portait un anorak marron. Son sac à bandoulière était posé sur le secrétaire. Ainsi que six balles de 38. Elle chargea le revolver, puis le glissa dans le sac dont elle suspendit la courroie à son épaule.

En allongeant le bras pour éteindre la lampe de la table de toilette, elle distingua son reflet dans la glace fixée au-dessus de la commode.

Tournant vivement la tête, elle quitta la maison.

– Je sais rien et si j' savais quelque chose, j' vous l' dirai pas. Maintenant, foutez-moi le camp et laissez-moi dormir. Je causerai plus.

Sur ces fortes paroles, Mme Kruger referma le vantail rongé de rouille du magasin au nez de Harry.

Callahan n'avait rien réussi à tirer de la poissonnière mais il était à peu près sûr que ses frères et le demi-sel n'étaient pas dans le secteur. Ou, en tout cas, que, s'ils y étaient, elle l'ignorait.

Il s'éloigna. Une camionnette était garée en stationnement interdit un peu plus loin. Au moment où il passait devant elle, un poing énorme percuta son abdomen.

Il eut l'impression qu'une lame s'enfonçait dans ses tripes et eut comme un vertige. Il essaya de résister au réflexe de se plier en deux mais n'y parvint qu'à moitié. Avant qu'il ait pu faire quoi que ce fût, le poing s'écrasa juste sous son oreille droite et un autre le cueillit au flanc gauche. Il s'effondra sur ses genoux.

Il comprit qu'il avait retrouvé les deux frères.

Et qu'il était dans un foutu merdier.

Il tenta de se relever et encaissa un nouveau coup de poing colossal dans l'épigastre. Il parvint à empoigner le bras qui se trouvait au bout de ce poing et tira d'un coup sec. Un corps s'extirpa du véhicule en vacillant. Harry avait encore un genou en terre. Comme il essayait de se remettre debout, un soulier s'abattit sur sa pommette, projetant sa tête en arrière, et il fut brutalement catapulté contre la camionnette.

Il avait aussi retrouvé son petit truand.

Il glissa la main sous son blouson mais avant d'avoir eu le loisir de sortir son Magnum, le plus petit des deux frères se jeta sur lui et commença à lui balancer des gauche-droite à répétition dans les côtes, lui coupant le souffle. Comme il cherchait à reprendre sa respiration, sa tempe gauche explosa littéralement et il embrassa la surface rugueuse du môle.

Un coup de pied lui broya l'estomac au moment où il se remettait debout. La puissance de l'impact le fit décoller et il retomba sur le sol. Une bile acide et brûlante lui remonta à la gorge, le faisant suffoquer. Tout en essayant de la ravaler, il tâtonna à nouveau sous son blouson mais il n'eut pas le temps de dégainer, des mains robustes le soulevèrent et le remirent sur ses pieds.

Ils ne voulaient pas le tuer trop vite.

Ils voulaient s'amuser un brin.

Mû par un désespoir farouche, sans même viser ni élaborer de tactique, Harry balança de toutes ses forces un swing qui fit merveille. Touché à la pointe du menton, le plus grand des deux frères s'abattit comme un arbre foudroyé.

Mais Callahan fut néanmoins mis dans l'incapacité de dégainer, l'autre frère lui immobilisant les bras par-derrière dans une étreinte d'ours.

Harry virevolta mais, malgré ses efforts, rien à faire pour se décramponner. Un déluge de coups de poing ravageurs martelèrent son sternum et il perdit conscience l'espace d'une seconde ou deux. La douleur était d'une telle intensité qu'elle gommait toutes les autres et une sorte de fausse griserie s'empara de lui. Pendant un instant, il en eut presque un étourdissement.

L'étreinte qui le paralysait se relâcha et il s'effondra. Le choc lui fit recouvrer toute sa lucidité. Les visages des deux frères oscillaient au-dessus de lui. Poussant un bruyant gémissement, il roula sur lui-même et se mit à plat ventre afin que son geste passât inaperçu. Cette fois, il empoigna la crosse du

Magnum et le libéra de l'étui. Il avait le sentiment d'agir avec la rapidité de l'éclair mais la violence croissante de l'agression avait déréglé sa notion du temps.

Son arme lui fut arrachée. Il la vit tomber sur le môle, glisser et disparaître au fond de l'eau dans une gerbe d'éclaboussures.

Le petit truand était maintenant debout devant lui, brandissant... quoi? Une carabine? Un fusil anti-émeute? Un canon scié? Le flingue avait quelque chose de familier. C'était probablement sa crosse qui lui avait si douloureusement broyé le sternum.

Il ricanait, ce tordu.

– Alors, poulet, on dirait que tu es moins flambard, à présent! (La voix s'enfla.) Fumier, va! T'es mort, enculé. T'entends, crevure! T'es mort! (Il leva le fusil.) Putain d'ordure de flic!

La crosse s'abattit une première fois. Puis une deuxième. Puis une troisième tandis que les deux frères se mettaient à bourrer Harry de coups de pied.

Sous cette avalanche, Callahan était lentement repoussé vers le bord du quai. Il se rendait compte qu'il était en sang mais il en était au point où il n'avait même plus mal.

Enfin, Mick cessa de le frapper et fit signe à ses acolytes de le relever.

Quand, le corps flasque, il fut à genoux, maintenu par les malabars, Mick lui expédia le canon de son fusil en pleine figure en exhalant un rire hoquetant.

Harry bascula en arrière. Les beaufs le lâchèrent et il heurta le garde-fou de bois qui courait le long du môle.

Le trio se précipita pour le voir tomber dans le port.

L'océan l'engloutit et il n'y eut plus que des bulles venant crever à la surface de l'eau sombre.

Mick et les frères commencèrent à se tordre de rire.

16

Jenny considérait la porte d'entrée d'une grande résidence de style victorien toute blanche juste en deçà de la limite nord du centre de la ville, le quartier qui avait été le joyau du San Paulo des années 20 et 30. Les deux décennies suivantes, il était encore très respectable. C'était au cours des années 60 et 70 qu'il avait changé, encore qu'il eût été nettement exagéré de parler de déclin. A présent, « renaissance » et « restauration » étaient les maîtres-mots en honneur dans Victor Street. La demeure en question était irréprochablement entretenue.

Jenny avait successivement essayé la porte de service, les fenêtres de derrière et le garage. Tout était bouclé à triple tour, impénétrable. Elle tenait à ce que cette opération soit exécutée, et vite. Chez Ray, elle avait entendu une voix qui l'avait fait frémir. Elle n'avait pas prévu que celui-là serait aussi à San Paulo. Elle l'avait mis sur la liste d'attente, comptant le rechercher plus tard, le retrouver et le détruire où qu'il se trouvât. Lui surtout. Lui plus que tous les autres.

Mais il fallait liquider l'avant-dernier cette nuit

même. Avant le lever du jour. Peut-être y avait-il une minime différence entre lui et les autres mais seulement au niveau de l'intention, pas de l'acte. Or, la seule chose qui comptait pour Jenny pour le moment – et à jamais pour Elizabeth –, c'était l'acte, le crime qui avait été commis.

Avant de retourner à la voiture où elle attendrait que l'occasion se présente, mue par une impulsion irrationnelle, elle essaya quand même la porte principale par acquit de conscience.

Elle n'était pas verrouillée.

Jenny se refusa à examiner les implications et les conséquences possibles de ce fait. Ce qui était important était qu'elle soit ouverte. La proie qu'elle traquait était dans la maison.

Elle entra.

On se serait cru dans un musée. Pas un grain de poussière nulle part. Le vestibule donnait sur un salon – des canapés, des bergères, des causeuses, des guéridons, des tableaux encadrés, des bibelots et des souvenirs à profusion. Dans cette pièce s'inscrivait l'histoire de plusieurs générations. Le décor en était probablement resté inchangé depuis des décennies. Et si Jenny était ici ce soir, c'était pour modifier cette histoire et pour mettre ce décor sens dessus dessous. Elle les transformerait de façon aussi définitive et irréversible que sa sœur et elle l'avaient été.

Elle referma sans bruit, puis traversa tour à tour le vestibule et le grand salon. Celui-ci débouchait sur un petit couloir à trois issues. Directement devant elle, ce devait probablement être la cuisine et l'arrière-cour. A gauche, on apercevait une salle à manger d'apparat, à laquelle faisait face une porte en chêne massif. Close. Jenny présuma qu'elle donnait sur un petit salon ou un cabinet de travail.

Elle sortit le revolver de son sac et, de sa main libre, poussa doucement la lourde porte.

Une lampe Tiffany coiffée d'un abat-jour aux coloris pastel, posée sur une table de bois sculptée à la main, dispensait une clarté diffuse. Les murs disparaissaient sous des rayonnages chargés de livres. Des oiseaux empaillés et des fleurs disposées avec art agrémentaient les coins de la pièce. Les surfaces libres des murs étaient ornées de photographies de caractère officiel et de documents jaunis par l'âge dans des cadres tarabiscotés. Un large et élégant bureau constituait l'élément dominant de l'ameublement que complétaient un canapé de dimensions réduites et deux fauteuils recouverts de velours.

Jenny entra, l'arme au poing.

Quelqu'un était assis dans l'un des fauteuils. Un homme. Il lui tournait le dos et seule sa tête était visible au-dessus du dossier. Des cheveux châtains coupés court, l'amorce d'un cou long et délié.

Elle n'avait aucun mal à imaginer le visage qu'elle ne voyait pas. Le nez mince. Les yeux au regard angoissé. Le dessin d'une bouche indécise. Le menton peu marqué, presque féminin, surmontant la saillie de la pomme d'Adam.

Ce visage, elle le distinguait dans ses moindres détails.

Flottant au-dessus d'elle, se détachant sur le fond de ciel noir, crispé d'effroi, animé de tremblements nerveux, presque fébriles, les joues luisantes de sueur – la sueur de la panique et de la peur.

Elle entendait une voix. Pas la voix de la personne

à qui appartenait ce visage. Non, l'autre. La voix de tout à l'heure. La voix qui la faisait frissonner.

– Tiens bon, Alby!

Voix goguenarde. Méprisante. Provocante.

– Alors, t'es bon à quoi? T'es une tante ou quoi? Vas-y, lopette, vas-y!

Jenny se souvenait du bruit sec d'une claque. Le seul coup qui avait été destiné à quelqu'un d'autre qu'Elizabeth ou elle.

Le visage eut un soubresaut. Il parut se recroqueviller. Et commença à sangloter.

Ses larmes mouillaient les joues de Jenny, se mêlant aux siennes.

Mais il passa à l'acte. La tête ballottante s'approchait tandis que le corps grêle pesait sur elle, s'enfonçait en elle.

Elle prit le revolver à deux mains. Un doigt pressa légèrement la détente. Un autre fit basculer le chien.

Elle contourna le fauteuil.

Le jeune homme à la figure cadavérique en pyjama et robe de chambre, enveloppé d'une couverture, qui y était assis ne broncha pas. Il ne bougeait pas, ne parlait pas, ne cillait pas. Le regard de Jenny se posa sur ses pieds chaussés de pantoufles et elle vit un long tube de plastique qui disparaissait sous le fauteuil. Rempli d'un liquide jaune.

Elle comprit et abaissa son revolver.

– Lâchez ça.

La voix qui avait lancé cet ordre venait de la porte. Une voix cassée. Une voix de vaincu.

Jenny se retourna. Le père d'Alby, le chef de la police, la tenait en joue.

Elle écarta les doigts et le 38 chut sur le tapis avec un bruit sourd.

Ses yeux revinrent à Alby.

– Il ne pouvait pas vivre avec le remords. (Jannings s'approcha et s'immobilisa à côté d'elle devant son fils inconscient.) Les autres vermines s'en moquaient. Mais son sentiment de culpabilité était un acide qui le rongeait. Il l'obsédait, l'obnubilait. (Il dévisagea Jenny.) A vrai dire, il souhaitait que vous reveniez pour vous venger. Il passait des nuits entières debout à attendre. A vous attendre. Et, un jour, il n'a plus pu attendre davantage. Il a pris la voiture et il s'est jeté contre un mur. Alby ne faisait jamais rien comme on doit le faire. Et cette fois encore, il a raté son coup. Il a survécu. Il vit. Si l'on peut appeler cela vivre. (A son tour, Jannings abaissa son arme.) Vous êtes finalement venue. Et il ne le sait même pas.

Il avait fallu longtemps à Jannings pour tenir ce discours mais maintenant qu'il avait commencé, il devait aller jusqu'au bout de sa confession. Il n'en pouvait plus. Il était fatigué de porter ce secret. Les choses approchaient de leur terme. Eh bien, soit... qu'on en finisse!

– C'est ma faute. J'aurais dû accepter qu'il paye... lui et les autres... les autres petites ordures. Mais je n'ai pas pu. C'était mon fils. Mon fils unique. (Faisant un pas en avant, il caressa le front et les cheveux du garçon inerte assis dans le fauteuil.) Sa mère est morte en le mettant au monde. Aussi, il m'était doublement précieux. Il était tout ce qui me restait d'elle.

Jenny faisait de son mieux pour rester sourde à ces propos. Ils risquaient de saper sa détermination. De ruiner le projet qu'elle avait élaboré. Mais elle avait beau faire, les mots s'infiltraient à travers ses défenses.

– J'étais un homme public, poursuivit Jannings. J'avais peur. Peur pour lui. Et pour moi. Alors, j'ai étouffé l'affaire. (Il fixait sur Jenny des yeux tristes, accablés.) Allez-y. Qu'on en finisse.

Non! Le cœur de Jenny cognait dans sa poitrine. Son intelligence et sa mémoire hurlaient. *Non!*

– Il en reste un, dit-elle sur un ton ferme et résolu.

– Ce crapaud baveux, laissez-le-moi. Il est à l'heure qu'il est bouclé dans une cellule. (Jannings commençait à s'animer – la rage montait en lui.) C'est le seul qui a découvert ce que j'ai fait. Il était l'âme damnée d'Alby, il l'a corrompu. Depuis, c'est moi qui suis sa proie. Cela aussi doit finir.

– Tu crois ça, mon vieux Lester?

La voix... Jenny se tourna vivement vers la porte. Il était là, flanqué de deux hommes de haute taille.

Lui...

– A moi de faire, les mecs. En premier. Attendez un peu que je vous montre comment s'y prend un homme.

Les mots surgissaient du passé.

– Allez! Allonge-toi, salope! Et ouvre tes cuisses.

Les mots et leur charge douloureuse. Alors, les coups avaient commencé à pleuvoir.

La souffrance de sa présence, de son contact.

– C'était ça que t'attendais, hein, l'étudiante? Te fais pas de bile, ma poulette, tu seras pas déçue.

La souffrance de l'humiliation et de la torture.

Elle se rappelait tout. De la hâblerie, aussi.

– Lâche ton calibre, Lester. (Comme Jannings ne bougeait pas, Mick se rua sur le fauteuil et colla le canon de son fusil contre la tête d'Alby.) Tu le lâches ou ce qui reste de cervelle à cet amorti éclabousse le parquet.

Le revolver de Jannings tomba à ses pieds.

Mick sourit et fit un pas vers Jenny. Son visage à deux doigts de celui de la jeune femme, il fit dans un murmure rauque :

– Salut, choupette.

Les vagues de plus en plus hautes battaient le môle de San Paulo. Les courants nés de leurs collisions et de leurs reflux engendraient de nouvelles lames, toujours plus creuses et plus écumantes. Leur ressac mordait de plus en plus loin sur la plage et leur déferlement était toujours plus lumineux.

Quelque chose apparut à la surface de la mer en furie sous le môle, flottant au gré des vagues, évitant de justesse les multiples étais de l'infrastructure.

C'était une tête.

A mesure qu'elle dérivait vers la grève, des épaules et un buste devinrent visibles, qui se muèrent en un homme quand il émergea en titubant des flots bouillonnants.

Meurtri, en sang, il s'accrocha à un étrésillon pour recouvrer son esprit et son souffle. Quand il eut suffisamment récupéré, il se mit en marche d'un pas mal assuré.

– Un peu plus et tu faisais tout foirer, Lester, lança Mick, goguenard, au chef de la police. Mais te casse pas le baigneur. Je me charge de rattraper le coup, et le plus beau, c'est que t'auras rien de plus à faire qu'à rester assis sur ton gros cul. (Il ramassa le

38 de Jenny et prit celle-ci par les épaules.) Mais, d'abord, la môme et moi, on va se faire un petit flash-back sur le bon vieux temps. (Il poussa Jenny vers le plus petit des deux frères.) Amène-la, Carl. Et en route.

Jenny trébucha et s'affala contre Carl qui l'empoigna sous l'aisselle pour l'empêcher de tomber. Il accentua la pression et l'entraîna vers la porte.

Jenny ne résista pas mais elle se retourna vers Jannings. Mick et le second frère avancèrent à leur tour en direction de la porte. A peine leur eurent-ils tourné le dos que le chef de la police plongea pour récupérer son pistolet. Carl poussa un cri d'avertissement.

Mick fit volte-face et tira avec l'arme de Jenny. Jannings s'écroula, foudroyé net. Le truand se précipita vers le corps inanimé et, le sourire aux lèvres, actionna le chien du 38.

– Mais t'avais pas dit qu'on ferait son affaire au flic en chef, bordel! protesta Carl.

– T'affole pas, répondit Mick avec un petit gloussement de joie. C'est la prime à tout acheteur. On va juste faire signer ça par la mignonne en y filant sa marque de fabrique.

Mick abaissa le 38 de Jenny et fit feu, visant les organes génitaux du cadavre.

– Et maintenant, on dégage! hurla-t-il en sortant au pas de course.

Les deux frères poussèrent Jenny en avant et suivirent le mouvement.

Maintenant, il n'y avait plus personne dans la pièce en dehors d'Alby, inexpressif et muet, assis à côté du corps sans vie de son père.

La porte de la chambre 213 s'ouvrit toute grande et Harry Callahan, trempé et ruisselant de sang, se rua à l'intérieur. A la lueur du lampadaire qui entrait par les fenêtres, il vit Figure de Pet couché par terre. Sa tête n'était plus qu'une masse informe et ensanglantée mais il respirait encore.

Un peu plus loin, Horace gisait dans une mare de sang noirâtre à demi coagulé. Sa bouche était béante. On l'avait égorgé.

Les yeux de Harry devinrent vitreux.

Il s'approcha de la mauvaise commode, ouvrit le tiroir du bas et en sortit un coffret rectangulaire.

Il l'ouvrit.

A l'intérieur miroitait le Magnum automatique.

Il sortit l'arme meurtrière du cocon de feutrine où elle reposait, saisit un chargeur plein et l'introduisit dans le magasin.

D'une bourrade, Mick fit brutalement choir Jenny sur le sable. Les deux frères pouffèrent quand il posa son fusil sur le sol.

Ils étaient sous le caillebotis. Au même endroit.

– Vous aurez une part du gâteau s'il en reste, les mecs, leur lança Mick, rigolard.

Ils la lorgnaient, égrillards, en s'envoyant de grandes claques dans le dos. Jenny comprit qu'il voulait que les choses recommencent exactement de la même manière. Eh bien, non. Cette fois, se jura-t-elle, il en ira autrement.

Elle bondit sur ses pieds et fit face à Mick dont les yeux s'agrandirent.

– Je me demande si ce sera mieux après tout ce temps.

Et, éclatant de rire, il se mit en devoir de défaire sa ceinture.

Jenny se ramassa sur elle-même, bras en avant.

– O.K., fit-elle d'une voix ferme. Parce que tu veux essayer encore un coup, bite molle? Tu crois que tu réussiras à bander cette fois? A prendre ton pied? Ça te changerait.

L'hilarité de Mick se dissipa instantanément. Les deux frères échangèrent un coup d'œil.

– Tu veux me prendre, petite larve puante? enchaîna Jenny. Eh bien, vas-y, prends-moi! Mais je te préviens : aujourd'hui, ce sera mon cadavre que tu violeras.

Les yeux de Mick parurent sortir de leurs orbites. Il exhala un long grondement guttural qui s'acheva en un hurlement de fou furieux et se précipita.

Jenny attendit la dernière seconde pour tendre sa jambe en avant de toutes ses forces. Elle sentit son pied s'enfoncer dans les testicules de son assaillant, elle les sentit s'écraser et s'aplatir.

Mick fut projeté en l'air. Un instant, il parut planer entre ciel et terre, puis retomba, la figure dans le sable. Portant les mains à son bas-ventre, il émit un cri de douleur et de fureur.

Les deux frères, pris au dépourvu sur le moment, se remirent de leur surprise et avancèrent mais, d'un geste farouche, Mick leur ordonna de reculer.

– *Non!* brailla-t-il, toujours plié en deux. *Non!* Elle est à moi, cette salope. *A moi!*

Jenny lui décocha un regard méprisant.

– Parce que tu crois que tu auras assez de virilité, cette fois?

Sous l'outrage, Mick poussa un glapissement strident et se rua sur elle. Son épaule s'enfonça dans l'estomac de la jeune femme que le choc projeta contre un des piliers du caillebotis.

Elle s'effondra mais lança en avant les deux mains, doigts écartés en fourche, dans l'espoir de lui crever les yeux. Mais elle ne les atteignit pas et dut se contenter de lui labourer le visage de ses ongles.

Mick cracha un juron de douleur mais sa main s'abattit à toute force sur la joue de Jenny qui eut l'impression que sa pommette et sa tempe s'embrasaient.

Il frappa à nouveau d'un revers méchant et la prit par la gorge. Jenny, à demi étranglée, essaya de lui marteler la figure de ses poings mais il se rejeta en arrière hors de leur portée. L'étau qui l'enserrait allait lui déchirer les chairs, elle étouffait.

Elle agita les bras comme pour tenter de se soulever et de se dégager en roulant sur elle-même mais elle ne put trouver le point d'appui nécessaire qui lui aurait permis de cambrer les reins. Comprenant immédiatement ce qu'elle cherchait à faire, Mick appuya son genou entre ses seins pour la clouer au sol.

Jenny se débattit plus farouchement encore. Ses efforts pour se libérer étaient vains mais ses doigts effleurèrent un débris de bois. Elle parvint à s'en saisir. Il y avait encore des clous au bout de ce reste d'épave.

Quand elle l'eut solidement empoigné, elle porta un coup d'estoc, visant Mick au visage.

Il hurla et, se redressant, y porta les mains.

Quand les deux frères s'élancèrent pour porter secours à leur acolyte, Jenny sauta sur ses pieds et prit la fuite.

– Elle se tire, Mick, dit Eddie, désorienté.

– Rattrapez-la! glapit Mick qui se tordait sur le sable. Rattrapez cette saloperie!

Jenny se hissa sur le caillebotis et se mit à courir en direction de l'allée des stands et, au delà, de Beach Street. Les frères escaladèrent à leur tour la jetée et se lancèrent à ses trousses. Mick se releva, titubant sur ses jambes, et essuya rageusement le sang qui lui coulait dans les yeux. Quand il fut à nouveau capable de voir, il ramassa le fusil et fit l'ascension du caillebotis.

– Rattrapez cette saloperie! répéta-t-il avec une fureur sauvage à l'adresse de Carl et Eddie.

Tout en courant, Jenny écarta les bras, remplissant frénétiquement ses poumons d'air pour avoir plus d'élan et de vitesse. Elle entendait les pas lourds de ses poursuivants. Ils gagnaient du terrain.

Les stands et les baraques foraines bloquaient son chemin, faisant écran entre elle et la rue. Son idée première avait été de remonter Beach Street en ameutant les gens par ses cris. Elle savait que Callahan logeait au *Bahia* et si elle pouvait arriver jusque-là, il l'entendrait et interviendrait, même si personne d'autre ne se portait à son secours. Et à lui seul, Callahan suffirait.

Elle prit le risque de ralentir sa course pendant quelques secondes et se retourna. Les deux frères étaient encore plus près d'elle qu'elle ne l'avait cru. Pour des types aussi corpulents, ils étaient rapides. Si elle voulait s'en tirer, il était impératif de modifier son plan originel. Pas question de perdre des secondes précieuses en faisant des tours et des détours dans le dédale des manèges bordant l'allée. A supposer même qu'elle sorte de ce labyrinthe avant que les frères ne l'aient rattrapée, il lui faudrait encore escalader la grille que l'on bouclait toutes les nuits pour interdire l'accès du parc d'attractions.

Aucun espoir de ce côté-là.

Ce qu'il lui fallait, c'était du bruit. Et du temps pour en faire.

Elle tâta la poche de son anorak et sentit les clés. Elle les serra dans son poing, changea de direction et fonça aussi vite qu'elle le pouvait vers le carrousel.

Elle l'atteignit et, pantelante, en ouvrit les portes, ce qui sembla prendre un temps fou. Elle s'engouffra à l'intérieur, les referma et donna un tour de clé.

Les deux frères surgirent. Elle les regarda à travers la seule et fragile protection que lui apportaient momentanément ces doubles portes de verre. Ils étaient à moins de quinze centimètres et leur haleine embuait la vitre contre laquelle ils s'arcboutaient.

Un peu plus loin, elle aperçut Mick qui les rejoignait au pas de course.

Jenny fit demi-tour, bondit jusqu'au centre du plateau et, d'un geste prompt, enclencha le mécanisme. La clochette annonçant le départ retentit brièvement et la plate-forme commença à tourner au son joyeux de l'orgue mécanique.

Elle se retourna vers la porte. La frustration et la rage déformaient les traits meurtris et ensanglantés de Mick, les yeux flamboyants de haine. Empoignant à deux mains son fusil par le canon, il fracassa d'un coup de crosse la porte de verre et, suivi des deux frères, se rua à l'intérieur.

Jenny sauta sur le plateau pour chercher refuge au milieu des montures.

Mick posta Eddie devant les portes démolies et commença à contourner le plateau tandis que Carl en faisait autant dans le sens opposé.

Se pliant en deux, Jenny se glissa sous un tigre prêt à bondir.

Et tournait le carrousel!

Mick et Carl grimpèrent sur la plate-forme et passèrent méthodiquement les montures en revue.

Voyant des jambes approcher, Jenny détala pour s'abriter sous un loup qui se préparait à fondre sur sa proie.

Une autre paire de jambes se dirigeait vers elle. Elle battit en retraite à quatre pattes, s'insinuant sous un lion, puis faisant le tour d'un chameau.

Le plateau poursuivait sa ronde et Eddie l'aperçut quand elle passa devant lui. Il avertit les autres qui firent volte-face et se rabattirent sur Jenny.

Elle fila, toujours à quatre pattes, mais s'arrêta net à la vue des jambes, toutes proches, d'un de ses poursuivants elle se tapit sur elle-même, silencieuse et immobile. Au tour suivant, Eddie la repéra à nouveau. Elle s'élança mais ne fut pas assez prompte. Carl la saisit par les cheveux et la mit debout de force. Jenny tourna si vivement la tête quand il leva le bras pour lui envoyer une claque que le dos de la main de son assaillant ne fit que lui frôler la nuque. Elle lança un pied en avant, visant le ventre.

Carl, projeté en arrière, lâcha prise. Son dos heurta une girafe sur laquelle il ricocha. Le rebond l'expédia contre le mur incurvé du carrousel.

La douleur de l'impact et la colère lui arrachèrent un juron mais il se releva prestement et attendit que la plate-forme eût accompli une nouvelle révolution.

Jenny n'avait pas besoin de le voir la guetter pour deviner ce que serait sa tactique. Quand elle se retrouva du côté opposé du manège, elle sauta à bas du plateau tournant.

Elle était coincée. Prise au piège.

Regardant autour d'elle, elle avisa le matériel dont elle se servait pour son travail de restauration. S'emparant d'un lourd camion de peinture, elle le lança à travers un des panneaux de glace de la cloison. Se protégeant les yeux derrière son bras replié tandis que les débris de verre pleuvaient dans tous les sens, elle se coula par la brèche et prit la fuite.

Mick appela les deux frères et se jeta à ses trousses.

Jenny courait comme une dératée mais pas moyen d'atteindre la rue : chaque fois, un obstacle – le grand huit, la maison hantée, le stand du derviche tourneur – lui bloquait le passage. Bifurquant, elle se glissa sous le scenic railway qui ceinturait le carrousel au-dessus duquel il se dressait, dans l'intention de se faufiler au milieu de la forêt des montants et des étançons du sous-œuvre.

Mais avant qu'elle ait pu y trouver asile, elle fut plaquée au sol par un coup à assommer un bœuf, puis brutalement retournée comme une crêpe. Le visage de détraqué de Mick la dominait.

Il leva un bras, et laissa tomber son poing sur la figure de la jeune femme qui émit un soupir involontaire quand sa tête bascula en arrière.

Mick frappa une seconde fois et la mit rudement sur ses pieds. Les deux frères arrivèrent sur ces entrefaites et agrippèrent Jenny chacun par un bras. La jeune femme se débattit comme une furie pour tenter de se libérer. Pour la calmer, Mick lui assena à nouveau son poing en pleine figure. Malgré la puissance terrible de l'avalanche de coups qui pleuvaient sur elle, elle était résolue à ne pas succomber à la souffrance, à ne pas perdre conscience.

Mick enfonça ses doigts dans les joues de sa victime et les pinça de toutes ses forces.

Etrangement, cette nouvelle et déchirante douleur fit recouvrer toute sa lucidité à Jenny. Elle regarda dans les yeux son tortionnaire qui, maintenant, gloussait de rire, son visage tout près du sien.

Elle lui cracha à la figure.

Le poing de l'homme s'abattit une fois de plus et il levait déjà son fusil qu'il tenait par le canon quand Eddie, les yeux écarquillés, jura à mi-voix :

– Sainte merde!

Mick s'immobilisa et se retourna. Eddie regardait quelque chose devant lui. Carl et Jenny regardaient eux aussi dans la même direction.

Il tourna la tête.

A quelque distance, une silhouette se détachait sur la paroi bariolée d'une baraque foraine. Harry Callahan, ruisselant, couvert de sang.

Il ne vacillait pas sur ses jambes, il se tenait très droit, immobile, le Magnum au bout de son bras pendant.

Jenny vit tour à tour la surprise, l'effroi et, finalement, la rage se succéder sur la physionomie de Mick.

Les deux frères la lâchèrent, s'écartèrent et sortirent leurs armes. Mick se jeta derrière Jenny, un bras passé autour de son cou.

Harry considéra le trio.

Il reconnut le fusil qu'étreignait Mick.

Ce fut ce dernier qui prit l'initiative. Il tira, faisant voler en morceaux la baraque devant laquelle se tenait Harry. Eddie tira à son tour mais manqua Callahan qui mettait au même moment un genou en terre. L'inspecteur leva son Magnum et fit feu. Atteint de plein fouet, Eddie décolla sous le choc. Son corps inanimé rebondit contre les croisillons de bois étayant le scenic railway et retomba lourdement.

Carl appuya sur la détente et, d'un bond, se mit à l'abri derrière le panneau métallique portant les instructions destinées aux amateurs de montagnes russes.

Harry se laissa choir et fit un roulé-boulé qui le mit hors de la ligne de tir.

Mick épaula, tira au petit bonheur sur le policier et, entraînant Jenny en otage, alla se mettre à couvert dans le kiosque à l'entrée du scenic railway.

Les deux balles, celle du fusil et celle du revolver, firent jaillir des fragments de bois du caillebotis à côté de Harry. Carl sortit le buste pour faire un doublé mais disparut à nouveau précipitamment derrière la plaque de tôle en voyant Harry rouler sur lui-même et se redresser.

Callahan leva le bras et tira sur le panonceau.

La balle traversa le métal avec un son strident et fit sauter la calotte crânienne de Carl dont le corps s'écrasa sur les planches.

Restait à régler le compte de Mick.

Harry entra dans le kiosque et le vit dans le tunnel qui avançait le long des rails en entraînant

Jenny. Quand ils furent hors de vue, il s'y engagea à son tour.

A la sortie du tunnel, il aperçut Mick qui escaladait la voie en poussant la jeune femme devant lui. Avançant sur le niveau inférieur du scenic railway, Harry lui cria :

– Lâche-la, crevure!

Mick hissa Jenny sur la partie la plus élevée de la voie, l'y rejoignit et se campa derrière elle alors qu'elle se relevait. Baissant les yeux, il considéra Harry, et s'esclaffa, puis appuya le canon du fusil sous le menton de son otage.

– C'est pas possible de faire ce que tu me demandes, poulet, vociféra-t-il. Elle est ma fiancée. Mon gros lot. On a un rendez-vous tous les deux. On va rigoler un peu. (Toujours riant, il enfonça un peu plus l'extrémité du fusil dans la gorge de Jenny.) Mais c'est quand même une idée du feu de Dieu, poulet. Rien que toi et moi. Ça serait génial, non?

Harry, les yeux levés vers lui, murmura :

– Vas-y! Fais-moi plaisir, vas-y!

Du haut de son perchoir, Mick le contemplait, les yeux flambant de haine.

Leurs regards se croisèrent.

Il pointa son fusil sur Harry mais Jenny lui lança la pointe du coude dans le menton et se laissa choir sur la voie à l'instant où il appuyait sur la détente.

Harry leva le bras et tira.

Les deux coups de feu furent presque simultanés.

La balle de Mick se perdit dans la nature.

Celle de Harry l'atteignit en pleine poitrine, le propulsant contre le garde-fou.

Harry tira une seconde fois. Le projectile toucha

Mick à la tête, le faisant basculer par-dessus la rambarde. Au terme de la chute, il passa à travers le toit de verre du carrousel.

Harry s'approcha du bord de la voie et regarda en bas. Le plateau tournait toujours. L'orgue continuait de moudre sa petite musiquette. Mais il n'y avait qu'un seul client. Mick, embroché à la corne de la licorne qui tournait et tournait et tournait. Son sang traçait des traînées vermillon sur le col blanc de l'animal.

17

L'aurore était une incandescence brasillante derrière les hauteurs qui ceinturaient San Paulo. Pourtant, c'était à peine si, au-dessus de l'océan, le ciel commençait à virer du bleu sombre au bleu clair. La tempête menaçante de la soirée s'était volatilisée. Les nuages s'étaient dissipés. La mer était calme. Un voile de brume translucide approchait lentement vers le rivage.

Des policiers, des ambulanciers, un collaborateur du coroner, un photographe s'activaient. Quelques récupérateurs d'épaves, des lève-tôt armés de leurs détecteurs de métaux, regardaient de tous leurs yeux, parqués derrière les barrières mises en place pour isoler le théâtre du crime.

Harry et Jenny se tenaient à l'écart.

Callahan savait, maintenant. La jeune femme lui avait tout raconté.

Jenny regardait l'obscure surface de l'océan s'éclairer à mesure que le soleil se levait derrière la ville.

Harry l'observait.

– Et maintenant, que se passe-t-il? lui demanda-t-elle.

Harry ne répondit pas. La question le prenait au dépourvu.

Elle se tourna vers lui.

– Vous me mettez en état d'arrestation et vous me donnez lecture de mes droits?

Harry n'avait pas non plus de réponse toute prête pour cette question-là.

– Mes droits, répéta Jenny. Est-ce de cela qu'il s'agit? Quels sont mes droits, au juste? Et pourquoi s'en soucier à présent? Qui s'est occupé de mes droits quand j'ai été agressée, assaillie et victime d'un viol collectif? Quels étaient les droits de ma sœur quand elle était torturée par ces brutes? Et si on parlait de la justice? Qu'ils s'en soient tous tirés sans y laisser la moindre plume, c'était juste, ça? Vous ne comprenez pas ce que cela a été, Callahan. Vous ne le comprendrez jamais. Aucun homme ne peut le comprendre.

Elle se perdit à nouveau dans la contemplation hypnotique de l'océan.

– Finissons-en, laissa-t-elle tomber au bout d'un moment.

– Inspecteur... (Harry tourna la tête. C'était Bennett.) Il avait un 38 à canon court dans sa ceinture.

Harry regarda la nuque de Jenny qui lui tournait le dos.

– Donnez-le au labo pour les analyses balistiques. Je suis sûr que vous constaterez que c'est l'arme incriminée.

Bennett tourna la tête vers le carrousel. On était

en train de dégager le corps de Mick embroché à la corne de la licorne.

– Alors, c'est terminé?

L'espoir vibrait dans la voix du jeune agent.

Jenny pivota sur elle-même.

– Oui, répondit Harry. C'est terminé.

Bennett s'épanouit. Il leva un instant les yeux vers le ciel en guise d'action de grâces et s'éloigna.

Harry et Jenny restèrent quelques instants à se dévisager en silence. Puis le policier entraîna la jeune femme loin du caillebotis et de l'océan.

Une aube aux reflets cuivrés se levait sur San Paulo, ses habitants, son carrousel, ses planches, son scenic railway, sa plage.

Un soleil flamboyant et brûlant commençait à dissiper la brume.

Cinéma et TV

A bout de souffle/made in USA (1478★★)

Annie (1397★★★, *inédit, illustré)*
par Leonore Fleischer

Au delà du réel (1232★★★, *illustré)*
par Paddy Chayefsky

La Banquière (1154★★★, *illustré*)
par Conchon, Noli et Chanel.

Beau père (1333★★)
par Bertrand Blier

Blow out (1244★★★)
par Williams et de Palma

La Boum (1504★★)
par Besson et Thompson

Carrie (835★★★)
par Stephen King

Chaleur et poussière (1515★★★)
par Ruth Prawer Jhabvala

Chanel solitaire (1342★★★★, *illustré)*
par Claude Delay

Le Choc des Titans (1210★★★★,*inédit illustré)*
par Alan Dean Foster

Conan le barbare (1449★★★)
par Sprague de Camp et Carter

Cujo (1590★★★★)
par Stephen King

Dallas
par L. Raintree et B. Hirschfeld

- **Dallas** (1324★★★★)
- **Les maîtres de Dallas** (1387★★★★)
- **Les femmes de Dallas** (1465★★★★)
- **Les hommes de Dallas** (1550★★★★)

Damien, (la malédiction – 2) (992★★★)
par Joseph Howard

Dans les grands fonds (833★★★)
par Peter Benchley

Les Dents de la mer 2e partie (963★★★)
par Hank Searls

Des gens comme les autres (909★★★)
par Judith Guest

2001 – l'odyssée de l'espace (349★★)
par Arthur C. Clarke

Dynasty (1697★★)
par Eileen Lottman *(oct. 84)*

E.T. l'extra-terrestre (1378★★★)
par William Kotzwinkle

Edith et Marcel (1568★★★)
par Claude Lelouch

Elephant man (1406★★★)
par Michael Howell et Peter Ford

Fanny Hill (711★★★)
par John Cleland

Flash Gordon (1195★★★, *inédit, illustré)*
par Cover, Semple Jr et Allin

La Forteresse noire (1664★★★★)
par F. Paul Wilson

Georgia (1395★★★)
par Robert Grossbach

Jésus de Nazareth (1002★★★, *illustré)*
par W. Barclay & Zeffirelli

Jonathan Livingston le goéland (1562★, *illustré)*
par Richard Bach

Joy (1467★★)
par Joy Laurey

Kramer contre Kramer (1044★★★)
par Avery Corman

Krull (1600★★★,*inédit, illustré)*
par Alan Dean Foster

Laura (1561★★★)
par Vera Caspary

Love Story (412★)
par Erich Segal

Mad Max 2 (1533★★, *inédit, illustré*)
par Hayes, Miller et Hannant

Le Magicien d'Oz (The Wiz) (1652★★, *illustré)*
par Frank L. Baum

Marco Polo (1547★★★)
Véridiques Mémoires

Marianne (2t. 601★★★★ et 602★★★★)
par Juliette Benzoni

Massada (1303★★★★)
par Ernest K. Gann

La Mort aux enchères (1461★★)
par Robert Alley

La Nuit du chasseur (1431★★★)
par Davis Grubb

L'Œil du tigre (1636★★★)
par Sylvester Stallone

Officier et gentleman (1407★★)
par Steven Phillip Smith

Outland (1220★★, *inédit, illustré)*
par Alan Dean Foster

Les Prédateurs (1419★★★★, *inédit)*
par Whitney Strieber

La Quatrième dimension (1530★★, *inédit)*
par Robert Bloch

Racines (2t. 968★★★★ et 969★★★★)
par Alex Haley

Ragtime (825★★★)
par E.L. Doctorow

Rencontres du troisième type (947★★)
par Steven Spielberg

Riches et célèbres (1330★★★, *illustré*)
par Eileen Lottman

Rosemary's baby (342★★★)
par Ira Levin

Scarface (1615★★★)
par Paul Monette

Shining (1197★★★★★)
par Stephen King

Star Trek II : la colère de Khan (1396★★★, *inédit)*
par Vonda McIntyre

Staying Alive (1494★★★)
par Leonore Fleischer

Sudden Impact (1676★★★, *inédit*)
par Joseph C. Stinson

The Thing (1366★★★, *inédit)*

Le Trou noir (1129★★★)
par Alan Dean Foster

Vas-y maman (1031★★)
par Nicole de Buron

Verdict (1477★★★)
par Barry Reed.

Vidéodrome (1648★★★, *inédit, illustré*)
par Jack Martin

Wolfen (1315★★★★, *inédit, illustré)*
par Whitney Strieber

Romans policiers

BOILEAU-NARCEJAC
Les victimes (1429★★)
Une inconnue avait pris la place de sa maîtresse.

Usurpation d'identité (1513★★★★)
Des pastiches étincelants de tous les grands auteurs policiers.

Maldonne (1598★★)
Il est toujours dangereux de jouer un personnage dans la vie.

CASPARY Véra
Laura (1561★★★)
Peut-on s'éprendre d'une morte sans danger ?

DEMOUZON
Mouche (882★★★)
Un détective de province projeté dans les milieux parisiens du cinéma.

Un coup pourri (919★★★)
Une trop jolie blonde pour un « privé ».

Le premier né d'Egypte (1017★★★)
A chaque nouveau meurtre, il raye un nom.

Le retour de Luis (1081★★★)
Un non-lieu c'est bien, mais si c'est pour se faire descendre après...

Adieu, La Jolla (1207★★★)
Elle était belle et aussi dangereuse qu'un serpent à sonnettes.

Monsieur Abel (1325★★)
Un vieil homme solitaire peut-il jouer au redresseur de torts ?

Section Rouge de l'Espoir (1472★★)
L'explosion révèle l'existence d'un nouveau groupe terroriste.

Quidam (1587★★★)
Rimbault contemple le carnage : un véritable cauchemar.

FALK Franz-Rudolf
On a tué pendant l'escale (1647★★★)
L'atmosphère étouffante d'un port du Moyen Orient.

FARRELL Henry
Qu'est-il arrivé à Baby Jane ? (1663★★★)
Le face-à-face tragique de deux anciennes stars.

GARDNER Erle Stanley
La jeune fille boudeuse (1459★★★)
On l'a vue tuer, mais elle est innocente.
Sur la corde raide (1502★★★)
Perry Mason sera-t-il rayé du barreau ?
La nièce du somnambule (1546★★★)
Tuer en état de somnambulisme, est-ce un crime ?
L'œil de verre (1574★★)
Pourquoi voler un œil de verre ?
Le canari boiteux (1632★★★)
Le canari aurait-il été témoin du meurtre ?
La danseuse à l'éventail (1668★★★)
Un cheval peut-il être témoin à charge ?

GRUBB Davis
La nuit du chasseur (1431★★★)
Il poursuit ses victimes en chantant des psaumes à la gloire du Seigneur.

LEBRUN Michel
L'Auvergnat (1460★★★)
Dans son bistrot, tous les paumés de la nuit.
Pleins feux sur Sylvie (1599★★)
Il est parfois dangereux d'être une star.

MAC CLOY Helen
Le miroir obscur (1430★★★)
A-t-elle le pouvoir de se dédoubler ?

McDONALD Gregory
Fletch (1705★★★)
Un homme cherche à se faire assassiner. *(oct. 84)*

Fletch, à table (1737★★★)
Une location avec cadavre de femme nue en prime. *(déc. 84)*

MACDONALD Ross

Un regard d'adieu (1545★★★)

La peur se tapit derrière les façades des riches villas californiennes.

Le frisson (1573★★★)

Elle s'enfuit le jour de son mariage.

L'affaire Wycherly (1631★★★)

Ou la disparition d'une jeune fille.

Le corbillard zébré (1662★★★)

Burke Damis : coureur de dot ou assassin ?

La face obscure du dollar (1687★★★★)

Le kidnappé serait-il le kidnappeur ?

MacGERR Pat

Un faubourg d'Elseneur (1446★★★)

Une pièce de théâtre dénonce un meurtre.

MASTERSON Whit

La soif du mal (1528★★★)

Que peut un homme seul contre la conspiration du mensonge ?

MEYER Nicholas

La solution à sept pour cent (1473★★★)

Stupéfiante aventure de Sherlock Holmes.

QUEEN Ellery

La ville maudite (1445★★★)

Est-il coupable ou cherche-t-il à racheter un crime ancien ?

Il était une vieille femme (1489★★★)

Une comptine rythme des meurtres insensés.

Le mystère égyptien (1514★★★)

... ou la crucifixion d'un maître d'école.

Et le huitième jour (1560★★★)

Ellery pris pour Dieu par des fanatiques.

La maison à mi-route (1586★★★)

Un seul corps pour deux morts différents.

Le renard et la digitale (1613★★★)

Tout l'accuse ... Ellery le croit innocent.

La décade prodigieuse (1646★★★)

Un meurtre peut-il obéir aux Dix Commandements ?

Griffes de velours (1675★★★)

Quelle sera la prochaine victime du Chat ?

Coup double (1704★★★)

Une jeune sauvageonne débarque dans la vie d'Ellery. *(oct. 84)*

Le mystère du grenier (1736★★★)

Seul un oiseau a été témoin du crime. *(déc. 84)*

QUENTIN Patrick

La veuve noire (1719★★★)

Il se sentait prisonnier d'une machination mortelle. *(nov. 84)*

SADOUL Jacques

L'héritage Greenwood (1529★★★)

Amanda était riche, jeune, belle et dénuée de tous scrupules.

La chute de la maison Spencer (1614★★★)

La vie d'une enfant de dix ans est menacée.

SAYERS Dorothy

Poison violent (1718★★★)

Lord Peter décide d'épouser une femme accusée de meurtre. *(nov. 84)*

SYMONS Julian

La splendeur des Wainwright (1432★★★)

Est-ce son fils ou un imposteur ?

Les dessous de l'affaire (1488★★★)

On n'empoisonne vraiment bien que dans la bonne société anglaise.

Achevé d'imprimer sur les presses de l'imprimerie Brodard et Taupin
58, rue Jean Bleuzen, Vanves. Usine de La Flèche,
le 20 juillet 1984
6626-5 Dépôt Légal juillet 1984. ISBN : 2 - 277 - 21676 - 3
Imprimé en France

1676
★★★

Editions J'ai Lu
27, rue Cassette, 75006 Paris
diffusion France et étranger : Flammarion